# 잃어버린 엄마와
# 진실의 초록새

세계설화를 읽다 8

# 잃어버린 엄마와 진실의 초록새

뜨겁고도 아픈 또 하나의 나,
가족 이야기

신동흔 지음

(머리말)

## 설화, 서사와 스토리텔링의 원형

설화는 먼 옛날부터 전해 온 신화와 전설, 민담 등을 아울러서 일컫는 말입니다. 옛이야기라고도 하지요. 설화는 자유롭고 즐거우면서도 담긴 뜻이 깊은 이야기입니다. 그 속에는 기쁨, 슬픔, 사랑, 미움, 두려움, 욕망 같은 자연적 감정은 물론이고 현실을 타개하려는 의지와 미지의 세계에 대한 동경, 신비롭고 환상적인 체험 등 다채로운 서사가 담겨 있습니다.

설화는 모든 문학적 이야기의 원형입니다. 오늘날 다양한 매체를 통해 수많은 이야기가 다양하게 펼쳐지는데, 뿌리를 찾아 올라가면 신화나 전설, 민담 등과 만나게 됩니다. 소재나 줄거리 같은 외적 측면보다 화소(motif)와 구조, 세계관 같은 내적 요소가 더 중요합니다. 요즘 유행하는 판타지 스토리텔링만 하더라도 그 화소와 서사 구조는 설화와 닿아 있는 것들이 많습니다.

설화는 폭이 매우 넓습니다. 무척 현실적인 이야기도 있고, 초월적이며 환상적인 이야기도 있습니다. 사람들의 모든 경험과 상상력이 그 속에 녹아들어 있지요. 그것은 세월의 간극을 넘어서 오늘날의 우리에게도 재미와 감동, 깨우침을 전해 줍니다. 웹툰과 웹소설, 드라마와 영화, 애니메이션 등 현대 스토리텔링에서 설화적 요소가 갈수록 확대되는 것은 우연이 아닙니다. 수천 년간 살아서 이어져 온 설화는 앞으로도 오래도록 재미있고 가치 있는 이야기로 우리와 함께할 것입니다.

### 설화, 청소년을 위한 인생의 나침반

'세계설화를 읽다' 시리즈는 세계 곳곳의 보석 같은 설화를 찾아내고 잘 갈무리해서 양질의 독서물을 제공하고, 나아가 이야기 문화를 되살리려는 의도에서 기획되었습니다. 설화는 오래된 이야기이지만 낡은 이야기가 아닙니다. 설화는 파격적이고 역동적이며 진취적입니다. 그래서 신세대 청소년들과 딱 어울리지요. 넓혀서 말하면, 젊은 사고와 행동력을 가진 모든 사람들과 어울립니다.

오랜 세월 동안 입에서 입으로 이어져 온 설화는 '인생 교과서'라 할 만합니다. 자신을 돌아보게 하는 이야기, 인간관계를 새롭게 하는 이야기, 시련을 극복하고 거듭나는 이야기, 참다운 용기를 불어넣는 이야기, 불의한 세상과 맞서 정의를 구현하는 이야기……. 그 내용을 따라가다 보면 재미와 감동, 그리고 교훈이 저절로 몸에 스며듭니다. 그리고 상상력과 창의성, 논리적 판단력과 문제 해결 능력이 쑥쑥 자라납니다.

설화는 인생의 나침반인 동시에 마음을 위한 최고의 양식입니다. 그림 형제는 옛이야기를 두고 인류의 삶을 촉촉이 적시는 영원한 샘물과 같다고 했고, '영원히 타당한 형식'이라고도 했지요. 조금도 과장이 아닙니다. 책에 실린 여러 이야기를 만나다 보면 다들 고개를 끄덕일 것입니다. 설화는 아이들만의 것이 아니라 우리 모두의 것이라는 사실을 잊지 마세요.

### 설화, 이야기판을 되살리는 힘

설화는 생생한 구술 언어로 만날 때 참맛을 느낄 수 있습니다. 하지만 구술성을 오롯이 살려 낸 대중용 이야기책은 많지 않습니다. 청소년과 일반인을 위한 세계설화 모음집은 좀체 찾아볼 수 없어요. 설화가 사람들로부터 소외된 상황인데, 그보다는 사람들이 설화로부터 소외됐다고 말하고 싶습니다.

이 책에서는 세계설화의 정수를 한데 모아서 젊고 역동적인 스토리텔링의 향연을 펼치고자 했습니다. 국내외 각종 설화 자료집을 미번역 자료까지 두루 살피면서 최고의 이야기를 정성껏 가려 뽑은 뒤, 이를 12명의 개성 넘치는 스토리텔러 목소리로 생생하게 살려 냈습니다. 세대 공감 스토리텔링의 텍스트적 구현입니다. 그 중심에 Z세대 청소년을 두었습니다.

12명의 스토리텔러는 이야기 화자인 동시에 청중이며, 각 이야기가 끝난 뒤 소감을 나누는 해설자 구실도 합니다. 이야기의 재미와 가치를 되새기는 특별한 자리입니다. 그 이야기 향연은 독자들이 표현의 주체가 될 때 비로소 완성됩니다. 'Storytelling Time' 부분에 제시한 여러 스토리텔링 활동이 그것입니다. 이는 상상력과 창의성, 논리력, 표현력을 키우는 최고의 활동이 될 것입니다.

'세계설화를 읽다' 시리즈가 'K-스토리텔링'의 새로운 시발점이 되기를 기대합니다. 이 책의 이야기들은 열매인 동시에 씨앗입니다. 그 씨앗이 여기저기서 차락차락 싹을 틔워 수많은 푸른 숲을 이루어 내기를 꿈꿉니다. 그럼으로써 우리 사는 세상이 더 맑아지고 풍성해지고 아름다워지기를 소망합니다.

나의 서사적 여정에 변함없이 따뜻한 동반자가 되어 주고 있는 가족과 제자와 동료들, 그리고 세상의 모든 설화 화자와 수집자, 편집자, 번역자들께 감사드립니다. 옛이야기를 좋아하는 모든 독자님들, 마음껏 즐겨 주세요. 그리고 스토리텔러가 되어 주세요.

신동흔

## 이야기꾼 프로필

**연이** (여/14세/옛이야기를 사랑하는 중학생)

똑똑하고 부지런하며 맡은 일을 야무지게 잘 해내는 모범생.
다정하고 활달하며 주변 사람을 두루 잘 챙길 뿐 아니라
늘 긍정적이고 밝고 씩씩하다. 이름 때문에
<연이와 버들도령> 속 연이의 환생이라는 말을 듣는다.
작가를 꿈꾸는 문학소녀로 모든 종류의 이야기를 좋아하며,
설화에 담긴 뜻을 풀이하는 일에도 관심이 많다.

**퉁이** (남/16세/운동과 게임과 이야기를 좋아하는 고등학생)

낯설고 신기한 것에 관심이 많은 행동파.
시골 출신의 전학생으로, 투박하고 무뚝뚝해 보이지만
의외로 세심하며 동생들을 잘 챙긴다.
책이나 문학에 관심이 없었으나 옛이야기의 매력에
빠져들어 설화 마니아가 되었다.
<내 복에 사는 나, 감은장아기> 속의 '막내마퉁이'가
마음에 들어서 퉁이를 부캐로 삼았다.
영웅담과 모험담을 특히 좋아한다.

**엄지** (?/11세/비밀이 많은 Z세대 이야기꾼)

나이에 비해 체구가 작은 편이며, '엄지'를 부캐로 삼았다.
엄지 동자인지 엄지 공주인지는 비밀이다.
다른 이야기꾼들도 엄지가 여자인지 남자인지 알지 못한다.
자타 공인 어린 철학자로 생각이 깊으며,
누구에게도 꿀리지 않는 당당한 성격이다.
언젠가 걸어서 전 세계를 여행하겠다는 계획을 가지고 있다.

### 이반 (남/24세/사회 진출을 준비 중인 대학생)

일찌감치 군대를 다녀온 복학생. 딴생각하다 엉뚱한 실수를
할 때가 많아서 친구들에게 바보 취급당하기 일쑤다.
설화의 매력에 빠져 스토리텔링의 세계에 발을 들였으며,
그와 관련된 특별한 진로를 탐색 중이다.
얼간이로 취급되다 남다른 활약으로 세상을 놀라게 하는
반전의 주인공 '이반'이 마음에 들어서 부캐로 삼았다.

### 세라 (여/30세/지성과 미모를 갖춘 엘리트 직장인)

자유롭고 독립적인 삶을 추구한다.
다양한 취미를 즐기다가 옛이야기에 반해서
스토리텔링을 영순위 취미로 삼게 됐다.
전설적인 이야기꾼 셰에라자드의 화신을 자처하고 있다.
소수자와 약자의 삶에 관심이 많으며,
정의 구현이 이루어지는 이야기를 선호한다.
설화를 논리적이고 창의적으로 해석하는 데에도 관심이 많다.

### 달이 (해맑고 귀여운 송달새 소녀)

동화 속에서 날아 나와 사람들과 더불어 사는 존재다.
세상을 자유롭게 날아다니며 보고 들은 이야기들을 들려준다.
초등학교 1학년 여자아이 정도의 지적 수준과 감성을 지니고 있다.
구김 없이 귀여운 여동생 스타일이다.
새나 동물이 등장하는 짧고 재미있는 이야기를 주로 한다.

### 동이 (못 말리는 꾸러기 당나귀 이야기꾼)

달이와 마찬가지로 동화 속에서 튀어나온 존재로,
슈렉 친구인 동키의 사촌 형뻘 된다.
말투나 행동은 영락없이 아저씨다.
남녀노소 모두와 격의 없이 어울리는 장점을 가지고 있다.
재미있는 우화나 소화를 재기발랄하게 이야기한다.

### 뀨 아재 (남/40세/늘 행복한 귀염둥이 삼촌)

젊은 생각과 감각, 라이프 스타일을 갖춘 신세대 아저씨.
얼리어답터로서 드론과 AI를 전문가 수준으로 다룬다.
미래 트렌드의 중심에 설화가 있다는 믿음 속에
옛이야기를 한껏 즐기고 있다.
확고한 인생철학과 이야기관을 지니고 있으며,
이야기를 재미있게 잘해서 인기가 많다.

### 로테 이모 (여/48세/아이들을 키우며 옛이야기에 관심을 갖게 된 주부)

자녀 교육에 관심이 많은 전형적인 40대 여성.
설화 구연에 탁월한 능력을 갖추고 있다.
독일과 스페인, 튀르키예 등에서 오래 지내며
많은 이야기를 접했기에 주로 유럽 지역의 민담을 이야기한다.
'로테'라는 이름은 독일의 유명한 이야기 아주머니인
'도로테아 피만'에서 따왔다.

**뭉이쌤** (남/57세/30년 넘게 구전 설화를 수집하고 연구해 온 옛이야기 박사)

깡촌에서 도깨비불을 보며 자랐다. 신화와 전설, 민담에 넓은 식견과 관심을 가지고 있다. 이야기판에서 인도자 구실을 하는 가운데 설화의 의미 해석을 주도한다. '뭉이'는 여의주를 여러 개 물고 있는 이무기에서 따온 부캐다. 옛이야기라는 하나의 여의주에 집중해서 승천을 이뤄낸다는 계획을 가지고 있다.

**노고할망** (여/??/살아 있는 신화로 통하는 여신)

고조선 이전부터 살아온, 세상 모든 할머니를 대변하는 이야기꾼. 젊은 할머니 같은 외모인데, 더 늙지는 않을 것 같은 느낌이다. 세상사 깊은 이치를 담고 있는 신화들을 주로 이야기한다. 옆에서 가만히 미소를 짓는 것만으로도 안정감을 전해 주는, 모두의 큰어머니 같은 존재다.

**약손할배** (남/83세/편안하고 푸근한 옆집 할아버지)

어려서부터 옛이야기를 즐겨 듣고 말하며 살아온 정통 이야기꾼. 독서가 취미로, 어른들에게 들은 한국 설화 외에 책으로 접한 다른 나라 이야기들도 많이 알고 있다. 생각이 유연하고 개방적이어서 젊은이들을 잘 이해하고 포용한다. 먼저 나서서 말하기보다 다른 사람들의 이야기를 경청하는 스타일이다.

차례

머리말

이야기꾼 프로필

## stage 01
# 우리에게 가족이란

할머니 방에 햇살 (덴마크) 19
굴뚝새와 곰 (독일) 23
염소 가족과 늑대 (아제르바이잔) 31
우리 엄마는 검은 소 (인도) 39
라소알라바볼로 (마다가스카르) 47
둘도 없는 나의 형 쁘라꼬 (캄보디아) 55
호랑이가 가족 된 이야기 (한국) 67
storytelling time. 나도 이야기꾼!

## stage 02
# 부모와 자식 사이

밤에 혼자 빨래하는 사람 (프랑스) 83
엄마의 심장 (몽골) 91
고집쟁이 아이 죽이기 (독일) 97
외톨이 필라만드레 (아이티) 101
무화과나무에서 얻은 아이들 (마사이족) 109
가죽더미 줄리에다 (이집트) 115
엄마의 사랑둥이 (덴마크) 127
지붕에 소 올리기 (한국) 135
storytelling time. 나도 이야기꾼!

### stage 03
# 형제자매와 남매, 특별한 동행자

헨젤과 그레텔 (독일) 149
사슴이 된 동생 (이란) 163
세 남매와 신비한 초록새 (이탈리아) 173
갈단의 길과 바이르의 길 (브리야트족) 191
형제와 노파와 꿀벌새 (남아프리카) 199
쌍둥이 형제의 모험 (그리스) 209
거북이 남생이의 황금빛 동행 (한국) 221
*storytelling time. 나도 이야기꾼!*

### stage 04
# 신데렐라와 콩쥐 팥쥐, 그리고

신데렐라와 유리 구두 (프랑스) 237
아셴푸텔의 개암나무 (독일) 245
콩중이 팥중이 (한국) 257
의붓 자매 떰과 깜 (베트남) 267
작은 연어와 황금 나막신 (이라크) 277
계모와 형제와 노파 (카메룬) 287
아이처와 아이구 (중국 이족) 295
*storytelling time. 나도 이야기꾼!*

✱

### 집중 탐구! 이야기의 비밀 코드
# 가족 서사의 빌런 '계모' 심층 탐구

계모의 사전적 의미와 설화적 의미 | 설화 속 계모의 세 가지 유형
계모의 핍박이 도움이 되는 역설 | 계모의 대체자, 사회적 어머니

이 책의 주제는 '가족'입니다.
부모와 자식, 형제와 자매에 얽힌
전 세계의 특별한 이야기들을 한자리에 모았어요.
태어나면서부터 가장 가까운 곳에서
매일의 삶을 함께하는 존재가 바로 가족입니다.
사랑과 믿음으로 연결된 가족은 세상을
편안하고 행복하게 살아갈 수 있는 바탕이 되지요.
하지만 워낙 가깝다 보니
서로 소홀해지기도 하고 때로는 부대끼기도 합니다.
이 책에 실린 이야기들은 가족이란 어떤 존재이며
그 관계를 어떻게 펼쳐 나가야 할지에 대해
새로운 성찰과 깊은 깨우침을 전해 줄 것입니다.

## stage 01
# 우리에게 가족이란

할머니 방에 햇살

굴뚝새와 곰

염소 가족과 늑대

우리 엄마는 검은 소

라소알라바볼로

둘도 없는 나의 형 쁘라꼬

호랑이가 가족 된 이야기

달이

안녕하세요. 이야기하는 종달새 달이예요. 이번 이야기판의 주제는 가족이랍니다. 제가 유럽 하늘을 마음껏 날아다니던 때, 덴마크에서 들은 어느 가족 이야기를 해 볼게요. 나이가 무척 많은 종달새 할머니께 들은 이야기예요. 오래전에 직접 봤다고 하셨어요. '믿거나 말거나'라는 말과 함께요.

# 할머니 방에 햇살

**덴마크 민담**

옛날 어느 집에 어린 소녀와 늙은 할머니가 살고 있었어요. 진짜 진짜 늙은 할머니였답니다. 머리가 새하얗고 얼굴에 주름이 가득했어요. 어린 손녀는 할머니를 아주 많이 사랑했답니다. 늘 할머니를 기쁘게 하려고 노력했어요.

소녀의 이름은 케이트였어요. 케이트의 아빠가 소유한 집은 무척 컸답니다. 남쪽으로 햇살이 환히 비쳐 들어오는 집이었어요. 하지만 북쪽에 있는 할머니 방은 달랐어요. 빛이 하나도 안 들어왔대요. 케이트는 그게 늘 이상하고 궁금했어요.

"아빠. 할머니 방에는 왜 빛이 안 드는 거예요?"

"그늘진 쪽이니까 빛이 안 드는 게 당연하지."

"아빠. 집을 반 바퀴 돌리면 어때요? 할머니 방에 빛이 들게요."

아빠는 웃으면서 그건 불가능한 일이라고 했어요.

"그럼 할머니 방에는 영영 햇살이 못 들어오는 거예요?"

"정 그러면 네가 햇살을 옮겨 보든가."

아빠는 대수롭지 않게 말했지만, 케이트는 아주 진지했답니다. 케이트는 할머니 방으로 햇살을 나를 방법을 연구하기 시작했어요.

"그래, 그러면 되겠다!"

케이트는 햇살 가득한 뜰로 나가서 얼굴과 옷, 발까지 온몸에 햇살을 잔뜩 받았어요. 그리고는 할머니 방으로 쏘옥 뛰어 들어갔어요. 하지만 방에 들어가고 나면 햇살은 사라지고 없었습니다. 케이트는 계속 자기 몸으로 햇살을 나르려고 했지만, 헛수고였어요.

"할머니, 어떡해요? 햇살이 또 도망쳐 버렸어요."

그러자 할머니가 케이트를 끌어당겨 안아 주면서 말했어요.

"아가야, 그렇지 않아. 네가 들어올 때마다 밝은 햇살이 온 방을 밝혀 준단다."

"정말이에요, 할머니?"

케이트는 거울로 다가가서 자기 몸을 비춰 봤어요. 하지만 특별한 건 없었답니다. 케이트는 고개를 한번 갸웃하고는 할머니 무릎에 몸을 맡기고 옛이야기를 들었어요. 소녀의 두 눈은 햇살보다 더 밝게 빛나고 있었답니다.

그 뒤로 시간이 흘러 어린 소녀는 엄마가 되고, 또 할머니가 됐어요. 이제 케이트는 알아요. 아이의 눈동자와 웃음소리가 어두운 방을 환하게 밝힌다는 것을요. 케이트는 자기 무릎에 몸을 기댄 손녀에게 옛이야기를 들려주기 시작했어요. 반짝이는 두 눈을 바라보면서요.

> 이야기에 대한 이야기

연이  통이  엄지  규 아재  로테 이모  뭉이쌤  약손할배  달이

**통이** 달이야, 이거 진짜 어디선가 있었던 일 같아. 현실감 넘친다.

**달이** 우리 할머니가 보신 일이니까.

**약손할배** 이야기를 하면서 달이 두 눈이 반짝인 거 아니?

**달이** 할아버지 눈도요!

**로테 이모** 할머니에게는 손녀가 그 자체로 밝은 햇살이었을 거예요.

**규 아재** 그게 바로 가족이죠.

**연이** 그런데 케이트의 아빠는 왜 할머니를 그런 그늘진 방에서 살게 했을까요?

**규 아재** 그게 또 가족이지.

**통이** 가족이 남보다 못한 경우도 많이 봤어요.

**뭉이쌤** 늘 가까이 있으니 소중함을 잊고 소홀히 대하는 경우가 많지.

**엄지** 그건 햇살도 마찬가지예요.

**연이** 그래. 흙이나 물도. 맞다, 공기도!

**통이** 오오, 가족은 공기라는 말, 와닿는다. 접수 완료.

**규 아재** 케이트 아빠는 오염된 공기.

**로테 이모** 그 말 무섭네요. 나는 어떤 공기인지 돌아보게 돼요.

**뭉이쌤** 가족에게 옛이야기 들려주시는 부모는 무공해 산소지요.

**약손할배** 그 말 참 좋네요. 케이트 할머니도 그런 분이었으니 행복하게 떠

|        |                                      |
| ------ | ------------------------------------ |
|        | 났을 거예요.                         |
| 달이   | 아, 달이 행복해졌어요.               |
| 뀨 아재 | 자, 주목! 톡톡 터지는 산소 같은 사나이, 뀨 출동합니다. |

뀨 아재

얘들아, 내가 《그림 형제 민담집》에 실려 있는 독일 민담 하나 이야기해 볼게. 아주 멋들어진 이야기야. 크고 작은 건 대 봐야 한다는 이야기. 이런 게 가족이구나 하는 걸 확 깨우쳐 주는 이야기. 자, 들어갑니다!

# 굴뚝새와 곰

## 독일 민담

어느 화창한 여름날, 곰과 늑대가 숲으로 산책을 갔어. 룰루랄라, 한창 잘 가고 있는데 어디선가 가슴을 적시는 새 소리가 들려오는 거야. 곰이 커다란 손을 가슴에 턱 대고서,

"늑대야! 이렇게 아름답게 노래하는 새는 누구?"

"응, 새들의 왕. 그 앞에 가면 누구라도 절을 해야 하지."

그게 어떤 새냐면 굴뚝새야. 아주 자그마한 새지. 그런데 얘가 독일어로 이름을 풀면 '울타리의 왕'이야. 그러니까 왕이 맞지.

"늑대야. 나 새들의 왕이 사는 궁전 보고 싶어!"

"응, 근데 지금은 안 돼. 왕비님이 출타 중이거든."

그때 엄마 굴뚝새가 먹이를 물고 둥지로 펄펄. 조금 있다가 아빠 굴뚝새도 펄펄. 늑대가 그걸 보더니,

"흠, 왕과 왕비가 귀환하셨군."

"그럼 가 봐도 되는 거네?"

"아냐. 지금은 식사 시간. 방해하면 안 되지."

곰은 빨리 궁전을 보고 싶어서 안달이야. 늑대가 한참 딴전을 피우더니,

"식사를 마치고 왕과 왕비가 출타하셨군. 지금이야!"

그러면서 늑대는 곰을 굴뚝새의 보금자리로 안내했어. 곰이 기대 가득이지. 근데 다가가서 보니까 이게 뭐야. 작고 초라한 둥지 안에서 자기 발가락만 한 새끼 굴뚝새 대여섯 마리가 깨작깨작. 곰이 낯을 확 찡그리면서,

"이게 궁전? 그럼 여기 애들이 왕자와 공주? 이 못난이들이? 크하하!"

배를 잡고 웃는데, 웬 날카로운 소리가 귀를 탁 때리는 거야. 뭐가? 비난하는 소리가!

"아냐! 우린 훌륭한 아이들이야!"

"맞아. 우리 부모님이 얼마나 대단하신데!"

"그냥 안 두실 거야. 두고 봐."

새끼들이 입을 모아 공격하는데 기세가 상당해. 곰은 어깨를 한 번 으쓱해 보이고서 늑대와 함께 돌아갔단다. 하지만 어린 굴뚝새들의 분노는 사그라들지 않았어. 둥지로 돌아온 엄마 아빠에게 곰한테 모욕당한 일을 낱낱이 얘기하면서 야단법석인 거라. 아빠가 그 말을 듣더니,

"내 훌륭한 아이들을 못난이라고 욕하다니! 도저히 참을 수 없다. 전쟁이야!"

그는 아내와 함께 곰의 동굴을 찾아가서 소리쳤어.

"입만 살아 있는 미련한 녀석아! 왜 우리 아이들을 모욕했느냐. 전쟁이다!"

그게 선전 포고야. 그래서 전쟁이 벌어졌는데, 어떤 전쟁? 네발 달린 짐승과 날아다니는 동물 간의 대전쟁! 굴뚝새가 왕이잖아? 자기가 사령관이 돼서 모기와 말벌, 꿀벌, 파리들까지 다 불러 모았어. 이때 굴뚝새가 따로 모기를 부르더니,

"적진에 침투해서 적들의 형세를 정밀 정찰하라."

모기가 굴뚝새의 명을 받고 적진에 잠입해 보니까 커다란 짐승들이 가득 모여서 시끌시끌해. 잠시 뒤 곰이 여우를 무리 앞으로 불러내더니,

"여우 형님, 지혜가 출중하시니 사령관이 돼서 지휘해 주오."

그러자 여우가 한껏 뽐내면서,

"아우님 부탁이니 어쩔 수 없군. 다들 잘 들어라! 내가 앞장서서 신호를 주겠다. 꼬리를 치켜들면 공격이고, 꼬리를 내리면 후퇴다. 꼬리가 곤두서면 총공격, 꼬리가 땅에 닿으면 전면 후퇴. 알아들었지? 자, 간다!"

그렇게 여우를 필두로 네발 달린 짐승 수만 마리가 땅을 울리면서 쿵쿵쿵. 새들도 만만치 않지. 굴뚝새 지휘하에 수만 마리가 날개를 펄렁펄렁 붕붕. 완전 호각지세야. 하지만 싸움은 정보전! 모기가 가져온 특급 정보가 힘을 낼 시간이지. 굴뚝새는 말벌을 시켜서 적의 사령관 꼬리 아래에 강력한 벌침을 놓게 했어. 한 방, 또 한 방, 다시 한 방. 여우 꼬리가 축, 추룩, 추루룩. 그렇게 땅에

까지 닿으니까 짐승들이 난리가 나지 뭐.
"전면 후퇴 신호다. 물러서! 비켜!"
짐승들이 자빠지고 엎어지면서 다들 줄행랑이야. 새들의 완벽한 승리지 뭐. 굴뚝새가 날갯짓도 당당하게 보금자리로 돌아가서 아이들을 부르더니,
"애들아, 기뻐해라. 우리가 곰 패거리와의 싸움에서 이겼단다."
하지만 아이들은 만족하지 않았어.
"곰이 찾아와서 용서를 빌고 우리에게 훌륭한 아이라고 말해야 해요."
"그전엔 아무것도 먹지 않겠어요."
아빠 굴뚝새는 고개를 끄덕이고서 곰의 동굴로 가 소리쳤어.
"입만 살아 있는 곰 녀석아. 우리 둥지로 가서 아이들에게 용서를 빌어라. 안 그러면 죽음이다."
곰이 전쟁에서 폭삭 망했잖아? 조용히 굴에서 기어 나와서 굴뚝새 둥지로 가더니 새끼들 앞에 무릎을 꿇더래.
"믿음직한 부모님을 둔 훌륭한 분들을 미처 못 알아봤습니다. 용서하세요."
그러자 어린 굴뚝새들이 비로소 마음을 풀더래. 그다음 한 일은? 가족 파티! 형제자매 모두가 엄마 아빠와 함께 밤새도록 흥겹게 먹고 마시는 거지. 뭘 마셨는지는 묻지 마. 새들의 왕한테 끌려가기 싫거든. 하하.

> 이야기에 대한 이야기

연이 　통이 　엄지 　뀨 아재 　로테 이모 　뭉이쌤 　약손할배

**통이** 　아재, 산소 맞으세요. 완전 상쾌해요. 굴뚝새 짱!

**연이** 　정말 멋진 가족이야. 어린 굴뚝새들 자존감 킹! 역시 부모님 덕분이겠죠?

**약손할배** 　그렇지. 부모라면 이 정도는 돼야 해.

**로테 이모** 　자식들이 모욕당하면 어떤 부모라도 참기 힘들죠. 내가 욕먹는 건 참더라도 말이에요.

**엄지** 　저는 왕을 별로 안 좋아하는데, 이런 왕이라면 멋진 것 같아요.

**뀨 아재** 　자식에게 부모는 왕. 부모에게 자식은 공주, 그리고 왕자.

**뭉이쌤** 　굴뚝새가 독일 말로 '울타리의 왕'이라고 했잖아? 울타리라는 말이 가족을 연상시키지 않니? 가족이라는 울타리 안에서는 누구나 왕과 왕비이고 공주님과 왕자님인 법이지.

**통이** 　수많은 새 중에 하필 굴뚝새였던 게 이유가 있었던 거네요. 신기하다.

**엄지** 　쌤, 굴뚝새에게 진 동물이 곰이라는 것에도 이유가 있을까요? 늑대가 굴뚝새 가족을 인정한 것에도요?

**뭉이쌤** 　그럴지도. 우리 젊은 친구들, 한번 잘 연구해 봐요.

**연이** 　곰보다 늑대가 더 가족적이라서 그런 걸까요?

**통이** 　오, 그럴듯하다. '늑대 가족'은 들어 봤어도 '곰 가족'은 못 들어

|||
|---|---|
| | 봤어. 그쵸, 쌤? |
| **뭉이쌤** | 글쎄, 곰도 곰 나름 아닐까? 하하. |
| **로테 이모** | 어쩌면 곰이 이번 일로 깨달음을 얻어서 좋은 부모가 됐을지도 모르겠네요. |
| **퉁이** | 그런가요? 전 나중에 굴뚝새 같은 아빠가 되고 싶습니다! |
| **연이** | 응원할게요. 곰탱이 님. |
| **엄지** | 하하. 이제 제가 이야기를 이어 가 볼게요. |

엄지

제가 전해 드릴 이야기는 <염소 가족과 늑대>예요. 아제르바이잔이라는 나라의 민담이랍니다. <일곱 마리 아기 염소와 늑대>라는 이야기가 유명하잖아요? 그것하고 내용이 비슷하면서도 좀 달라요. 아제르바이잔에는 이 이야기가 교과서에도 실려 있대요.

# 염소 가족과 늑대

**아제르바이잔 민담**

옛날에 엄마 염소가 아기 셋과 함께 살았어요. 엄마 염소는 낮에 숲에서 열심히 풀을 먹고 젖을 만들어서 어린 자식들을 먹였답니다. 뿔에는 아이들 먹을 풀을 가득 챙겨 왔어요. 그런데 엄마는 일을 나갈 때마다 걱정이 많았답니다. 사나운 짐승이 집에 들어와서 아이들을 해칠까 봐요. 엄마가 아이들에게 말했어요.

"알지? 엄마 아니면 문 절대 안 열어 주는 거야. 암호는?"

"생그룸, 성그룸, 맹그룸."

"그래. 생그룸, 성그룸, 맹그룸. 내 입에 물이 있고, 뿔에 풀이 있고, 가슴에 젖이 있다. 엄마가 이렇게 말해야 문을 여는 거야."

"네, 엄마!"

아이들이 씩씩하게 대답했지만, 엄마 염소는 여전히 마음이 안 놓였어요. 여우도 걱정이고 늑대도 걱정이에요. 걔들이 아기 염소들을 노리는 걸 알고 있었거든요. 아니나 다를까, 어느 날 엄마가 나간 사이에 늑대가 찾아와 문을 두드리면서 말했어요.

"애들아, 엄마 왔다. 빨리 문 열어!"

하지만 반응은 없었어요. 암호가 없으니까 아이들이 가만히 있는 거예요. 여러 번 불러 봤지만 소용없었답니다. 늑대는 그냥 돌아서야 했어요. 얼마 뒤에 엄마 염소가 오더니 문을 두드리면서,

"생그룸, 성그룸, 맹그룸. 내 입에 물이 있고, 뿔에 풀이 있고, 가슴에 젖이 있다."

그러자 문이 활짝 열리면서 염소가 안으로 쏙. 그런데 그걸 늑대가 숨어서 엿본 거예요.

"생그룸, 성그룸, 맹그룸? 이게 암호구나. 생그룸 성그룸 맹그룸. 생그룸 성그룸 맹그룸. 생그룸 성그룸 맹그룸."

늑대는 암호를 잘 외워 뒀다가 다음 날 다시 염소네 집 문을 두드렸어요.

"생그룸, 성그룸, 맹그룸. 생그룸, 성그룸, 맹그룸. 엄마가 먹을 거 많이 챙겨 왔다. 문 열어."

그러자 안에서 아이들 목소리가 들려왔어요.

"엄마다. 문 열자!"

"아니야. 엄마가 하는 말하고 달라."

늑대가 목을 쭉 빼고 기다렸지만, 문은 안 열렸어요. 생그룸 성그룸 맹그룸, 생그룸 성그룸 맹그룸, 몇 번이나 소리쳤지만 소용없었죠. 늑대는 짜증을 내면서 뒤돌아섰어요. 조금 있으니까 엄마 염소가 와서,

"생그룸, 성그룸, 맹그룸. 내 입에 물이 있고, 뿔에 풀이 있고,

가슴에 젖이 있다."

그러니까 닫혔던 문이 활짝 열렸답니다. 그런데 늑대가 또 숨어서 이 말을 다 들었지 뭐예요. 다음 날 늑대가 다시 염소네 집 문을 두드리더니,

"생그룸, 성그룸, 맹그룸. 내 입에 풀이 있고, 뿔에 젖이 있고, 가슴에 물이 있다."

그러자 안에서 웅성거리는 소리가 나더니 문이 빼꼼 열렸답니다. 늑대는 문을 확 잡아당기고서 펄쩍 뛰어 들어갔어요.

"적이다. 도망가!"

아기 염소들은 급히 도망쳐 숨었어요. 하지만 늑대가 더 빨랐답니다. 늑대가 아기 염소 한 마리를 붙잡아서 꿀꺽. 또 한 마리를 잡아서 꿀꺽. 하지만 마지막 한 마리는 삼키지 못했어요. 벽난로 안에 숨은 걸 못 찾은 거예요.

"다음에 또 오면 되지 뭐. 크크크."

늑대는 배를 두드리면서 돌아갔어요.

잠시 뒤 집에 돌아온 엄마 염소는 가슴이 턱 내려앉았습니다. 문이 열려 있고 집 안이 난장판인 거예요. 아이들은 보이지 않았죠. 염소는 울면서 아이들을 불렀어요. 그때 벽난로에서 울음소리가 새어 나왔습니다. 보니까 아이 하나가 오들오들 떨고 있었죠.

"엄마, 사나운 짐승이 동생들을 삼켰어요. 무서워요."

"그래, 아가야. 엄마가 왔으니까 걱정 마."

엄마 염소는 아기를 품에 안고 여우를 찾아가서 소리쳤어요.

"네가 내 자식들을 먹었니? 당장 말해!"
눈에 불을 켜고 덤벼드는데 여우가 겁이 날 정도예요.
"어어, 나 아냐! 늑대한테 가 보셔."
늑대라는 말에 엄마 염소는 기가 막혔어요. 늑대는 자기가 이길 만한 상대가 아니거든요. 하지만 포기할 수는 없었어요. 염소는 돌산으로 가서 바위에 뿔을 갈기 시작했답니다. 두 뿔이 날카롭게 갈리자 염소는 늑대 굴을 찾아가서 소리쳤어요.
"늑대야, 싸우러 왔다. 이리 나와!"
늑대가 보니까 염소지 뭐예요. 늑대가 어슬렁어슬렁 나오면서,
"뭐야? 제 발로 죽으러 온 거니? 아이까지 데리고? 이거 고맙군. 킬킬……."
하지만 웃음이 끝나기도 전에 번쩍! 번개가 쳤어요. 엄마 염소의 날카로운 뿔이 늑대의 목에 콱! 늑대는 깩 소리도 못 내고 자빠져 죽었답니다. 염소는 날카로운 뿔로 늑대 배를 가르기 시작했어요. 배가 쭉 갈라지니까 안에서 뭔가 꿈틀대는 게 보였어요.
"맏이야, 도와줘!"
그러자 옆에 있던 아기 염소가 다가와서 엄마와 함께 늑대 뱃속에 있는 걸 끌어냈어요. 하나…… 둘……. 배에서 빠져나온 아기 염소들이 끙끙대다 눈을 떴어요. 엄마와 세 마리 아기 염소는 서로 꼭 껴안았답니다. 그 뒤로 염소 가족은 오래오래 행복하게 잘 살았다고 해요.

> 이야기에 대한 이야기

연이 　통이 　엄지 　뀨 아재 　로테 이모 　뭉이쌤 　약손할배

**통이** 엄지야, 멋졌어. 늑대하고 싸워서 이기는 염소라니, 대단하다!

**뀨 아재** 그냥 염소가 아니고, 엄마.

**로테 이모** 맞아요. 늑대라도 자식을 지키려는 엄마는 이길 수 없죠. 호랑이나 사자라도요.

**약손할배** 아빠도 마찬가지예요. 그게 가족이지.

**연이** 아기 염소가 엄마와 함께 늑대 뱃속에서 동생들을 꺼낼 때 감동이었어요.

**통이** 맞아. 혼자만 살아남아서 힘들고 슬펐을 거야.

**로테 이모** 독일 이야기에서 막내가 살아남아서 엄마를 돕는데, 이 이야기에서는 맏이가 남은 게 특이해요.

**뭉이쌤** 독일 이야기에서 늑대가 잠든 사이에 자식을 구해 내는 것과 달리, 이 이야기에서는 뿔을 갈고 직접 싸우는 것도 차이점이지요.

**통이** 쌤. 늑대를 사회악 같은 걸로 풀이할 수 있는 거죠? 예를 들면, 조폭이라든가.

**뭉이쌤** 그렇지!

**엄지** 유괴범이나 사채업자도 생각나요.

**통이** 세상에 늑대가 너무 많아. 여우나 호랑이도.

**뀨 아재** 이겨 내야지!

**로테 이모**  맞아요, 할 수 있어요. 가족이 힘을 합치면!
**연이**  가족이 없는 사람은 어떻게 하죠?
**뭉이쌤**  부모 형제만 가족인 건 아니니까. 이웃이나 타인도 가족이 될 수 있지. 그런 의미에서 이번엔 내가 이야기 하나 해 보도록 하지.

뭉이쌤

이건 인도에서 전해 온 이야기야. 히말라야 산자락에 있는 심라(Simla)라는 마을에서 백 년도 전에 채록된 건데, 우리나라에는 아직 안 알려져 있지. 원제목은 '검은 소 이야기'인데 내가 '우리 엄마는 검은 소'라고 제목을 붙여 봤어. 검은 소가 사람을 낳았느냐고? 들어 보면 알게 돼.

# 우리 엄마는 검은 소

**인도 민담**

옛날에 어떤 부부가 어린 아들과 함께 행복하게 살고 있었어. 그러던 어느 날, 아내가 갑자기 세상을 떠났지 뭐냐. 남자는 행복했던 지난날들을 기억하면서 아들하고 둘이 잘 지내 보려고 했어. 하지만 그게 쉽지 않아서 결국 다른 여자하고 결혼하게 됐지. 딸이 하나 있는 여자였어.

남매가 된 두 아이는 사이좋게 잘 지냈단다. 문제는 엄마야. 아들을 별로 안 좋아했거든. 오누이가 소를 돌보고 돌아오면 딸에게는 멀쩡한 빵을 주고 아들에게는 재를 섞어서 구운 빵을 주는 거야. 그게 겉으로는 표가 안 나. 그러니 아빠는 잘 모르지. 아들이 빵을 안 먹고 내려놓으니까 그냥 그런가 보다 해. 아들은 엄마 눈치를 보느라고 아무 말도 못 했단다. 화가 나면 아주 무서웠거든.

소를 몰고 숲속에 들어간 소년은 서러워서 펑펑 울었어. 그때 검은 암소 한 마리가 다가오더니 말을 거는 거야.

"얘, 왜 그렇게 울어? 무슨 일이니?"

소년은 가슴에 맺혀 있는 서러움을 다 털어놨어. 얘기를 다 들은 검은 소는 고개를 끄덕이더니 발굽으로 땅을 파헤치기 시작했지. 그러자 그 안에서 맛있는 것들이 한가득 나오지 뭐냐. 소년은 그걸 배불리 먹고 여동생에게도 나눠 줬어.
"엄마한테는 절대 말하면 안 돼. 화내실 거야."
여동생이 고개를 끄덕끄덕. 그 일은 둘만의 비밀이 됐지. 하지만 그리 오래가진 못했어. 엄마가 이상한 낌새를 알아차린 거야. 아들이 빵을 못 먹는데도 날이 갈수록 건강해지니까 이상하지. 엄마는 어린 딸을 불러서 다그쳤어.
"오빠가 소젖 훔쳐 먹는 거 맞지? 사실대로 말해!"
"아니에요, 엄마. 그렇지 않아요. 검은 소가 땅을 파서 맛있는 걸 꺼내 줬어요."
그 여자가 이 말을 듣고 가만있을 사람이 아니야. 여자는 검은 소를 내다 팔라고 남편을 들들 볶았어. 안 그러면 잠도 안 자고 먹지도 않겠다는 거야. 남편이 알았다고 고개를 끄덕일 수밖에. 그 모습을 훔쳐본 소년은 검은 소에게 다가가서 목을 껴안고 구슬프게 울기 시작했어.
"내 아이야. 울지 말고 내 등에 올라타. 내가 안전한 곳으로 데려다줄게. 거기서 함께 지내자꾸나."
소년이 등에 올라타자 검은 소는 집을 나와서 깊은 숲으로 들어갔어. 둘은 거기서 평화롭게 잘 지냈단다. 그 숲에는 땅속으로 통하는 구멍이 있었어. 그 구멍 안쪽은 위대한 뱀의 집이야. 황소와 함께 우주를 떠받치는 신령한 존재지. 검은 소는 매일 그 구멍 속으로 양동이 한 통가량의 우유를 부어 넣었단다. 어느 날 위대한 뱀이 기지개를 켜면서,

"내가 세상으로 나가서 어떤 갸륵한 창조물이 날마다 이런 좋은 우유를 보내는지 봐야겠노라."

스르릉 슬금 밖으로 나와 보니까 검은 소가 소년 옆에서 풀을 뜯고 있는 거야. 위대한 뱀은 검은 소에게 원하는 게 있으면 뭐든 말하라고 했어. 그러자 소가 입을 열더니,

"내 선물은 필요 없어요. 내 아이의 몸이 황금처럼 빛나게 해 주세요."

검은 소의 말이 끝나기도 전에 소원은 곧바로 이루어졌어. 소년의 몸은 금처럼 빛나기 시작했지. 황금 머리카락이 찰랑찰랑. 눈이 부셔서 못 볼 정도야. 검은 소가 머리를 빗겨 주는데 미소가 차락차락. 그런데 그때, 머리카락 한 올이 시냇물로 떨어졌지 뭐냐. 물고기가 그걸 꿀꺽. 곧 물고기 몸도 금빛으로 반짝반짝. 그 물고기는 어떤 어부에게 잡혀서 왕궁에 바쳐졌어. 물고기 배에서 나온 머리카락 한 올에 왕궁이 온통 황금빛으로 물들었지. 그걸 본 공주가 눈을 빛내면서,

"당장 이 머리카락의 주인을 찾아 줘요. 그전엔 먹지도 자지도 않겠어요."

그 공주가 고집이 대단하거든. 곧바로 온 나라에 비상이 걸렸지 뭐. 어부가 물고기를 잡은 지역을 대상으로 일제 수색이 시작됐어.

그때 소년이 무심코 물가에 목욕하러 왔다가 군사들에게 딱 잡혔지 뭐냐. 너무 눈부셔서 다들 눈을 감았다던가. 하하.
얼마 뒤, 소년은 공주와 마주 섰어. 그 공주도 소년 못지않게 아름다웠지. 두 사람 눈에 불꽃이 파바박. 공주를 보는 순간 소년은 다른 모든 걸 잊어버렸단다. 곧 결혼식이 거행됐지. 행복한 날들이 꿈처럼 흘러갔어.
그렇게 세월이 흐르던 어느 날, 누군가가 소년에게 커드를 만들어 줬어. 커드는 요구르트 비슷한 자연산 유제품이야. 그걸 맛보던 소년은 깜짝 놀라서 그릇을 떨어뜨렸어.
"이거, 우리 엄마가 해 주던 맛이야!"
그는 곧장 말에 올라타서 숲을 향해 정신없이 달려갔어. 검은 소를 마지막으로 봤던 곳으로. 근데 이를 어째. 검은 소는 안 보이고 소뼈만 흩어져 있지 뭐냐. 소년은 가슴이 무너지는 것 같았어. 한참을 울다가 뼈들을 모아서 장작더미에 고이 올려놓고 불을 붙였지. 그게 다비식이야. 죽은 사람을 화장해서 떠나보내는 의식.
"제발 우리 엄마가 다시 살아나게 해 주세요!"
소년은 손을 모아서 간절히 기도했어. 그때 옆에서 누군가가 쑥 나타나는 거야. 누구? 바로 검은 소! 소년은 검은 소의 목을 끌어안고 기쁨의 눈물을 흘렸단다. 어떻게 된 거냐고? 그게 다른 소의 뼈였던 거지 뭐.
"내가 저렇게 되기 전에 와 줘서 고마워."
"미안해요, 엄마. 사랑해요."

둘은 다시 만난 기쁨을 하염없이 누렸단다. 옛날에 먹던 음식들을 마음껏 나눠 먹으면서 말이지. 그러고 난 뒤 검은 소는 아이를 왕궁으로 돌려보냈어. 자기는 그 숲에 남고. 왜? 거기서 할 일이 있으니까. 위대한 뱀이 있고 또 누가 있댔지? 황소! 검은 소하고 황소하고 어떤 사이인지는 나도 몰라. 하하.

검은 소와 소년은 거기서 헤어지면 언제 다시 만날지 몰랐지만, 아쉬움은 없었단다. 마음으로 늘 함께일 테니까.

> 이야기에 대한 이야기

연이 통이 엄지 뀨 아재 로테 이모 뭉이쌤 약손할배

**연이** 쌤, 감동이에요. 검은 소가 죽지 않아서 정말 다행이에요.

**뀨 아재** 내 생각에, 검은 소는 불멸의 존재.

**엄지** 그럼 검은 소는 신인 걸까요?

**연이** 신일 수도 있겠다. 나는 돌아가신 엄마가 아닐까 생각했어.

**통이** 헉, 나는 친절한 이웃 사람이라고만 생각했는데. 하녀나 유모도 떠올랐고.

**연이** 오빠 해석도 그럴듯하다. 실제로 그런 좋은 분들이 계시니까.

**통이** 응. 묵묵히 일하면서 남을 잘 챙기는 분들.

**로테 이모** 쌤께서 '우리 엄마는 검은 소'라고 제목을 붙이셨잖아요? 100퍼센트 동감이에요. 검은 소가 진짜 엄마, 진짜 가족이었어요. 아이가 '미안해요, 엄마' 하고 말할 때 울컥했답니다.

**약손할배** 생사고락을 함께하는 존재가 참가족이지요.

**뭉이쌤** 조금 엉뚱한 얘기지만, 내가 어릴 때는 집에 있던 소를 진짜로 가족처럼 여겼어요. 형이라고 불렀답니다.

**통이** 와, 진짜요? 이런 이야기가 나온 게 우연이 아니네요.

**엄지** 저는 어린 여동생이 불쌍해요. 오빠가 사라졌을 때 많이 울었을 거예요.

**연이** 그 아이 어떻게 됐을지 궁금하다. 오빠랑 다시 만났으면 좋겠어.

**통이** 오빠가 왕자님 소개해 주는 건가? 하하.

**뭉이쌤** 그래, 재미있겠네. 뒷이야기 한번 잘 만들어 봐.

**퉁이** 넵! 위대한 뱀하고 황소도 넣어서요.

**로테 이모** 멋진 이야기가 탄생하겠네. 기대할게! 이제 내가 이야기 하나 해 볼게요. 이번에도 소가 등장하는 이야기예요.

로테 이모

아프리카의 섬나라 마다가스카르에서 전해 온 이야기예요. 섬이 우리나라보다 더 커요. 무척 아름다운 나라라고 해요. 디즈니 애니메이션에도 등장한 적이 있답니다. 아프리카라고 하면 사자나 얼룩말, 원숭이 같은 걸 떠올리게 되는데, 소들도 많이 사나 봐요. 소가 사람하고 친한 동물이잖아요? 이 이야기 속의 소는 대충 친한 거 이상이에요. 말 그대로 가족이랍니다. 어떤 가족일지 한번 들어 보세요.

# 라소알라바볼로

## 마다가스카르 민담

 옛날에 외딴 오두막에서 혼자 사는 뿔 없는 암소가 있었어요. 작은 오두막이었지만 암소는 집을 깨끗하게 정돈하며 살았답니다. 이 암소는 들에 나는 풀을 뜯는 데 만족하지 않고 직접 채소를 키우기도 했대요. 게다가 머리카락도 고이 길렀다니, 무척 특이하지요.
 어느 날 뿔 없는 암소는 들판에서 풀을 뜯다 커다란 알을 발견했어요. 오색이 아롱대는 아름다운 알이었답니다. 암소는 알을 집으로 가져가 바구니 안에 잘 넣어 뒀어요. 그러고는 매일 몇 번씩 알을 바라보며 어루만졌대요. 그런데 어느 날, 알에 금이 간 거예요. 암소는 보물이 깨진 것처럼 슬퍼했어요. 밖에 나가서도 하루 종일 그 생각뿐이었답니다. 저녁이 돼서 집으로 돌아온 암소는 깜짝 놀랐어요. 깨진 알 속에 예쁜 여자아이가 앉아 있었던 거예요. 암소는 아이를 꺼내 안았어요.
 "내 딸! 내가 곱게 잘 키워 줄게. 이제부터 네 이름은 라소알라바볼로야."

그 말대로 암소는 정성껏 아이를 키웠어요. 아이는 자라나서 둘도 없이 아름다운 아가씨가 됐답니다. 어느 날, 남쪽에 사는 족장이 라소알라바볼로에게 반해서 프로포즈를 했어요. 그러자 라소알라바볼로가 눈을 깜빡이면서,

"저도 결혼하고 싶어요. 그런데 그거 아시나요? 우리 엄마는 사람이 아니고 암소랍니다. 우리는 함께 자고 함께 먹어요. 엄마는 혀를 내밀어서 제 얼굴을 싹싹 핥는답니다. 그래도 저와 결혼하겠어요?"

이 말을 들은 남쪽 족장은 얼굴빛이 달라졌어요. 사랑하는 마음이 싹 달아나서 그냥 떠나 버렸답니다. 이어서 찾아온 북쪽 족장과 동쪽 족장, 서쪽 족장도 마찬가지였지요. 소가 얼굴을 핥는다는 말에 다들 질색하면서 돌아섰어요. 하지만 중앙 지역 족장은 달랐어요. 그 말을 듣고도 내민 손을 거두지 않았답니다.

"나는 여전히 당신을 사랑해요. 지금 나와 함께 떠납시다."

라소알라바볼로는 고민했어요. 엄마에게 말해야 한다고 생각했지만, 그러면 보내 주지 않을 게 분명했지요. 엄마가 너 없이는 못 산다고 신물이 나도록 말했거든요.

"좋아요. 당신과 가겠어요."

라소알라바볼로는 집 안에 있는 물건들을 이것저것 챙겨서 길을 나섰어요. 남자와 함께 달리고 또 달렸답니다. 하지만 잠시 뒤, 뿔 없는 암소가 두 사람을 쫓아 달려왔어요. 무시무시한 속도로

요. 암소는 두 사람 턱밑까지 따라와 노래하기 시작했어요.

긴 머리를 가진 사랑스러운 내 딸, 어디를 가는 거니?
어째서 이 엄마를 버리고 가는 거니?
내가 너를 어떻게 키웠는데 나를 저버리는 거니?

라소알라바볼로는 뒤를 돌아보며 노래했어요.

엄마, 나의 엄마. 엄마를 사랑해요.
엄마를 버리려는 게 아니에요.
나의 삶을 살려고 하는 거예요.

그러면서 소녀는 길에 콩을 뿌렸어요. 그러고는 엄마가 콩을 줍는 사이에 다시 도망치기 시작했지요. 하지만 암소는 다시 식식대면서 쫓아왔어요.
"내 딸아, 나를 버리고 가지 마."
"엄마, 엄마를 버리는 게 아니에요."
소녀는 이번에 피스타치오를 뿌렸어요. 뿔 없는 암소가 그걸 다 줍고서 쫓아오니까 옥수수를 뿌리고, 쌀을 뿌리고, 빈 그릇을 던졌지요. 하지만 암소는 추격을 멈추지 않았답니다. 더 이상 던질 게 없었던 라소알라바볼로는 연인을 구덩이에 숨긴 뒤 엄마를 맞이했어요. 엄마는 화를 내면서 소리쳤어요.

"네가 어떻게 나에게 이러는 거니? 언제부터 내가 싫어진 거야? 처음부터 그랬던 거니?"

뿔 없는 암소는 딸의 얼굴을 거칠게 핥기 시작했어요. 피부가 벗겨질 정도로요. 딸은 아주 흉측한 모습으로 변했답니다.

"그 얼굴로 딴 데 가서 마음대로 살아 봐!"

암소는 얼굴을 감싼 채 흐느끼는 딸을 버려두고 사라졌답니다. 구덩이에서 나온 족장은 흉측하게 변한 연인의 모습을 보면서 얼굴이 새파래졌어요.

"이게 내 원래 모습이에요. 나를 내버려두고 가세요."

하지만 젊은 족장은 라소알라바볼로의 손을 잡으면서,

"아뇨. 아까 본 게 당신의 참모습이에요. 본모습으로 돌아갈 수 있어요. 내가 함께할게요."

족장은 라소알라바볼로의 손을 잡아 이끌어 자기 마을로 갔어요. 그리고 결혼 날짜를 잡았답니다. 신부의 흉측한 모습을 본 사람들은 다들 놀라며 쑥덕거렸어요. 신부의 눈에서 눈물이 뚝뚝.

그곳에는 신부가 남편을 위해서 양탄자를 짜야 하는 풍습이 있었어요. 하지만 신부는 그 일을 어떻게 해야 하는지 알지 못했답니다. 그동안 그런 일은 엄마가 다 했거든요. 라소알라바볼로는 엄마를 생각하면서 주룩주룩 눈물을 흘렸어요.

그때 뿔 없는 암소가 오두막에서 요리를 하고 있는데 피워 둔 불이 축축 사그라들더니 푹 꺼졌어요. 다시 불을 피워 봤지만 마찬가지였답니다. 소는 한숨을 길게 내쉬었어요.

"내 딸이 또 우는구나. 얼마나 울길래 불이 다 꺼지는 거야!"

암소는 어둠을 헤치고 딸이 있는 마을로 달려갔어요. 엄마를 본 딸은 깜짝 놀랐지요.

"뭐니? 왜 그렇게 우는 거야?"

"엄마, 남편에게 줄 양탄자를 짤 수가 없어요."

그러자 암소는 갈대를 가져다가 입으로 꼭꼭 씹어서 가늘게 만들었어요. 그걸 비단 실과 교차해서 착착 짜니까 멋진 양탄자가 완성됐지요. 일을 마친 암소는 말없이 집으로 돌아갔어요.

다음 날, 사람들은 신부가 짠 양탄자를 보고 깜짝 놀랐어요. 하지만 이내 신부의 얼굴을 가리키며 큰소리로 흉을 보기 시작했지요. 방으로 돌아온 라소알라바볼로는 전날보다 더 구슬프게 울었어요. 그러자 다시 뿔 없는 암소가 척 나타나더니,

"왜 또 그렇게 우는 거니? 뭐가 필요해?"

"내 얼굴 때문에요. 엄마를 화나게 해서 이렇게 됐어요. 미안해요, 엄마."

그러자 암소는 혀를 내밀어서 부드럽게 딸의 얼굴을 핥기 시작했어요. 예전에 그랬던 것처럼요. 그러자 언제 그랬냐는 듯 라소알라바볼로는 본모습으로 돌아왔답니다. 엄마가 아는 세상에서 가장 아름다운 딸의 모습으로요.

다음 날, 족장과 라소알라바볼로의 결혼식이 거행됐어요. 정식으로 초대받은 뿔 없는 암소도 함께했답니다. 암소는 딸과 사위의 얼굴을 부드럽게 핥아 준 뒤 조용히 사라졌어요.

시간이 흘러 뿔 없는 암소가 세상을 떠나자 라소알라바볼로는 암소를 고이 묻어서 무덤을 만들었어요. 딸은 시간이 될 때마다 그곳에 찾아와 두 손으로 무덤을 안았답니다. 그러던 어느 날, 무덤에서 싹이 나더니 큰 나무로 자라나서 하얀 꽃을 피웠어요. 그 꽃은 상처가 난 몸을 치료해 줬다고 해요. 상처 난 마음도요.

> 이야기에 대한 이야기

연이　통이　엄지　뮤 아재　로테 이모　뭉이쌤　약손할배

**연이**　슬프면서도 아름다운 이야기예요. 자꾸 엄마 생각이 났어요.

**뮤 아재**　소처럼 일하시는 엄마들 많지.

**연이**　아재, 우리 엄마는 소 아니에요. 최고 멋쟁이라고요!

**약손할배**　연이 모르는 데서 소처럼 움직이실지도 몰라.

**연이**　정말요? 슬프다……. 

**로테 이모**　때가 되면 자식들을 놓아 줘야 한다는 걸 누구보다 잘 알거든요. 근데 쉽지가 않아요. 나도 모르게 붙잡게 돼요. 내 욕심이 아이들에게 상처가 되는 건데 말이지요.

**약손할배**　사랑하니까 그런 거죠. 그게 가족 아니겠어요? 아이들도 다 알 거예요.

**로테 이모**　뿔 없는 암소가 딸을 위해 양탄자를 짜 주는 게 남 일 같지 않았답니다.

**뮤 아재**　나이가 들어도 엄마는 필요해요. 오히려 나이가 들수록 더.

**뭉이쌤**　원래 가족도 중요하고, 새 가족도 중요하지요. 암소 엄마가 사위를 기꺼이 받아 줬으면 더 좋았을 겁니다.

**엄지**　라소알라바볼로가 말도 안 하고 떠난 게 잘못이었어요. 잘 말했으면 받아 줬을 거예요.

**로테 이모**　그래. 엄지는 좋아하는 사람 생기면 부모님께 잘 말해 드려.

**엄지**　네, 이모.

**통이**　근데 쌤. 암소면 암소지, 왜 뿔 없는 암소라고 하는지 궁금해요.

|        | 이모님이 만든 말 아니죠? |
|---|---|
| **로테 이모** | 응. 이야기 원래 제목이 '뿔 없는 소'였단다. |
| **뭉이쌤** | 엄마가 뿔이 없을 뿐 소처럼 움직인다는 데서 나온 말 아닐까? |
| **연이** | 아, 또 슬퍼졌어요. |
| **퉁이** | 이제 제가 하나 해 볼게요. 이번엔 뿔 있는 소 이야기로요. |

퉁이

동남아시아의 큰 나라, 캄보디아에서 전해 온 이야기예요. 바위에 얽힌 전설이라고 해요. 바위가 두 개인데 이름이 쁘라꼬와 쁘라케야 바위입니다. 쁘라꼬와 쁘라케야는 형제예요. 아주 특별한 형제죠. 세상에 둘도 없는 별난 가족 이야기, 시작하겠습니다.

## 둘도 없는 나의 형 쁘라꼬

**캄보디아 전설**

옛날에 자식이 없는 부부가 있었습니다. 부부는 아이를 간절히 원했어요. 그러던 어느 날, 여자는 손가락에 커다란 다이아몬드 반지를 세 개나 끼는 꿈을 꿨어요. 스님이 그 얘기를 듣더니,

"귀한 자식이 세 명 생겨날 꿈입니다. 그런데 한 가지 조심할 게 있어요. 절대 망고를 탐내지 마십시오."

여자는 얼마 뒤 진짜로 아기를 가졌어요. 배가 점점 불러 왔습니다. 그런데 망고가 너무너무 먹고 싶은 거예요. 날이 갈수록 더욱 더요. 어느 날 커다란 나무에 노란 망고가 달린 걸 본 여자는 참지 못하고 나무에 올라갔습니다. 망고를 따서 입에 넣으려는 순간, 여자는 나무에서 미끄러져 떨어지고 말았어요. 땅에 쓰러진 여자는 다시는 일어나지 못했습니다.

그때 여자의 몸에서 아기가 기어 나왔어요. 아기는 사람이 아니라 송아지였습니다. 송아지는 엄마 주변을 뱅글뱅글 맴돌다가 마을을 향해 쪼르르 달려갔습니다. 수많은 사람 중에 자기 아빠를

딱 찾아내더니,

"아빠, 빨리! 아빠, 빨리!"

이러면서 입으로 바짓자락을 막 잡아끌었어요. 아빠가 송아지를 따라가 보니까 망고나무 아래에 아내가 쓰러져 있었습니다. 이미 숨은 끊어진 상태였죠. 그때 송아지가 엄마 배를 가리키면서 말했어요.

"아기, 아기! 내 동생!"

송아지의 말을 알아들은 남자는 아내 뱃속에서 아기를 꺼내기 시작했어요. 한참 만에 예쁜 사내아이가 나왔습니다. 그러자 송아지가 앞발로 아기를 안고서,

"내 동생. 쁘라케야. 나, 너의 형. 쁘라꼬."

남자는 그렇게 하루아침에 아내를 잃고 두 아들을 얻게 됐어요. 사람들은 이 가족을 아주 불길하게 여겼습니다. 쁘라꼬를 괴물이라고 부르며 죽이려고 했죠. 젖이 필요한 쁘라케야에게 아무도 젖을 주려 하지 않았습니다. 쁘라꼬는 쁘라케야를 안고서 아빠에게 말했어요.

"아빠. 내 꼬리 잡아요. 우리 딴 데로 가요."

아빠가 꼬리를 잡으니까 쁘라꼬는 땅을 박차고 힘차게 날아올랐어요. 셋은 순식간에 아무도 없는 깊은 산속에 도착했습니다. 나무에 먹음직스러운 열매가 많이 달린 곳이었어요. 아빠는 열매로 즙을 내서 쁘라케야에게 먹였어요. 덕분에 쁘라케야는 건강하게 자라났습니다.

그 후 많은 세월이 흐른 어느 날, 평화롭던 숲속에 한 무리가 나타났습니다. 아이들이 소를 몰고 들어온 거예요. 소가 풀을 먹는 동안 아이들은 이리저리 뛰면서 재미있게 놀았습니다. 쁘라케야가 그 모습을 지켜보더니,

"나 친구 필요해. 쟤들하고 놀고 싶다."

아빠는 쁘라케야를 아이들 있는 데로 보내 줬어요. 아이들은 금방 친해져서 어울려 놀았습니다. 그러다 점심때가 됐어요. 아이들이 도시락을 꺼내 밥을 먹는데, 쁘라케야는 처음 보는 밥이 맛있어 보였습니다. 하지만 아이들은 밥을 나눠 주지 않았어요.

"이건 우리 밥이야. 너는 네 거 먹어야지."

그러자 쁘라케야가 풀이 죽어 쁘라꼬에게 와서 말했어요.

"형, 나도 쟤들처럼 밥 먹고 싶어."

눈에 눈물이 그렁그렁. 쁘라꼬는 그냥 지나칠 수가 없었어요.

"쁘라케야. 내 말 잘 들어. 우리에게는 형제가 한 명 더 있단다. 너와 나 사이에만 통하는 마법이 있거든. 그게 우리의 자매야. 마법은 우리가 원하는 걸 만들어 준단다. 나와 함께 '아메고'를 세 번 외치면서 소원을 빌면 돼."

쁘라케야 눈이 반짝반짝. 지금 원하는 게 밥이잖아요?

"아메고 아메고 아메고. 우리의 자매야. 맛있는 밥이 잔뜩 나오게 해 줘."

그러자 진짜로 맛있는 밥과 음식이 많이 나왔어요. 쁘라케야가 그걸 가지고 아이들 있는 데로 가니까 다들 깜짝 놀라죠.

"와! 이런 거 처음 봐. 나도 먹어 볼래."
그런데 음식에 손을 대니까 슈슈슉 사라지는 거예요. 그 음식은 쁘라케야만 먹을 수 있었죠. 아이들은 욕을 하면서 마을로 내려가 버렸어요. 풀이 죽어서 돌아온 동생에게 형이 말했어요.
"쁘라케야. 때가 되면 마법이 통하는 사람을 만나게 될 거야. 우리의 새 가족이 될 사람."
그때 아빠가 두 형제를 위로하면서 말했어요.
"애들아, 얼마 전부터 하늘에서 엄마가 나를 부르고 있단다. 이제 그 곁으로 갈 때가 됐어. 그러니 너희들만의 세상을 찾아서 길을 떠나도록 해라. 너희들이 부처님과 인연이 있는 아이라는 걸 늘 잊지 않도록 해."
아빠는 쁘라케야에게 쁘라꼬가 내민 꼬리를 잡게 했어요. 형제는 아빠와 이별하고 하늘로 높이 날아올랐습니다. 바람에 실려서 너울너울 훨훨. 한참을 날아간 형제는 숲으로 둘러싸인 황무지에 도착했어요.
"쁘라케야. 이곳이야. 여기에 우리만의 왕국을 건설하자."
형제는 손을 꼭 잡고서 마법을 펼치기 시작했습니다.
"아메고 아메고 아메고. 우리의 자매야. 이곳에 아름다운 왕국을 만들어 줘."
그러자 황무지에 왕국이 착착 만들어지기 시작했어요. 금빛 찬란한 왕국이었습니다. 부족한 건 없었죠. 아니, 한 가지 있었어요. 새 가족이 될 사람요. 청년이 된 쁘라케야는 좋은 짝과 결혼해서 모든 걸 함께하고 싶었습니다.

인연이 될 사람은 멀지 않은 곳에 있었어요. 바로 숲 너머 큰 왕국의 공주였어요. 그 나라에 공주가 다섯 있었는데, 막내 공주 쁘라닝뻴이 제일 예뻤습니다. 쁘라닝뻴 공주는 웬일인지 왕궁을 벗어나서 숲속으로 가고 싶은 마음이 자꾸만 솟아났어요. 쁘라케야 형제가 왕국을 건설할 때부터요. 공주가 숲에 가서 놀고 싶다고 조르니까 왕은 혼자는 안 된다며 다섯 딸을 함께 보냈습니다.

그래서 공주 다섯 명이 마차를 타고 숲으로 가는데, 쁘라닝뻴만 신이 났어요. 숲속에 들어서니까 맑은 호수가 나타났습니다. 쁘라닝뻴이 속옷만 입고 물속으로 첨벙 들어가더니,

"언니들도 들어와. 진짜 맑고 시원해."

그러자 언니들도 호수에 들어가서 물놀이를 시작했어요. 물이 정말 시원해서 마음이 상쾌해졌죠. 그들이 한창 재미있게 놀고 있는데, 낯선 말소리가 들려왔습니다.

"당신들은 누군가요? 왜 여기에 있어요?"

공주들이 놀라서 보니까 젊은 남자였어요.

"뭐예요? 언제 온 거예요? 우리는 옆 나라 공주들인데, 당신은 누구죠?"

"나는 쁘라케야입니다. 이 왕국의 주인이죠. 이 호수는 내 물놀이 장소예요."

그러자 쁘라닝뻴이 생글 웃으면서,

"그럼 들어와서 우리랑 함께 놀아요."

그래서 쁘라케야가 물에 들어가서 노는데, 쁘라닝뺄이 계속 눈에 들어오는 거예요. 쁘라닝뺄도 쁘라케야에게서 눈을 떼지 못했습니다. 정말 잘생긴 청년이었거든요. 다른 공주들이 보다못해 말했습니다.

"막내야, 가자. 더 늦으면 아버지가 혼내실 거야."

막내 공주는 더 놀고 싶고 쁘라케야의 왕국에도 가 보고 싶었어요. 하지만 왕궁으로 돌아갈 시간이었습니다. 둘은 아쉬움을 가득 안고 헤어졌어요. 그때만 해도 곧 다시 만날 줄 알았죠. 하지만 착각이었습니다. 쁘라닝뺄이 낯선 청년하고 눈이 맞았다는 말을 전해 들은 왕이 화가 나서 딸을 먼 곳에 있는 험한 산으로 쫓아낸 거예요. 머리카락을 자르고 누더기를 입혀서요.

부족한 게 없던 막내 공주는 세상에서 제일 외롭고 슬픈 아가씨가 됐습니다. 공주는 그곳에서 오랫동안 고난의 시간을 보내야 했어요. 쁘라케야가 숲속에서 힘든 시간을 보냈던 것처럼요. 모든 게 전생의 인연이었죠. 그때 하늘에서 그걸 지켜보는 사람이 있었어요. 바로 쁘라꼬와 쁘라케야의 아빠와 엄마였습니다. 두 사람은 공주가 죽지 않고 살 수 있게 지켜 주고 도와주었답니다.

한편 쁘라케야는 공주를 다시 만나게 해 달라는 소원을 쁘라꼬와 함께 계속 빌고 있었어요 하지만 형제의 마법은 잘 통하지 않았습니다. 아직 때가 안 됐던 거예요. 쁘라케야는 호수에서 있었던 일을 떠올리며 쓸쓸한 날들을 보내야 했죠. 그렇게 세월이 흐르던 어느 날, 누더기를 걸친 아가씨가 호수에 나타났어요. 머리가 헝클어진 흉한 모습이었지만 쁘라케야는 그 사람을 단번에 알아봤습니다. 그다음 장면은 상상에 맡길게요.

둘은 손을 꼭 잡고 마법의 왕궁으로 들어갔습니다. 형제 말고 그곳에 들어간 건 쁘라닝뺄이 처음이에요. 왕궁 안에서 황소 쁘라꼬가 공주를 맞이했습니다.

"어서 오세요. 고생 많으셨어요."

쁘라닝뺄은 어안이 벙벙해서 눈이 동그래졌어요. 쁘라케야가 웃으면서,

"이 세상에 둘도 없는 나의 형 쁘라꼬입니다. 내 유일한 가족이에요."

"이제는 아냐. 새로운 가족이 생겼으니까."

쁘라꼬는 두 사람을 축복해 줬어요. 그들에게는 마법의 자매가 있잖아요? 눈 깜짝할 사이에 쁘라닝뺄 공주의 누더기가 찬란한 황금 드레스로 변했습니다. 헝클어진 머리도 아름답게 되살아나서 찰랑찰랑. 공주는 두 팔로 황소의 목을 감싸안았습니다. 가족이니까요.

얼마 뒤, 왕궁에서는 아름다운 결혼식이 거행됐습니다. 사람들뿐만 아니라 짐승과 새들도 많이 모였다고 해요. 각자 다른 모습을 하고 있지만, 전생에 서로 어울려 지냈던 이들이었죠. 다음 생에 또 어떤 인연으로 이어질지는 아무도 몰랐습니다. 부처님의 뜻은 넓고도 깊으니까요.

그 뒤에 쁘라케야와 쁘라닝뺄의 왕국에는 많은 일이 있었습니

다. 이웃 나라에서 공격도 많이 당했다고 해요. 하지만 그들은 어려움을 헤쳐 나가며 오래도록 함께했습니다.

훗날 쁘라꼬와 쁘라케야가 죽은 뒤 두 개의 바위가 생겨났어요. 사람들은 형제가 바위로 환생했다고 믿고 그걸 쁘라꼬 쁘라케야 형제 바위라고 불렀습니다. 그 바위에 소원을 빌면 이루어진다고 해요. '아메고 아메고 아메고' 이렇게 말하면서요.

> 이야기에 대한 이야기

연이　　　통이　　　엄지　　　큐 아재　　로테 이모　뭉이쌤　약손할배

**연이**　　신기한 이야기다. 마법에 걸릴 듯한 느낌! 근데 '아메고'는 무슨 뜻이야?

**통이**　　응, 그거? 말해 줘야 하나? '음메, 음메, 음메' 이런 거야. 하하.

**큐 아재**　캄보디아 소는 울음소리가 멋지군. 스페인어인 줄 알았음.

**뭉이쌤**　하하, 스페인어로 '아미고'가 친구라는 뜻이죠.

**엄지**　　형제의 엄마가 꿈에서 본 반지가 세 개였잖아요? 아이는 둘이라서 뭔가 이상했는데, 다른 한 명이 마법이라는 게 신기했어요.

**통이**　　그게 이 이야기의 포인트! 가족 사이에는 아주 특별한 마법이 함께한다는 거.

**뭉이쌤**　그래. 가족들 사이에만 통하는 게 있는 법이지. 정(情)이나 가족 문화 같은 것.

**연이**　　쁘라닝뻴은 그걸 받아들여서 새 가족이 된 거 맞죠?

**뭉이쌤**　그렇지.

**연이**　　근데 쁘라꼬가 소잖아요? 사람이 아니고 소가 형제라는 건 무슨 뜻일까요? 소처럼 생긴 사람?

**뭉이쌤**　흠, 생김새보다는 성격 쪽 아닐까? 묵묵하고 듬직하게 늘 함께하는 존재.

**연이**　　그런 오빠가 있으면 참 좋겠어요.

**로테 이모**　캄보디아가 불교의 나라잖아요? 이야기 속에 불교의 세계관이 담겨 있는 게 인상적이에요. 지금 여기 다른 모습을 하고 있어도 다

|  |  |
|---|---|
|  | 숨은 인연이 있다는 거잖아요? |
| **뀨 아재** | 전생은 현생과 반대일 수도 있다잖아요. 전생에는 쁘라케야가 소였을 수도. 앗, 그럼 나의 전생은 여자? 하하. |
| **퉁이** | 말 없고 다소곳한 여자요. 지금과 반대라면요. |
| **약손할배** | 내가 죽어서 다시 태어나면 어린애가 될 테니 잘들 챙겨 줘요. |
| **퉁이** | 넵, 알겠습니다! 그런데 그 전에 이야기 하나 해 주세요. |
| **약손할배** | 그래그래. |

약손할배

내가 호랑이 이야기 하나 해 볼게요. 호랑이라면 뭐니 뭐니 해도 한국이잖아? 우리나라에서 전해 온 이야기예요. 아마 동화책에서 본 적이 있을 거야. 내가 어렸을 때는 이 이야기를 그냥 재미있고 신기하다고만 생각했어요. 그런데 나이가 들면서 가만히 되새겨 보니까 아주 새롭게 보이는 거예요. 그게 옛이야기의 마법이라는 거겠죠? 이 마법이 여러분들한테도 통하면 좋겠어요.

# 호랑이가 가족 된 이야기

**한국 민담**

옛날 어느 산골에 홀어머니를 모시고 사는 총각이 있었어요. 산에서 나무를 해다가 팔아서 먹고살았답니다. 그러니까 나무꾼이지. 어느 날 나무꾼이 한창 나무를 하고 있는데, 앞에 웬 커다란 그림자가 생겨났어요. 뭔가 하고 눈을 들어 보니까 집채만 한 호랑이가 입을 떡 벌리고 서 있는 거예요. 나무꾼은 그대로 몸이 굳어 버렸답니다. 호랑이를 만나면 누구라도 그렇게 되지요.

"어흥! 쫄쫄 굶었는데, 드디어 저녁거리를 찾았군."

'아아, 망했다!'

배부른 호랑이는 본래 짐승을 잘 해치지 않거든. 근데 이 호랑이는 얼마나 굶었는지 눈이 퀭해요. 영락없이 죽은 목숨이지 뭐. 도망쳐 봤자 몇 발자국 가지도 못해요. 이때 나무꾼은 죽을 때 죽더라도 뭔가 해 봐야겠다고 생각했어요. 어머니를 홀로 남겨 두고 맥없이 가 버릴 순 없었거든.

"아이고 형님, 이게 얼마 만이오! 보고 싶었습니다, 형님!"

나무꾼은 이렇게 말하면서 호랑이한테 다가갔어요. 호랑이가 어리둥절 기가 막혀서,
"뭐? 형님? 내가 네 형이라고? 그게 무슨 강아지 풀 뜯어 먹는 소리냐?"
당연히 그럴 수밖에요. 하지만 내친걸음이잖아? 나무꾼은 눈물까지 보이면서 연기를 계속했어요.
"아이고, 말도 마세요, 형님. 우리 어머니가 첫아들을 낳았는데, 글쎄 호랑이였다지 뭡니까. 백일도 못 치르고 산으로 들어갔다는데, 이마에 하얀 점이 있댔어요. 지금 보니 제 형님이 분명합니다. 형님, 어머니가 형님이 보고 싶어서 밤마다 몰래 우세요. 흑흑."
나무꾼 두 눈에서 눈물이 뚝뚝. 그걸 본 호랑이는 그만 혼란에 빠졌어요. 가만 생각해 보니까 정말 자기 부모가 누구인지, 자기가 어디서 태어나서 여기에 왔는지 모르겠는 거예요.
"어머니? 나에게 어머니가?"
"네, 어머니가 기다리세요. 형님! 손이나 한번 잡아 봅시다."
나무꾼은 호랑이에게 바짝 다가가서 양손을 내밀었어요. 호랑이가 그동안 여러 사람과 짐승을 만났지만 이런 일은 처음이에요. 다들 겁에 질려서 오줌을 싸거나, 어떻게든 도망치려고 발버둥이었거든. 주제 모르고 죽자 사자 덤벼드는 녀석이 가끔 있는 정도였어요. 이러나저러나 결과는 같아요. 호랑이 발톱에 온몸이 갈가리 찢기는 거지. 호랑이가 그렇게 무섭거든. 그러니까 이 나무꾼 말이 더 진짜처럼 생각되는 거예요.

나무꾼은 두 손으로 호랑이 앞발을 꼭 잡고서 말했어요.

"형님, 집에 한번 꼭 오세요! 어머니의 간절한 소원이에요. 산자락 끄트머리 작은 오두막이 우리 집입니다. 일부러 산속 깊이 터를 잡았어요."

그러자 호랑이가 고개를 끄덕이더니,

"오냐, 그러자꾸나. 내가 밤에 내려가마. 그건 그렇고, 잠깐만 기다려."

그러더니 호랑이는 앞발로 나뭇가지를 툭툭 쳐서 나무를 하기 시작했어요. 금세 나무가 한 짐. 나무꾼이 그걸 지게에 짊어지고는 한 번 더 뒤를 돌아보면서,

"꼭이에요. 꼭 오세요."

"알았어. 조심히 내려가."

나무꾼은 걸음을 서둘렀어요. 등골에 식은땀이 주르르. 정말 꼼짝없이 죽는 줄 알았거든. 하지만 그걸로 끝난 게 아니에요. 밤에 호랑이가 찾아온다고 했잖아. 나무꾼은 어머니에게 산에서 있었던 일을 다 이야기했어요.

"어머니. 어떻게 할까요? 아랫마을로 가서 숨을까요?"

그러자 어머니가 고개를 내두르면서,

"아니야. 그건 도리가 아니지. 이 집을 영영 떠날 수도 없고."

"네, 어머니. 그럼 제 말씀대로 해 주세요. 호랑이가 오면 끌어안고 '아들아!' 하면서 우는 거예요. 그래야 살 수 있어요."

어머니가 고개를 끄덕끄덕. 아니나 다를까, 밤이 되니까 마당에

서 쿵 소리가 들려왔어요. 호랑이가 진짜로 찾아온 거예요. 방문을 열고 나간 어머니는 커다란 호랑이의 목을 두 팔로 꼭 감싸 안고 눈물을 줄줄 흘리며 말했습니다.

"아이고, 내 아들아. 어디 갔다가 이제 왔니! 내가 너를 얼마나 보고 싶었는데……. 이제 죽어도 원이 없다."

나무꾼이 보니까 어머니의 연기력이 자기보다 나아요. 호랑이 아니라 곰이나 공룡이라도 감동할 정도지 뭐야. 호랑이의 커다란 눈에서 닭똥 같은 눈물이 뚝뚝 떨어지더니,

"어머니!"

그렇게 둘이 한참을 끌어안고 우는 거예요. 아, 동생까지 셋이 다 함께요.

하지만 호랑이가 집에서 같이 살 수는 없잖아요? 호랑이는 두 사람과 작별하고 다시 산으로 올라갔어요. 집을 떠나면서 뭐라고 하냐면,

"앞으로 먹고사는 거 걱정하지 마세요. 이 아들이 챙길게요."

그게 무슨 소린가 했더니, 그다음 날부터 마당에 크고 작은 짐승들이 놓여 있는 거예요. 어떤 날은 토끼, 어떤 날은 노루, 어떤 날은 멧돼지. 하루도 빠짐이 없었답니다. 나무꾼이 더 이상 나무를 해다가 팔지 않아도 될 정도였어요.

그렇게 세월이 흐르던 어느 날, 나무꾼의 어머니가 노환으로 몸져누웠어요. 호랑이가 몸에 좋은 짐승과 온갖 약초를 물어 왔지만, 노인은 다시 일어나지 못했답니다. 어머니는 세상을 떠나기 전에

호랑이에게 말했어요.

"내 아들, 고마워. 사랑한다. 동생을 잘 돌봐 주렴."

호랑이가 고개를 끄덕이면서 눈물을 뚝뚝. 결국 어머니는 세상을 떠나고, 장례식이 치러졌어요. 호랑이가 거기 참석할 수는 없잖아? 호랑이는 사람들 눈에 띄지 않는 곳에 무릎을 꿇고 앉아서 하염없이 울었답니다.

예전에 효자들은 부모님이 돌아가시면 묘 앞에 움막을 짓고 곁을 지켰어요. 그걸 시묘살이라고 해요. 나무꾼이 어머니 무덤에서 시묘살이를 시작하려니까 호랑이가 나타나서 말했어요.

"어머니는 맏아들인 내가 모실 테니 너는 가서 일을 하도록 해. 먹고살아야지."

"형님…… 정말 고맙습니다."

이제 꾸미지 않아도 저절로 형님 소리가 나와요. 호랑이가 진짜 형님이 된 거지요. 나무꾼은 틈나는 대로 그곳에 와서 호랑이와 함께 시간을 보냈다고 해요. 옛날에 진짜 효자는 시묘살이를 꼬박 삼년간 했거든. 그 호랑이가 정말 삼 년 내내 어머니 묘를 지키더래요. 그러다가 삼년상을 마치던 날, 그 자리에 쓰러져서 죽었다는 거예요.

나무꾼은 호랑이 형님을 어머니 곁에 고이 묻어 줬어요. 사람들은 이 호랑이에게 감동해서 효성을 기리는 비석을 세워 줬답니다. 그리고 이건 나만 아는 비밀인데, 호랑이가 죽기 전에 나무꾼하고 나눈 대화가 있어요.

"형님, 사실은 그게…… 처음 만났을 때 제가 했던 말……."
"아무 말 하지 마라. 내가 다 안다. 누가 뭐래도 너는 내 동생이야. 진짜 동생."

> 이야기에 대한 이야기

연이  통이  엄지  뮤 아재  로테 이모  뭉이쌤  약손할배

**연이**   할아버지, 마법이 통했어요. 저 감동했잖아요.

**통이**   저도요. 완전 소름 돋았어요. 저는 호랑이가 나무꾼의 꾀에 넘어가서 엉뚱한 짓을 한 거라고 생각했거든요.

**약손할배**   그래. 내가 예전에 꼭 그랬었지.

**로테 이모**   진짜 가족이 뭔지 보여 주는 이야기였어요. 나무꾼은 몰라도 어머니는 처음부터 호랑이를 아들로 받아들인 것 같아요.

**뮤 아재**   이건 비밀인데, 그 호랑이가 진짜 아들이란 얘기도.

**통이**   정말요? 사람이 어떻게 호랑이를 낳아요?

**뮤 아재**   어허. 조금 전에 너도 사람이 송아지를 낳은 이야기를 하지 않았니?

**통이**   앗! 그런가요?

**뭉이쌤**   하하. 중요한 건 낳았느냐 어쨌느냐의 문제가 아니라, 어떻게 받아들이고 어떤 관계를 맺는가 하는 일이겠죠. 그런 의미에서 호랑이가 진짜 아들이고 진짜 형님이라는 의견에 동의합니다.

**연이**   제가 좋아하는 시 구절이 생각나요. "내가 그의 이름을 불러 주었을 때, 그는 나에게로 와서 꽃이 되었다."

**통이**   "내가 그를 형님이라 불러 주었을 때, 그는 나에게로 와서 진짜 형님이 되었다." 이렇게 되는 건가?

**엄지**   두 사람, 진짜 오누이로 인정합니다.

**약손할배**   하하. 옛이야기가 맺어 준 인연이군. 한 가족이 되어 살아가는 데

좋은 이야기를 나누는 것만큼 귀한 일도 없지.

**퉁이** 오랜만에 외쳐 봅니다. 옛이야기 만세!

(일동 웃음)

## storytelling time
## 나도 이야기꾼!

**기본 스토리텔링**

이번 스테이지에서 만난 이야기 중 가장 마음에 드는 것을 골라서 다음과 같은 단계로 스토리텔링 활동을 해 보자.

- **step 1:** 책에 쓰인 그대로 이야기를 소리 내어 읽는다.
- **step 2:** 책에 쓰인 그대로 이야기를 소리 내어 읽되, 가상의 청자에게 말해 주듯이 읽는다.
- **step 3:** 청자에게 이야기를 전달하되, 틈틈이 책을 참고한다.
- **step 4:** 청자에게 이야기를 전달하되, 책을 참고하지 않는다.
- **step 5:** 청자에게 이야기를 전달하되, 표현과 내용을 조금씩 자신의 방식대로 바꿔 본다.
- **step 6:** 완전히 내 것이 된 이야기를 구연 환경과 청자의 성향에 맞춰 내용과 표현을 자유자재로 조절하며 전달한다.

## 이야기별 재창작 스토리텔링

다음은 이번 스테이지에서 만난 이야기들에 대한 활동거리이다. 이 중 하나 이상을 골라 스토리텔링 활동을 해 보자.

<할머니 방에 햇살>
① **숨은 이야기 상상하기**: 할머니가 돌아가실 때의 장면을 상상해서 이야기해 보자. 할머니와 손녀가 대화를 나누는 형태로 구성해도 좋다.

<굴뚝새와 곰>
② **캐리커처 그리기**: 인물의 성격을 반영해서 굴뚝새와 곰의 캐리커처를 그려 보자. 표정을 특징적으로 살리도록 한다.

<염소 가족과 늑대>
③ **유사한 이야기 비교하기**: 이 이야기와 독일 민담 〈일곱 마리 아기 염소와 늑대〉의 다른 점에 대해 이야기해 보고, 더 마음에 드는 이야기를 골라 그 이유를 말해 보자.

<우리 엄마는 검은 소>
④ **상징성에 대해 토론하기**: 이 이야기 속의 '검은 소'가 무엇을 상징하는지에 대해 각자의 해석을 말해 보자.

⑤ **뒷이야기 만들기**: 주인공이 여동생과 다시 만나는 내용의 뒷이야기를 만들어 보자. 검은 소와 위대한 뱀, 황소가 함께 등장해도 좋겠다.

<라소알라바볼로>

⑥ **마음에 들지 않는 내용 고치기**: 이 이야기에서 마음에 들지 않는 부분을 한 곳 찾아서 고쳐 보자. 이어지는 스토리가 어색하지 않도록 적절히 손보도록 한다.

<둘도 없는 나의 형 쁘라꼬>

⑦ **랩이나 노래 가사 만들기**: 쁘라케야를 화자로 삼아서 '둘도 없는 나의 형'을 제목으로 한 랩이나 노래 가사를 써 보자. 직접 불러 보면 더 좋다.

<호랑이가 가족 된 이야기>

⑧ **인물의 입장에서 일기 쓰기**: 이야기 속 호랑이가 되어 특별했던 어느 날의 일기를 써 보자.

⑨ **비문 쓰기**: 사람들이 호랑이를 위해 세웠다는 비석의 글귀를 작성해 보자. 현대적인 감각으로 표현해도 좋다.

## 이야기 연계 스토리텔링

1. 그간 살아오면서 가족의 소중함을 느꼈던 경험을 떠올려 이야기해 보자. 단, 햇살, 검은 소 등 이 스테이지에서 만난 설화들의 화소와 연결해 내용을 풀어내도록 한다.

2. 다음 인물들이 전생에 한 가족이었다고 가정하고, 그들 사이에 펼쳐졌을 만한 일을 한 편의 설화 형태로 구성해서 이야기해 보자.

   (1) 케이트　　(2) 곰　　(3) 엄마 염소　　(4) 검은 소
   (5) 쁘라꼬　　(6) 호랑이

3. 다음 인물들이 패널로 참여한 가상 좌담회의 대화록을 구성해 보자. 주제는 '우리에게 가족이란 무엇인가?'로 한다.

   (1) 케이트의 할머니　　(2) 라소알라바볼로
   (3) 쁘라케야　　　　　 (4) 나무꾼

4. 이 외에 이야기들을 흥미롭게 연계할 수 있는 여러 가지 방법을 찾아보고 이를 토대로 다양한 스토리텔링 활동을 해 보자.

## stage 02
# 부모와 자식 사이

밤에 혼자 빨래하는 사람
엄마의 심장
고집쟁이 아이 죽이기
외톨이 필라만드레

무화과나무에서 얻은 아이들
가죽더미 줄리에다
엄마의 사랑둥이
지붕에 소 올리기

연이

안녕하세요. 이번 이야기판 첫 순서를 저 연이가 맡게 됐어요. 이번 이야기판 주제가 '부모와 자식'인데요, 저에게 깊은 인상을 준 이야기를 들려드릴게요. 프랑스에서 전해 온 건데, 밝고 가벼운 이야기는 아니에요. 조금 무서울지도 몰라요. 민담 모음집에서 봤는데, 전설 같은 느낌도 들었답니다.

# 밤에 혼자 빨래하는 사람

**프랑스 민담**

옛날 프랑스의 작은 마을에 안이라는 소녀가 아빠와 함께 살고 있었어요. 엄마는 안이 어렸을 때 세상을 떠나서 얼굴도 알지 못했답니다. 아빠는 엄마 몫까지 딸을 살뜰하게 챙겼어요. 혹시라도 상처받는 일이 있을까 늘 마음을 썼답니다.

아빠는 딸이 놀러 나갈 때마다 늘 어둡기 전에 들어오라고 신신당부했어요. 특히 마을 밖에 있는 강가에는 절대 가지 못하게 했답니다. 밤에 빠져 죽은 사람이 있다고 했어요. 안은 착한 딸이라서 아빠 말을 잘 따랐죠.

그러던 어느 날이었어요. 이웃 마을에 놀러 갔던 안은 시간 가는 줄 모르고 있다가 해 질 무렵이 돼서야 깜짝 놀라 집으로 돌아오기 시작했어요. 집에 오려면 사람이 빠져 죽었다던 그 강물을 꼭 건너야 했죠. 안은 발걸음을 서둘렀어요. 강에 도착할 때쯤 날은 벌써 어두워지고 있었죠. 안은 앞만 보면서 다리를 건너기 시작했어요. 바로 그때,

"철썩! 처얼썩!"

강가에서 이상한 소리가 들려왔어요. 순간 안은 팔에 소름이 돋으면서 귀가 쫑긋 솟았어요. 그건 분명 빨래하는 소리였답니다. 문제는 그곳이 빨래터가 아니라는 거였죠. 예전에 빨래터가 있었다는 걸 말로만 들었을 뿐이에요.

"철썩! 처얼썩! 철썩!"

안은 그냥 지나치려고 했지만, 소리가 잡아당기는 힘을 이길 수 없었어요. 그래서 자기도 모르게 그쪽으로 고개를 돌렸습니다. 거기에는 하얀 옷을 입은 여자가 빨래를 철썩철썩 두드리고 있었어요. 여자는 불쑥 고개를 돌려서 안을 바라봤습니다. 아아, 그런 얼굴은 처음이었어요. 눈, 코, 입을 분간할 수가 없는 거예요. 마치 얼굴에 안개가 낀 것 같았죠. 여자는 손을 들어 안에게 가까이 오라며 손짓했어요. 안은 자기도 모르게 두어 걸음 다가가다가 고개를 세차게 흔들었어요. 그리고 온 힘을 다해서 달렸어요. 누가 뒷덜미를 잡아당기는 것 같았지만, 안은 집에 도착할 때까지 뒤를 돌아보지 않았답니다.

"얘야, 그건 산 사람이 아니야. 유령이란다. 슬픔을 물에 떠나보내려고 영혼을 빨아서 짜는 거야. 그 손을 잡으면 네 영혼까지 빨려 들게 돼. 이제 다시는 밤에 안 나갈 거지?"

"네, 아빠. 절대로요."

안은 진짜로 그럴 생각이었어요. 정말 무서웠거든요. 하지만 이상하게 날이 저물 때마다 자꾸 마음이 강가로 갔답니다. 빨래하는 여자의 얼굴을 꼭 봐야만 할 것 같았죠. 어느 날 밤, 침대에서 뒤척이던 안은 결국 집을 살그머니 빠져나와서 강가로 향했어요.

"철썩! 처얼썩! 철썩!"

다시 빨래하는 소리가 들려왔어요. 소리는 전보다 더 선명했답니다. 안은 왠지 여자의 얼굴을 볼 수 있을 것 같다고 생각했어요. 안이 가까이 다가가자, 여자는 천천히 고개를 돌렸어요. 아아, 그 얼굴은 여전히 흐릿했어요. 하지만 웃고 있는 게 분명했습니다. 여자가 손을 뻗자 안도 손을 내밀었어요. 여자의 희미한 얼굴에 웃음이 활짝 번졌습니다. 안은 그 손을 꽉 잡으며 외쳤어요.

"엄마! 엄마!"

안의 눈에서 눈물이 주르르 흘렀어요.

"엄마! 나랑 함께 가요!"

안은 잡은 손을 힘껏 당겼어요. 하지만 손은 쇳덩이처럼 꼼짝도 안 했습니다. 오히려 안이 휘청 끌려갔어요.

"으아아아!"

그 순간, 누가 뒤에서 안을 확 끌어안았어요. 아빠였어요. 안은 그대로 정신을 잃었답니다. 눈을 떠 보니 자기 방 침대였어요. 옆에서 아빠가 안을 지켜보고 있었죠.

"안. 깨어났구나. 다행이야. 저세상으로 건너갈 뻔했어."

"아빠! 그건 엄마였어요. 손을 잡았을 때 엄마 얼굴을 똑똑히 봤어요. 눈물을 흘리고 있었어요. 아빠, 저는 느껴요. 엄마는 안식을 얻으셨어요. 이제 강가에서 빨래를 하지 않으실 거예요."

아빠는 아무 말 없이 안을 안아 줬습니다.

다음날, 안은 아빠와 함께 강가를 찾아갔어요. 엄마가 빨래하던 곳에는 버드나무가 서 있었답니다. 늘어진 나뭇가지가 햇살에 반짝이면서 강물과 만나 철썩였어요. 안은 그 모습을 하염없이 바라봤어요. 그 나무가 원래 거기 있었는지 알 수 없었지만, 안은 끝까지 묻지 않았답니다.

> 이야기에 대한 이야기

연이 / 통이 / 엄지 / 이반 / 세라 / 로테 이모 / 뭉이쌤 / 노고할망

**엄지** 아, 슬프면서도 아름답다.

**세라** 그래. 한 편의 짧은 영화 같아. 프랑스 영화.

**이반** 영화로 한번 만들어 보고 싶어요.

**세라** 그래. 한번 콘티를 짜 봐도 좋겠어. 그림이 쫙 그려지는 느낌.

**로테 이모** 딸의 손을 한번 잡아 보는 게 죽은 엄마의 간절한 소원이었나 봐요.

**연이** 제 생각에도요. 안은 엄마 얼굴이 너무나 보고 싶었던 거고요.

**뭉이쌤** 내 생각엔 아빠가 처음부터 안을 따라왔으면서 엄마 손을 잡도록 기다린 게 아닌가 싶어.

**연이** 쌤, 그 생각은 못 했어요. 그게 아빠의 마음이구나!

**이반** 안의 아빠도 아내의 모습을 봤을지 궁금해요.

**세라** 흠, 왠지 아닐 것 같아. 안에게만 보였을 듯.

**통이** 그런데 버드나무는 어떻게 된 걸까요? 원래 거기 있던 거 맞죠?

**연이** 쉿! 그건 묻지 않기. 안도 안 물어봤잖아.

**노고할망** 그래. 묻지 않고 접어 두는 게 나을 수도 있지.

**엄지** 안은 엄마를 보고 싶은 마음을 내내 묻어 두고 있었을 것 같아요.

**뭉이쌤** 그래. 아빠도 그 마음을 알았겠지. 그래서 둘의 마음이 이어지는 때를 내내 기다렸을지 몰라.

**퉁이** 앗! 이건 어때요? 안이 처음 엄마를 만났던 날도 사실은 아빠가 지켜보고 있었던 거예요. 마중을 나왔다가요.

**이반** 오호, 퉁이가 벌써 아빠 될 준비가 돼 있네. 나보다 낫다.

**세라** 자, 이제 정리. 부모와 자식 간의 인연은 참 오묘하고 깊다는 걸 알려 주는 감동적인 이야기였어요. 다음은 누구?

**이반** 제가 슬픈 감동을 한번 이어 가 볼게요.

이반

몽골에서 한국으로 이주해서 살고 계신 아주머니가 들려주신 이야기예요. 성함이 인상적이어서 기억하고 있습니다. '툭스자르칼'이라는 분이셨어요. 자녀 둘을 둔 어머니세요. 엄마에 대한 이야기들을 들려주셨는데, 우리 어머니 또래라서 그런지 마음에 깊게 와닿았습니다.

# 엄마의 심장

## 몽골 민담

옛날에 아빠 없이 엄마하고 단둘이 사는 아들이 있었습니다. 엄마는 하나밖에 없는 자식을 최선을 다해서 키웠어요. 사랑을 아낌없이 베풀면서요. 그런데 그 모습이 귀신들 마음에 안 들었나 봐요. 귀신들은 그 어머니와 아들을 두고 내기를 했어요.

"여봐. 세상에 제일 무서운 게 엄마의 사랑이라더군. 그거 깨뜨릴 만한 선수 누구?"

그러자 귀신 하나가 손을 번쩍 들고 말했어요.

"내가 그 사랑 한번 박살 내 보겠음. 뭐로? 귀신의 사랑으로. 킬킬킬."

그 귀신은 젊고 예쁜 여자로 변해서 아들을 찾아갔어요. 남자라면 누구라도 반할 모습이었죠. 여자는 아들이 지나는 길목에서 얼굴을 감싸고서 구슬프게 울었습니다. 아들이 그걸 보고서,

"아가씨는 누구신데 이렇게 울고 있나요?"

"곁에 아무도 없는 고독하고 가련한 여자예요. 저를 도와줄 수

있나요?"

그러면서 물기 가득한 눈으로 바라보는데, 어찌나 예쁜지 넋이 나갈 정도였어요. 아들은 홀린 듯이 여자의 뒤를 따라갔습니다. 그다음은 귀신이 계획한 대로였죠. 아들의 마음을 빼앗은 여자는 함께 살기 위한 조건으로 여러 가지를 요구했고, 아들은 그걸 다 들어줬습니다. 여자의 요구는 점점 더 대담해졌어요.

"엄마가 낀 반지를 나에게 줘."

"엄마의 긴 머리를 잘라서 갖다 줘."

이런 식이었죠. 아들은 여자와 살고 싶은 욕심에 그걸 다 해 줬답니다. 울상을 지으면서 엄마를 졸라서요. 그러던 어느 날, 여자는 아주 무서운 걸 요구했습니다.

"이제 마지막이야. 이것만 해 주면 너하고 살게. 엄마의 심장을 가져다 줘."

정말 말도 안 되는 얘기잖아요? 그런데 아들이 그걸 또 하려는 거예요.

'엄마는 늙었으니 곧 세상을 떠날 거잖아? 그걸 조금만 앞당기는 거야.'

아들은 눈을 질끈 감고 엄마 가슴 속에서 심장을 꺼냈어요. 엄마의 심장은 따뜻했습니다.

심장을 손에 든 아들은 여자를 향해 달리기 시작했어요. 그런데 정신없이 서두르다가 그만 돌부리에 발이 걸려서 쿠당탕 넘어지고 말았습니다. 그 바람에 손에 들었던 어머니 심장이 데구르르르. 이때 심장이 놀란 목소리로 말했어요.

"아이고, 우리 아들 괜찮니? 안 다쳤어?"

그 소리를 듣는 순간, 아들은 총에 맞은 것처럼 전율하면서 퍼뜩 제정신이 돌아왔어요. 엄마의 심장을 두 손으로 들어 자기 가슴에 대고는,

"엄마! 엄마!"

그렇게 한없이 오열했답니다. 하늘 너머까지 들릴 정도로요.

그 모습을 귀신들이 다 보고 있었어요. 여자로 둔갑했던 귀신도요. 귀신은 자기 요술이 어머니의 사랑을 이길 수 없음을 인정해야 했지요. 요술이 풀리면서 죽었던 어머니가 되살아났는지는 잘 모르겠어요. 귀신에게 홀렸다곤 하지만, 아들 본인이 한 일이니까요.

몽골에는 이런 속담이 있다고 해요.

엄마의 사랑은 늘 자식에게 있고, 자식의 사랑은 바위 위에 있다.

> 이야기에 대한 이야기

연이 　 통이 　 엄지 　 이반 　 세라 　 로테 이모 　 뭉이쌤 　 노고할망

**통이** 　 오, 짧고 강력하다. 가슴을 쾅 때렸어.

**연이** 　 나도. 엄마의 심장이 말하는 대목에서 소름 돋았어.

**엄지** 　 그게 부모님 마음인 걸까? 나 같으면 자식을 원망할 텐데…….

**뭉이쌤** 　 머리로는 원망해도 가슴 속에는 여전히 사랑이 있는 법이지.

**세라** 　 그래서 심장이군요. 가슴속 보이지 않는 데서 늘 숨 쉬는 무엇.

**통이** 　 아들에게도 심장은 있잖아요? 그 안에서는 엄마와는 다른 게 숨 쉬었던 건가?

**이반** 　 이야기 속에 있잖아. 자식의 사랑은 바위 위에 있다고.

**연이** 　 쌤, 그건 무슨 뜻일까요?

**뭉이쌤** 　 글쎄. 바위는 바깥에 있잖아? 자식의 욕망은 멀리 바깥을 향한다는 것 아닐까?

**이반** 　 자식이 허튼 것을 쫓는다는 말 같기도 해요.

**세라** 　 내 생각엔 엄마가 너무 자식에게 끌려다니는 것도 문제인 것 같아. 끊을 때는 끊고 혼낼 때는 혼내야 하는데 말이지.

**로테 이모** 　 맞는 말인데, 자식을 키우다 보면 그게 영 쉽지가 않아요.

**엄지** 　 자식 입장에서 말하자면, 부모님이 더 쿨하셨으면 좋겠다 싶을 때가 있어요. 언제까지고 아기처럼 돌봐 주실 수 있는 게 아니니, 스스로 한 결정에는 스스로 책임을 지도록 해야죠. 그리고 부모

|  |  |
|---|---|
| | 님도 자식 말고 당신을 위한 삶을 찾으셨으면 좋겠어요. |
| **로테 이모** | 그렇구나. 사실 엄마의 심장에도 집을 벗어나 바위를 향하는 마음이 있단다. |
| **퉁이** | 세상의 모든 어머니들께 자유를! |
| **노고할망** | 이 할망이 자식으로부터 자유를 찾은 엄마 이야기를 하나 해 줄까? |
| **연이** | 좋아요, 할머니. |
| **노고할망** | 놀라면 안 돼. 자식을 땅에 파묻는 이야기거든. |
| **퉁이** | 헐. |

노고할망

독일에서 그림 형제가 민담집에 실었던 이야기야. 짧지만 강력한 이야기지. 내 생각에 그림 형제는 대단한 친구들이야. 이 이야기를 보고 꽤 감탄했지 뭐냐. 잘은 모르지만, 이런 게 쿨한 이야기 아닐까 싶어. 한번 들어 보렴.

# 고집쟁이 아이 죽이기

**독일 민담**

옛날에 고집이 아주 세서 엄마가 원하는 일은 절대로 안 하는 아이가 있었어. 하느님은 애가 고집을 피워 대는 걸 보고는 영 안 되겠다 싶어 죽음을 선고했단다. 신의 뜻은 곧바로 실현됐지. 죽은 고집쟁이 아이는 땅에 묻히게 됐어. 사람들은 아이를 무덤 안에 눕히고 흙을 덮기 시작했지. 그런데 갑자기 흙 위로 작은 팔이 쑥 올라오지 뭐냐. 사람들은 팔을 밀어 넣고서 다시 흙을 덮었어. 하지만 팔이 자꾸만 쑥, 쑥. 결국 엄마가 나서야 했지. 엄마는 무덤으로 다가가 회초리로 아이의 팔을 찰싹 때렸어. 그러자 팔은 다시 흙 속으로 들어가 더 이상 나오지 않았지. 아이는 그렇게 땅속에서 조용히 잠들었단다. 고집쟁이를 떠나보낸 어머니도 평화를 찾았지.

> 이야기에 대한 이야기

연이    퉁이    엄지    이반    세라    로테 이모    뭉이쌤    노고할망

**퉁이**    할머니, 이게 다예요? 뭐지?

**노고할망**    뭐긴 뭐겠니? 이야기지.

**퉁이**    쿨한 게 아니라 싸해요.

**뭉이쌤**    아이도 평화를 찾고, 엄마도 자유를 찾고, 멋지지 않니?

**퉁이**    쌤까지! 왜 전 이해가 안 되죠?

**연이**    저도요. 이모님은 이해되세요?

**로테 이모**    아무렴. 사실은 나도 이 이야기를 처음 봤을 때 이상하고 무서웠단다. 팔을 때리는 대목에서 기겁했었어.

**엄지**    근데 지금은 생각이 다르신 거예요?

**로테 이모**    응. 아주 좋은 이야기라고 생각해.

**퉁이**    으아, 뭐가 뭔지 통 모르겠어요.

**로테 이모**    엄마가 손에 든 것이 회초리라는 게 포인트야.

**연이**    엄마가 아이를 혼내는 중이라는 뜻인가요?

**로테 이모**    바로 그거야. 아이의 고집을 바로잡기 위해서. 땅에 묻히는 게 고집쟁이라는 걸 잘 생각해 보렴.

**이반**    그게 고집쟁이가 사라지고 새 사람으로 거듭나는 과정인 건가요?

**퉁이**    앗! 그건가? 그렇다면 흙 밖으로 팔이 나오는 건······.

**연이**    옛날 버릇이 다시 고개를 내미는 것!

**뭉이쌤** 그래. 결정적인 고비지. 그때 엄마가 손을 잡아 주면 다 허사가 되는 거야.

**세라** 저도 이제 깨달았어요. 그게 사랑의 매였군요. 엄마의 눈물과 사랑이 담긴.

**로테 이모** 아이에게는 평화를 주고 엄마에게는 자유를 준.

**퉁이** 우와, 쿨한 이야기 맞네요.

**노고할망** 그렇지?

**로테 이모** 그럼 이번엔 제가 쿨하게 다음 이야기로 넘어가 볼게요. 쿨한 이야기는 아니지만요.

로테 이모

내가 엄마와 딸에 대한 이야기를 하나 해 볼게요. 아메리카 지역의 아이티에서 전해 온 이야기예요. 아이티는 쿠바 남쪽에 있는 작은 섬나라랍니다. 이 나라 이야기는 노래가 포함된 것들이 많아요. 지금 들려줄 이야기에도 노래가 한몫을 한답니다.

# 외톨이 필라만드레

**아이티 민담**

옛날에 딸 네 명을 둔 여자가 살았어요. 여자는 위의 세 딸을 많이 사랑했지만, 넷째는 아주 경멸했답니다. 밖에 나가서 먹을 걸 가져올 때마다 문밖에서부터 이렇게 노래했어요.

나의 딸, 사랑하는 첫째, 엄마에게 오렴.
나의 딸, 사랑하는 둘째, 엄마에게 오렴.
나의 딸, 사랑하는 셋째, 엄마에게 오렴.
필라만드레, 넌 그냥 거기. 지금 있는 곳에 그냥.

그러면 세 딸이 우르르 달려가서 문을 열고 엄마를 맞이하는 거예요. 넷째 딸 필라만드레는 구석에 남아 있고요. 엄마는 넷째를 거기 두고서 세 딸과 함께 식탁에 앉아 음식을 먹었답니다. 그리고 넷째에게는 남은 음식을 던져 줬어요. 세 딸은 갈수록 살이 통통 오르는데 외톨이 필라만드레는 못처럼 바짝 말랐답니다.

그 엄마를 오랫동안 지켜본 존재가 있었어요. 바로 악마였답니다. 노래를 부르면 딸들이 문을 열어 주는 광경을 눈여겨본 악마는 엄마가 부르는 노래를 연습했어요. 그러고는 문으로 다가가,

나의 딸, 사랑하는 첫째, 엄마에게 오렴.
나의 딸, 사랑하는 둘째, 엄마에게 오렴.
나의 딸, 사랑하는 셋째, 엄마에게 오렴.
필라만드레, 넌 그냥 거기. 지금 있는 곳에 그냥.

하지만 달려와서 문을 열어 주는 사람은 없었어요. 목소리가 너무 걸걸해서 딸들이 엄마가 아닌 걸 알아차린 거예요. 마음이 상한 악마는 기술자를 찾아가서 자기 목소리 톤을 최대한 높이게 했어요. 기술자는 악마의 목소리를 세 옥타브나 높였답니다. 악마는 신이 나서 다시 문으로 다가갔어요.

나의 딸, 사랑하는 첫째, 엄마에게 오렴.
나의 딸, 사랑하는 둘째, 엄마에게 오렴.
나의 딸, 사랑하는 셋째, 엄마에게 오렴.
필라만드레, 넌 그냥 거기. 지금 있는 곳에 그냥.

하지만 이번에도 딸들은 나오지 않았어요. 목소리가 엄마보다 더 높고 가늘었던 거예요. 웬 바보 같은 새가 지저귀는 소리로 들

렸답니다. 잠시 뒤 악마가 가고 엄마가 와서 익숙한 목소리로 노래를 부르자 딸들이 그제야 문을 열었지요.

다음 날, 다시 문 앞에서 익숙한 목소리의 노래가 울려 퍼졌어요.

나의 딸, 사랑하는 첫째, 엄마에게 오렴.
나의 딸, 사랑하는 둘째, 엄마에게 오렴.
나의 딸, 사랑하는 셋째, 엄마에게 오렴.
필라만드레, 넌 그냥 거기. 지금 있는 곳에 그냥.

딸들은 쪼르르 달려와서 문을 열었습니다. 하지만 그건 엄마가 아닌 악마였어요. 악마의 목소리가 결국 엄마 목소리와 같아진 거예요. 악마는 세 자매를 납치해서 멀리멀리 사라졌어요.

얼마 뒤 진짜 엄마가 와서 노래를 시작했어요. 하지만 문을 열어 줄 딸들은 없었지요. 이상하게 생각한 엄마가 다시 노래를 부르자 안에서 낯선 노래가 들려왔답니다.

엄마가 사랑하는 첫째는 갈 수 없어요.
엄마가 사랑하는 둘째도 가지 못해요.
엄마가 사랑하는 셋째도 갈 수 없어요.
있는 건 외톨이 필라만드레. 늘 있던 곳에 그냥.

엄마는 깜짝 놀라서 문을 거세게 밀쳤어요. 사랑하는 세 딸이 없어진 사실을 발견한 엄마는 미친 사람처럼 달려 나가서 악을 쓰듯이 노래했답니다.

내가 사랑하는 첫째는 올 수 없다네.
내가 사랑하는 둘째도 올 수 없다네.
내가 사랑하는 셋째도 올 수 없다네.
있는 건 외톨이 필라만드레. 늘 있던 곳에 그냥.

필라만드레는 열린 문을 지나 밖으로 나갔어요. 그리고 그대로 길을 따라 도시로 갔지요. 필라만드레는 그곳에서 일자리를 얻었고, 왕의 아들과 결혼했답니다.

많은 세월이 흐른 어느 날, 왕궁 근처에 미친 여자가 나타났어요. 여자는 새똥이 가득한 누더기를 입은 채 비명을 지르듯이 노래를 불렀답니다.

내가 사랑하는 첫째는 올 수 없다네.
내가 사랑하는 둘째도 올 수 없다네.
내가 사랑하는 셋째도 올 수 없다네.
있는 건 외톨이 필라만드레. 늘 있던 곳에 그냥.

왕궁의 하인은 그 일을 왕비에게 알렸어요. 왕궁에서 창밖을 내다본 필라만드레는 누더기 거지 여인이 엄마라는 걸 알아차렸지요. 필라만드레는 내려가서 엄마를 데려온 뒤 옷과 음식을 주고 머리를 잘라 줬어요.

엄마가 사랑하는 딸들은 여기 없어요.
하지만 내가 있어요. 외톨이 필라만드레.
엄마는 한 번도 나를 돌보지 않았죠.
이제 그 엄마를 외톨이 딸이 돌보겠어요.

외톨이 필라만드레를 알아본 엄마는 아무 말도 못 하고 울기만 했답니다.

> 이야기에 대한 이야기

연이　통이　엄지　이반　세라　로테 이모　뭉이쌤　노고할망

**연이**　이모님, 잘 들었어요. 슬픈 이야기네요.

**로테 이모**　노래를 잘해야 맛이 사는 이야기인데, 어땠나 몰라.

**연이**　아주 좋았어요!

**통이**　필라만드레가 엄마를 챙기는 결말이 인상적이에요. 바리데기 바리공주 느낌이 났어요.

**엄지**　자식 차별하는 부모 정말 싫어요. 다 같은 자식인데 대체 왜 그러는 걸까요?

**로테 이모**　엄마가 돼서 자식을 키워 보니 나도 모르게 마음이 더 가는 자식이 있긴 하더구나.

**세라**　물론 그럴 수 있죠. 하지만 대놓고 그걸 표현하는 건 아주 다른 문제예요. 너는 거기 그냥 있으라는 말이 필라만드레의 가슴을 매 순간 독침처럼 후벼 팠을 거예요.

**이반**　이야기에 악마가 나오잖아요? 엄마의 노래 속에 이미 악마가 있었던 것 같아요.

**뭉이쌤**　그래. 이야기를 보면 처음에는 달랐던 엄마와 악마의 목소리가 뒤에는 분간할 수 없게 되잖아? 엄마가 악마에 사로잡히는 과정으로 이해할 만해.

**연이**　엄마가 사랑한 딸들은 악마에게 잡혀가고 미움받은 딸은 잘된 게 신기해요.

**세라** 어찌 보면 당연한 결과야. 그건 잘못된 사랑이었으니까.

**노고할맘** 사실 그건 사랑이라고 할 수도 없지.

**세라** 그 말씀이 맞아요. 그냥 욕심일 뿐이죠. 결국 자기까지 망치는.

**이반** 외톨이 필라만드레가 그걸 잘 이겨 내서 다행이에요.

**세라** 그 저주받은 집에서 걸어 나온 덕분이야.

**로테 이모** 무겁고 힘든 걸음이었을 거예요.

**엄지** 필라만드레가 결국 잘되긴 했지만, 엄마에게 받은 상처는 쉽게 지워지지 않았을 것 같아요.

**뭉이쌤** 그래. 어려서 받은 상처가 더 오래가는 법이지. 가까운 사람에게서 받은 상처일수록 더 그렇고. 그러니 부모가 자식 앞에서 말을 참 조심해야 해.

**엄지** 맞아요. 그럼 이번에는 제가 엄마의 말에 대한 이야기를 하나 해 볼게요.

엄지

엄지가 들려드릴 이야기는 아프리카 마사이족 사이에서 전해 온 민담이에요. 아프리카 동부 케냐와 탄자니아 지역에서요. 야생 동물들의 천국으로 유명한 곳이죠. 킬리만자로산과 바오바브나무도요.

# 무화과나무에서 얻은 아이들

## 마사이족 민담

옛날 마사이족 마을에 남편 없이 혼자 사는 여자가 있었어요. 결혼을 안 했으니 자식도 없었죠. 여자는 위대한 주술사를 찾아가서 자기도 남들처럼 가족을 갖고 싶다고 말했어요.

"당신이 원하는 건 남편입니까, 자식입니까?"

"둘 다 있으면 좋겠지만, 정말로 원하는 건 자식이에요. 아들딸을 많이 갖고 싶어요."

그러자 주술사가 말했어요.

"단지를 챙겨서 들판의 무화과나무를 찾아가시오. 단지에 무화과 열매를 잘 담아서 집에 가져다 놓은 뒤 산책을 다녀오면 원하는 일이 이루어져 있을 것입니다."

이상한 얘기였어요. 하지만 여자는 주술사가 말한 대로 단지를 가지고 들판으로 나가서 열매가 잔뜩 매달린 무화과나무를 찾았답니다. 여자는 잘 익은 열매를 골라서 단지에 넣은 뒤 집에다 놓고 산책을 하러 나갔어요.

날이 저물 무렵 돌아온 여자는 깜짝 놀랐답니다. 집이 정말 아이들로 가득해진 거예요. 여자아이들은 집 안을 깨끗이 청소하고, 남자아이들은 가축을 돌보며 바쁘게 움직이고 있었죠. 마당에서 노래를 부르며 춤추는 아이들도 있었어요. 여자가 오랫동안 꿈꿔 왔던 모습 그대로였답니다.

아이들이 생기면서 집에는 생기가 넘쳤어요. 아이들은 따로 시키거나 말하지 않아도 알아서 제 할 일을 착착 해냈답니다. 그 덕분에 여자는 부자가 됐어요.

하지만 아이들은 늘 엄마가 원하는 대로만 움직이지는 않았어요. 시끌벅적 소란을 떨기도 하고, 물건을 깨뜨리거나 집 안을 어지르기도 했답니다. 어느 날 몸이 너무 피곤했던 엄마가 놀고 있던 아이들에게 짜증을 냈어요.

"이제 그만 좀 하고 치우도록 해. 너무 정신없잖아!"

하지만 한참 재밌게 놀다가 딱 멈추기 어렵잖아요? 아이들은 알겠다고 대답만 해 놓고는 계속 이리 뛰고 저리 뛰었답니다. 결국 참다못한 엄마가 소리쳤어요.

"다들 왜 이렇게 말귀를 못 알아듣니! 나무에서 따 온 녀석들이라 그런 거야? 그렇지 뭐, 주워 온 아이들이 오죽하려고. 쯧!"

그 말이 떨어지자마자 집 안이 쥐 죽은 듯 고요해졌어요. 움직이는 아이도, 입을 여는 아이도 없답니다. 무안해진 엄마는 밖으로 나와 이웃집에 놀러 갔어요. 얼마 뒤 엄마가 돌아왔을 때, 집 안은 여전히 조용했답니다.

"애들아, 어딨니? 대답 좀 해 봐."

하지만 엄마는 대답을 들을 수 없었어요. 집에 아이들이 한 명도 남아 있지 않았거든요.

시끌벅적 떠들던 아이들이 사라진 집은 너무나 고요하고 쓸쓸했어요. 여자는 맥없이 주저앉아 있다가 다시 들판으로 무화과나무를 찾아갔습니다. 아니나 다를까, 자기가 열매를 땄던 자리에 다시 열매들이 들어차 있었답니다. 아이들이 원래 있던 곳으로 돌아간 거예요.

"애들아, 엄마 왔어. 집에 가자."

하지만 열매들은 아무 반응이 없었어요. 여자는 나무에 올라갔습니다. 하지만 열매를 따려는 순간 몸이 딱 굳어 버리고 말았답니다. 열매들이 눈을 부릅뜨고 여자를 노려보고 있던 거예요. 원망 가득한 눈빛으로요.

그날 밤 여자는 오도 가도 못하고 내내 나무에 붙어 있었어요. 다음 날 친구들이 찾아와서 내려 줄 때까지 옴짝달싹 못 했답니다. 겨우 집으로 돌아온 여자는 다시는 무화과나무 근처도 가지 못했다고 해요.

> 이야기에 대한 이야기

연이 / 퉁이 / 엄지 / 이반 / 세라 / 로테 이모 / 뭉이쌤 / 노고할망

**퉁이** 엄지야, 이거 좀 무섭다.

**연이** 맞아. 무화과 열매들이 눈을 부릅뜨고 쳐다보는 모습, 상상만 해도 소름 돋아.

**로테 이모** 나는 그게 엄마가 홧김에 던진 말 한마디 때문이었다는 게 무섭구나.

**세라** 아이들에게 장난으로 '다리 밑에서 주워 온 자식'이라고 하잖아요? 그거 하면 안 되겠어요.

**엄지** 맞아요. 어릴 때 아빠한테 그 말 들은 적 있는데, 진짜인 줄 알고 엄청 우울하고 힘들어했던 기억이 나요. 그래서 이 이야기가 더 마음에 와닿은 것 같아요.

**뭉이쌤** 이 아이들은 실제로 밖에서 데려온 애들이잖아? 그러니까 더 상처가 됐을 거야. 회복할 수 없을 정도로.

**퉁이** 이런 걸 두고 '역린을 건드렸다'라고 하는 거 맞죠?

**세라** 대충 맞는 것 같아.

**퉁이** 누나, '대충'이란 말 너무 상처인데요!

**세라** 하하, 미안. 멋진 설명이었어.

**이반** 나무에서 아이들을 따 온다는 게 뭘 뜻하는 걸까 하고 생각해 봤어요.

**퉁이** 그러게. 뭘까? 열매를 펼쳐 놓고 부모 자식 놀이를 한 걸까?

**연이** 에이, 그건 아니다. 이야기가 싱거워지잖아. 이반 오빠의 풀이는 뭐예요?

**이반** 난 입양된 아이들이 연상됐어. 실제로 자식을 여러 명 입양하는 사람을 본 적도 있고.

**퉁이** 오오, 그럴싸한 풀이다. 무화과나무 보육원으로 회귀? 하하.

**노고할망** 엄지가 아빠 말에 힘들었다고 했잖아? 친부모와 친자식 사이에도 할 말이 있고 못 할 말이 있는 법이란다.

**엄지** 맞아요, 할머니!

**뭉이쌤** 애들아, 부모와 자식 사이에 해서는 안 될 말의 목록을 한번 만들어 봐도 좋겠어.

**로테 이모** 저도 한번 만들어 봐야겠어요.

**세라** 이번 이야기판 무척 건설적이네요. 이제 진도 나갈게요!

세라

얘들아. 내가 아빠와 딸에 대한 이야기를 하나 해 볼게. 딸의 남자가 나오는 사랑 이야기이기도 해. 삼각관계 비슷한 것이 될 수도 있겠네. 멀리 이집트에서 전해 온 이야기야. 독일이나 영국 같은 나라에도 있는 민담인데, 이집트에 비슷한 이야기가 있어서 좀 신기했어. 시작은 무겁지만 끝이 좋은 이야기니까 편안히 들어 줘.

# 가죽더미 줄리에다

**이집트 민담**

 옛날에 아름다운 아내와 딸을 둔 왕이 살았어. 왕은 아내를 아주 많이 사랑했지. 근데 왕비가 갑자기 병들어서 죽었지 뭐니. 왕은 1년 동안이나 왕비 무덤 앞에서 밤을 지새웠대. 1년이 지나자 왕은 신하들을 모은 다음 왕비의 발찌를 내보이면서 말했어.
 "왕비하고 약속한 일을 행해야겠소. 이 발찌가 꼭 맞는 처녀를 찾아 오시오. 그 사람과 결혼할 것이오."
 어찌 된 일이냐면, 죽은 왕비가 왕에게 그렇게 하라고 했던 거야. 명령은 곧바로 시행됐지. 신하들은 사방팔방 다니면서 발찌가 딱 들어맞는 처녀를 찾기 시작했어. 사이즈만 맞는 게 아니라 꼭 어울려야 해. 그게 아주아주 화려한 발찌였거든. 다시 말하면, 죽은 왕비만큼이나 아름다워야 하는 거지.
 그런 처녀를 찾는 건 쉽지 않았어. 나라 안에 있는 처녀들에게 전부 끼워 봤지만, 주인공은 나타나지 않았지. 그때 어떤 노파가 이렇게 말한 거야.

"아직 한 명 남았어요. 우리 공주님."

말도 안 되는 얘기잖아? 그런데 사람들은 혹시나 해서 공주에게도 발찌를 끼워 봤어. 어떡하니! 그게 완전히 애 물건인 거야. 소식을 전해 들은 왕은 공주와의 결혼식을 준비하도록 명령했어. 공주는 영문도 모르고 신부 치장을 하게 됐지. 상대가 아버지라는 건 꿈에도 생각 못 해. 그때 귀족의 딸 하나가 공주에게 이렇게 말한 거야.

"공주님은 좋으시겠어요. 나라에서 제일 높은 분과 결혼하시니까요."

공주는 깜짝 놀랐어. 신랑이 자기 아버지일 줄이야! 그제야 공주는 사람들이 찾아와서 엄마의 발찌를 끼웠던 이유를 깨달았지. 이게 다 무슨 일이니. 근데 이리저리 고민할 여유도 없는 거야. 당장 다음 날이 결혼식이었거든.

공주는 왕궁을 살짝 빠져나가서 가죽 기술자를 찾아갔어. 그리고 황금을 한 덩이 주면서 머리부터 발끝까지 한꺼번에 덮을 수 있는 가죽옷을 주문했대. 거친 짐승 가죽 그대로 말이지. 잠시 뒤 작업이 끝났는데, 그게 옷이라기보다는 그냥 가죽더미야. 공주가 그 속에 들어가니까 움직이는 가죽더미지. 공주의 마음이 꼭 그랬어. 완전 누더기였거든.

공주는 그 모양으로 담장 한구석에 쭈그리고 앉아서 밤을 보냈어. 새벽이 되니까 병사들이 잔뜩 몰려나와서 이리 뛰고 저리 뛰고 야단이야. 그날이 결혼식인데 신부가 없어졌으니 난리가 난 거

지. 병사 하나가 가죽더미 공주에게 다가오더니,
"여봐. 너 공주님 못 봤어? 하얀 드레스 입은 분."
"나는 나는 가죽더미 줄리에다. 눈이 침침해서 못 봐요. 귀가 어두워서 못 들어요. 누가 오는지 뭐가 가는지 난 몰라요."
병사가 들으니까 그냥 가죽더미지 뭐. 병사는 고개를 흔들면서 사라졌어. 다른 사람들이 또 와서 물었지만 다 마찬가지야. 그 가죽더미가 공주일 거라고는 상상도 못 하지. 줄리에다는 공주가 대충 붙인 이름이야. 가죽더미 비슷한 뜻이라나 봐.
날이 밝고 성문이 열리자 줄리에다는 슬금슬금 움직여서 도시를 빠져나갔어. 그리고는 어딘지 모를 곳을 향해 한없이 가고 또 갔지. 제대로 먹지도 못하면서 험한 길을 계속 가다 보니까 가죽이 더 엉망이 됐지 뭐. 며칠 만에 다른 나라에 도착한 줄리에다는 겨우 성안으로 들어간 뒤 어떤 큰 집 아래에 풀썩 쓰러졌어.
그런데 그 집은 나라의 왕비가 사는 곳이었어. 하녀가 음식 부스러기를 버리려고 나왔다가 널브러진 가죽더미를 발견했지. 하녀는 가죽더미를 쿡쿡 찔러 보다가 깜짝 놀랐어. 안에서 별처럼 빛나는 두 눈이 반짝. 하녀가 집 안으로 뛰어 들어가서 소리쳤어.
"왕비마마, 바깥에 괴상하게 생긴 게 있어요. 악마 같아요."
왕비가 그걸 데려오게 해서 보니까 하녀 말대로 진짜로 이상한 거야. 가죽더미가 두 눈을 반짝.
"너는 누구니? 말을 할 줄은 알아?"
"나는 나는 가죽더미 줄리에다. 눈이 침침해서 못 봐요. 귀가 어두워서 못 들어요. 누가 오든 뭐가 가든 신경 쓰지 않아요."
 그 말이 왕비는 왜 그렇게 우스운지 몰라. 왕비가 배를 잡고서 한참을 웃더니,
 "가죽더미 줄리에다, 할 수 있는 일이 있니?"
 "나는 나는 가죽더미. 험한 일 더러운 일, 무엇이든 잘해요."
 그 대답이 마음에 든 왕비는 가죽더미를 요리사에게 맡겼어. 요리사는 애한테 험하고 더러운 치다꺼리를 맡겼지. 한 나라 공주가 다른 나라 부엌데기가 된 거야. 왕비는 종종 줄리에다를 불러서 말 상대로 삼았대. 주변에 마음이 통하는 사람이 없었던가 봐.
 그렇게 세월이 흐르던 어느 날, 왕궁에서 성대한 연회가 열렸어. 귀족 남녀가 다 참여하는 행사야. 처녀들의 관심은 딱 한 명, 나라의 왕자에게 가 있었지. 아주 멋진 청년이었거든. 그런데 당사자는 연회나 처녀들에게 관심이 없어. 형식적으로 자리만 지키는 거야.
 큰 연회니까 요리사들 총출동이잖아? 왕비는 요리사에게 줄리에다도 데려오게 했어. 연회를 구경시켜 주고 싶었던 거지. 한구석에서 허드렛일을 하며 연회를 지켜보던 줄리에다 눈에도 왕자가 들어왔어. 처녀들이 다투어 손을 내미는데 왕자는 별로 관심이 없지 뭐니. 춤을 추는데 영혼이 안 담긴 몸짓이야. 눈에 우수만 가득해.
 그런데 그날의 연회가 끝나갈 무렵, 갑자기 왕자의 눈이 환하게 빛났어. 어디선지 모르게 갑자기 나타난 아가씨 때문이었지. 하얀

드레스를 입은 아가씨는 단숨에 왕자의 마음을 사로잡았어. 마주 친 두 사람의 눈동자에 불꽃이 활활. 함께 춤을 추는데 그야말로 천상의 커플이지 뭐니.

"저 아가씨는 누구야? 나라에 저런 처녀가 있었어?"

아무도 알 리가 없지 뭐. 그게 가죽더미라는 걸 어찌 상상이나 하겠어. 왕자가 춤을 추면서 이름을 물었지만, 줄리에다는 대답해 주지 않았어.

"그럼 어디에서 왔는지, 그것만이라도 알려 주세요."

"저는 주걱과 국자의 나라에 산답니다."

"내일도 연회에 오나요?"

"오늘뿐이에요. 다시 주걱과 국자의 나라로 돌아가야 해요."

왕자는 고개를 끄덕였어. 말 못 할 사정이 있는 걸 알아차린 거지. 왕자는 자기 손에 끼었던 반지를 빼서 줄리에다의 손가락에 끼워 줬대. 다른 귀족 아가씨들이 너도나도 손을 내미니까 왕자가 할 수 없이 파트너를 바꾸는데, 이미 마음은 온통 그녀에게 가 있지 뭐. 그때 줄리에다가 슬쩍 연회장을 빠져나가는데 왕자는 눈으로만 따라갈 뿐이야. 추던 춤을 마치고서 따라가 봤지만 허탕이지. 줄리에다가 그새 가죽더미 속으로 다시 들어갔거든. 어딜 갔다 왔냐고 요리사에게 한창 꾸중을 듣는 중이야.

다음 날 아침, 왕자가 왕비에게 말했어.

"어머니, 드디어 마음에 드는 사람을 만났어요. 그녀를 찾아 주걱과 국자의 나라로 가겠어요."

왕비도 아들이 연회에서 줄리에다와 춤추는 걸 봤을 거 아니니? 무슨 마음인지 알지.

"하지만 오늘은 아니야. 연회 마지막 날인데 자리를 지켜야지."

그래서 왕자가 할 수 없이 연회에 참석했는데, 마음은 딴 데 가 있지 뭐. 주걱과 국자의 나라로. 화려하고 맛있는 음식이 잔뜩 나왔지만 조금도 손이 가지 않았어. 그때 왕자의 눈에 이상한 게 들어왔지 뭐니. 빵인데, 그렇게나 못생긴 빵은 생전 처음이야. 호기심이 발동한 왕자는 그 빵을 집어서 입에 넣었어. 그런데 생긴 것과는 다르게 맛이 아주 그만이더래. 그런데 갑자기 웬 딱딱한 게 딱 씹히는 거야.

"뭐야 이거!"

뱉고 보니까 자기가 그녀에게 주었던 반지지 뭐니. 그게 줄리에다가 만들어서 올려놓은 빵이었던 거야. 온갖 구박과 책망을 들으면서 만들어 상에 올린 영혼의 빵. 왕자는 요리사를 불러서 빵을 만든 사람을 데려오게 했어. 요리사는 망했다고 생각했지. 불호령이 떨어질 테니까 말이야. 하지만 아니었어. 왕자가 가죽더미 손을 잡고서 연회장 중앙으로 가더니 춤을 청한 거야. 다들 깜짝 놀라서 어버버버. 제일 놀란 건 왕비야. 이게 무슨 일인가 싶지.

잠시 뒤, 더 놀라운 일이 벌어졌어. 왕자가 품에서 작은 칼을 꺼내더니 가죽더미를 찢기 시작한 거야. 이게 대체 무슨 일이니. 다음 순간, 흉한 가죽더미가 땅에 풀썩. 그리고 아름다운 처녀가 짜잔! 누구? 주걱과 국자의 나라에서 온 천상의 짝. 그다음은? 천상

커플의 화려한 결혼식! 왕비가 가죽더미 팬이잖아? 누구보다 앞장서서 결혼을 추진하더래. 불행 끝, 행복 시작!

그때 줄리에다의 아버지는 뭘 하고 있었을지 궁금하지 않니? 공주를 찾지 못한 왕은 절망에 빠졌어. 자기가 딸에게 한 일을 후회하고 또 후회했지. 딸이 죽지 않고 살아 있기만 바랄 뿐이야.

"아, 내 딸을 한 번만 더 볼 수 있다면. 미안하다는 말을 할 수 있다면!"

왕은 속죄하는 마음으로 누더기를 입고 방랑길에 나섰어. 발길 닿는 대로 세상을 이리저리 떠돌았지. 그러던 어느 날, 왕이 줄리에다가 사는 나라에 다다른 거야. 사람들은 더러운 냄새가 나는 방랑자를 보고는 눈살을 찌푸리면서 피하기 바빴어. 그때 그 누더기더미에 다가간 사람 누구? 왕자비 줄리에다. 그런데 자기 본모습으로 간 게 아니었대. 왕자에게 빌린 남자 옷차림이었던 거야. 그러니 왕이 자기 딸이라는 생각을 전혀 못 하지.

줄리에다는 누더기더미 방랑자를 왕궁으로 데려가서 몸을 씻게 하고 좋은 옷을 입힌 뒤 식탁에 마주 앉았어. 방랑자는 통 얼굴을 들지 못했지. 왕자비가 남자의 목소리로,

"이야기를 들려주세요. 어떤 사연이 있어 이렇게 방랑하시는지요?"

하지만 방랑자는 깊은 한숨만 내쉴 뿐 쉽게 입을 열지 못했어. 그러자 줄리에다가,

"그럼 제 얘기를 들어 보세요. 한 사람이 가죽더미가 됐다가 사

람으로 돌아온 스토리랍니다."

줄리에다는 자기가 겪었던 일을 남의 얘기처럼 꾸며서 풀어 놓기 시작했어. 들어 보니 참 기막힌 사연이지 뭐니. 방랑자의 눈에 눈물이 맺혔어. 죽었는지 살았는지 모르는 딸이 생각난 거지. 이야기를 마친 공주가 아버지를 바라보면서,

"아직 모르시겠어요? 이건 당신과 나의 이야기랍니다."

왕이 깜짝 놀라서 눈을 번쩍. 줄리에다가 남자 옷을 벗고 머리를 푸니까 꿈에도 그리던 딸이 눈앞에 활짝. 한참을 멍하니 있던 아버지는 딸을 부둥켜안고 하염없이 눈물을 흘렸대. 그다음 문장은 말하지 않아도 알겠지?

'그들은 오래오래 행복하게 살았습니다.'

> 이야기에 대한 이야기

연이    퉁이    엄지    이반    세라    로테 이모    뭉이쌤    노고할망

**퉁이**    누나, 멋진 이야기였어요.

**세라**    끝이 좋으니까 듣기에 좋지?

**연이**    맞아요. 옛날이야기는 역시 해피 엔딩이 제맛!

**로테 이모**    생각할 게 많은 이야기였어요. 부모의 사랑이 지나쳐서 소유욕이 되면 자식에게 재앙이 된다는.

**엄지**    맞아요. 자식은 부모님이 함부로 해도 되는 소유물이 아니에요.

**퉁이**    동감. 그런데 아빠가 딸하고 결혼하려고 했다는 건 좀 오버 같긴 해요. 이야기니까 그렇겠지만.

**뭉이쌤**    실제로 우리 주변에 그런 부모들이 많다는 걸 모르는구나.

**퉁이**    진짜요?

**뭉이쌤**    '내 딸, 아빠랑 평생 함께 사는 거야.' '내 아들, 엄마랑 내내 같이 살 거지?' 이렇게 말하는 어른들 보지 않았니?

**퉁이**    그게 그거라고요?

**세라**    왜 아니겠니. 나도 어릴 때 아빠한테 그런 얘기 종종 들었거든. 내가 일찌감치 독립한 이유 중 하나이기도 해.

**이반**    줄리에다도 아버지 곁을 떠났기 때문에 자기 삶을 살 수 있었던 거죠. 힘든 시간을 거쳤지만요.

**로테 이모**    흉한 가죽더미 모습은 생각만 해도 슬퍼요. 트라우마에 갇힌 모습

|         | 맞죠?                                                                 |
|---------|----------------------------------------------------------------------|
| 뭉이쌤   | 그렇죠. 남들 생각에는 왜 그런 걸 뒤집어쓰고 있나 싶겠지만, 당사자에게는 벗어나기 힘든 현실이죠. |
| 연이     | 왕자가 가죽더미를 찢은 게 트라우마에서 벗어나도록 해 준 일이었네요. 멋지다. |
| 노고할망 | 그 엄마가 한몫을 했다는 사실도 기억해 주렴. |
| 연이     | 맞아요. 그 왕비님 좀 남달랐어요. 뭔가 사연이 있을 것 같은 느낌. |
| 퉁이     | 오오. 그 왕비도 젊었을 때 트라우마를 겪었던 걸까? 그러면서 사람 보는 눈이 달라진 거? |
| 이반     | 그게 아들에게도 이어진 거고? |
| 세라     | 금세 이야기 줄기가 만들어지네. 한번 멋지게 완성해 보시길. |
| 퉁이     | 넵, 천천히요. 지금 제가 할 일은 이야기! 준비해 온 설화를 풀어놓을 타이밍을 놓치지 않겠어요. |
| 세라     | 오케이! 퉁이다운 멋진 이야기 기대하겠음. |

통이

제가 준비해 온 이야기는 덴마크 민담이에요. 뭔가 특별한 걸 찾다가 영어로 된 책에서 발견한 이야기입니다. 'Mother's Pet'이라는 제목을 보는 순간 이거다 싶었어요. AI 프로그램 도움을 받아 내용을 파악하면서 나름 정성껏 준비했습니다. 모험담이 화려하게 펼쳐지는 민담인데, 통이식으로 요령껏 풀어내 볼게요. 주인공 이름이 포인트라는 걸 기억해 주세요.

# 엄마의 사랑둥이

**덴마크 민담**

옛날 덴마크 시골 마을에 한 부부가 아들 셋과 함께 살았습니다. 첫째와 둘째 아들은 키도 크고 몸이 튼튼해서 아버지와 함께 일을 했어요. 하지만 막내는 몸이 작고 약해서 엄마 곁에 머물러야 했죠. 엄마는 가여운 막내를 깊은 사랑으로 돌봤습니다. 옛날이야기를 많이 들려주면서요. 막내는 주인공이 멀리 길을 떠나 나쁜 괴물과 싸우는 모험담을 좋아했습니다. 막내는 엄마의 이야기를 들으면서 집안일을 도왔어요. 요리나 설거지 같은 것들요. 늘 엄마의 사랑과 함께하는 이 아이는 '엄마의 사랑둥이'라고 불렸답니다.

시간이 흘러 아버지가 세상을 떠나고 어머니도 병들어 눕게 되었어요. 죽음을 앞둔 어머니는 막내를 부르더니,

"내 사랑둥이야. 내가 떠나면 어떡하니. 이렇게 작고 약한데."

"그렇지 않아요, 엄마. 저 뭐든 잘할 수 있어요. 엄마의 사랑둥이인걸요!"

그 말에 엄마는 편안히 눈을 감을 수 있었습니다.

애가 엄마의 사랑둥이잖아요? 그런데 형들은 달랐나 봐요. 부모님이 남겨 준 유산을 둘이 다 차지한 거예요. 막내의 몫은 엄마가 쓰던 반죽통뿐이었습니다. 하지만 막내는 불평하지 않았어요.

"형들, 고마워. 난 이걸로 충분해. 도너츠와 케이크를 구워 먹으며 왕처럼 살겠어."

엄마의 사랑둥이는 반죽통을 가지고 길을 떠났습니다. 바다에 도착한 사랑둥이는 반죽통을 물에 띄우고 그 속에 들어앉았어요. 반죽통은 물결을 따라 흔들리면서 낯선 땅에 도착했습니다. 떠날 때 사랑둥이가 왕처럼 살겠다고 했잖아요? 사랑둥이는 곧바로 그 나라의 왕궁을 찾아갔어요. 당당하게 왕 앞으로 가더니,

"저는 엄마의 사랑둥이입니다. 왕궁에서 일하게 해 주세요."

"너처럼 작고 약한 녀석이 뭘 한단 말이냐?"

"큰 사람이 못 하는 일을 작은 사람이 더 빠르게 해낼 수도 있는 법이죠."

왕은 그 대답이 마음에 들어서 사랑둥이를 채용했어요. 부엌에서 하녀들을 돕는 역할로요. 사랑둥이는 성에 안 찼지만, 기꺼이 받아들였습니다.

"언제라도 제가 필요하면 불러 주십시오. 총리나 장군 일도 가능합니다."

"사랑둥이가 아니라 허풍쟁이로구나. 뭐, 좋을 대로 해라."

그래서 사랑둥이는 부엌에서 일하게 됐어요. 하녀들은 별로 기대

도 안 했죠. 그런데 얘가 일을 곧잘 하는 거예요. 자그마치 반죽통 주인이니까요!

여기가 왕궁이잖아요? 그렇다면 다음 등장인물은? 맞아요. 공주를 빼놓을 수 없죠. 그 나라에 아주 아름다운 공주가 한 명 있었답니다. 그런데 공주는 스트레스 때문에 죽을 지경이었어요. 나라 안팎의 귀족과 왕자까지 수많은 남자들이 찾아와서 구혼하는 걸 거절하느라고요. 아예 왕궁 안에 죽치고 기다리는 자들도 여럿이에요. 그들에게서 자유로워지는 게 공주의 소원이었으니 말 다 했죠.

어느 날 공주는 몰래 부엌으로 와서 하녀들에게 구혼자들로부터 벗어날 수 있는 방법에 대해 물어봤어요. 하녀들 입장에서는 팔자 좋은 소리죠 뭐. 좋은 대답이 나올 리 없어요. 그때 엄마의 사랑둥이가 썩 나서더니,

"제가 좋은 방법을 알려 드릴까요?"

"정말요? 뭔데요?"

"어머니한테 들은 얘기가 있어요. 제 말대로 하면 분명 다들 떠날 겁니다."

그러면서 방법을 말해 주는데, 공주가 들으니까 바로 이거예요. 공주는 곧장 구혼자들을 홀에 모아 놓고서 사랑둥이에게 들은 대로 공개 선언을 했습니다.

"황금 알을 낳는 암탉, 스스로 곡식을 빻는 황금 맷돌, 온 왕국을 비추는 황금 등불. 이 세 가지를 찾아오는 분과 결혼하겠어요. 이 조건 아니면 결혼을 안 할 거예요."

다들 이게 무슨 말인가 하죠. 그때 한 사람이 자기가 하겠다면서 떠나자 너도나도 서둘러 길을 나섰답니다. 공주는 이빨 사이에 꼈던 찌꺼기가 싹 빠져나간 느낌이었어요.

그 뒤로 날이 가고 달이 가고 해가 갔지만, 세 가지 물건을 구해 온 사람은 없었습니다. 그러자 이번에는 왕이 짜증이 났어요. 공주가 노처녀로 늙게 됐으니 말이에요. 이러다가는 딸 결혼도 못 시키고 죽게 생겼어요. 왕은 공주를 다그쳐서 이 아이디어를 낸 범인을 찾아낸 뒤 득달같이 달려왔어요.

"야, 너 이 녀석! 왜 공주에게 불가능한 조건을 내걸게 한 거야?"

그러자 엄마의 사랑둥이가 정색하면서,

"불가능하다니요! 할 수 있는 일입니다."

"그래? 그럼 증명해 봐. 해내지 못하면 교수형이다."

"제가 만약 보물을 구해 오면 공주님과 결혼할 수 있는 거죠?"

"오냐, 공주만 동의한다면."

사랑둥이는 힘차게 고개를 끄덕였어요. 오랫동안 꿈꾸던 모험을 드디어 실행에 옮길 시간이었죠. 사랑둥이는 어디로 어떻게 가서 무얼 해야 하는지 잘 알고 있었습니다. 엄마가 해 주신 이야기 속에 답이 다 들어 있었거든요.

곧바로 길을 나선 엄마의 사랑둥이는 반죽통을 타고 바다를 건넌 뒤 트롤의 땅으로 들어갔습니다. 그곳에서 비밀 통로를 찾아 트롤의 집에 잠입한 사랑둥이는 마법의 암탉에게 모자를 푹 씌워서 포획한 뒤 잽싸게 빠져나왔죠. 닭 우는 소리를 듣고 트롤이 쫓아왔지만 사랑둥이는 이미 반죽통에 올라탄 뒤였습니다.

"안녕! 다시 돌아올 거니까 또 만나요."

사랑둥이는 여유 있게 인사까지 나누고 왕궁으로 귀환했어요. 황금 알을 낳는 암탉의 등장에 사람들은 다들 깜짝 놀랐습니다. 왕은 사랑둥이에게 귀족 작위를 줬어요. 공주와 결혼시킬 생각이었죠.

"아직 아닙니다. 맷돌과 등불도 찾아 오겠어요!"

그 말을 남긴 채 엄마의 사랑둥이는 반죽통을 가지고 길을 나섰습니다. 다시 트롤의 땅으로 간 사랑둥이는 새로운 비밀 통로를 찾아 트롤의 집에 잠입했죠. 트롤 부부가 누워 있는 걸 본 사랑둥이는 몽둥이를 던져서 트롤의 코를 맞췄어요. 화가 난 괴물은 옆에 있는 괴물을 깨워 따졌고, 둘은 마구 다투기 시작했어요. 그 틈을 이용해서 사랑둥이는 양손에 맷돌과 등불을 들고 재빠르게 달렸습니다. 트롤 부부가 눈치채고 따라왔을 때는 사랑둥이가 이미 반죽통에 올라탄 뒤였죠.

"이봐! 너 다시 돌아올 거지?"

"글쎄요. 이 바다가 산이 된다면?"

그러자 트롤 부부는 무릎을 꿇고서 바닷물을 마시기 시작했습니다. 바닷물이 트롤의 입으로 세차게 빨려 들어가면서 파도가 산처럼 높아졌어요. 사랑둥이의 반죽통은 다시 트롤의 땅으로 끌려가기 시작했죠. 트롤이 눈앞까지 끌려온 반죽통을 커다란 손으로 막 움켜쥐려는 순간, 뻥! 뻥! 엄청난 소리가 천지를 울렸습니다. 그건 트롤 부부의 배가 터지는 소리였어요. 동시에 트롤들 뱃속으로 빨려 들어갔던 바닷물이 쏟아져 나오면서 빠른 속도로 반죽통을 밀었습니다. 그 덕에 사랑둥이는 힘들이지 않고 왕국으로 돌아왔죠. 아름다운 공주가 기다리는 곳으로요. 어머니가 들려주신 이야기와 똑같이요.

사랑둥이는 모든 사람의 축하를 받으면서 공주와 결혼했어요. 엄마의 사랑둥이가 아내의 사랑둥이로 변신하는 순간이었지요. 아니, 온 국민의 사랑둥이로요. 그가 가져온 암탉 덕분에 사람들은 세금을 낼 필요가 없었고, 맷돌 덕분에 먹고살 걱정을 안 하게 됐거든요. 황금 등불은 사람들의 마음을 밝게 깨우쳐 줬답니다. 나라의 왕이 된 사랑둥이는 세 가지 보물 가운데 황금 등불을 제일로 쳤다고 해요. 왕비가 된 공주는 이렇게 말했답니다.

"난 세 가지 다 없어도 돼요. 나의 사랑둥이, 그대만 있다면!"

> 이야기에 대한 이야기

연이 　 통이 　 엄지 　 이반 　 세라 　 로테 이모 　 뭉이쌤 　 노고할망

**세라** 　 우리 사랑둥이 통이 님, 제대로 필 받았네. 최고야!

**통이** 　 오오, 너무 좋아요. 이런 칭찬.

**노고할망** 　 칭찬은 고래도 춤추게 한다고 하잖아. 그거 내가 진짜 봤단다. 하하.

**통이** 　 저도 동물원에서 돌고래 춤을 보기는 했습니다.

**연이** 　 내 생각에 사랑둥이는 부모님에게 최고의 유산을 받은 것 같아.

**엄지** 　 사랑 말하는 거 맞지?

**연이** 　 응.

**뭉이쌤** 　 그래. 엄마가 그걸 마음에만 두지 않고 '사랑둥이'라는 말로 표현한 것도 중요한 부분이지.

**이반** 　 제 생각에는 반죽통도 사랑의 반죽통이 아닐까 싶어요.

**세라** 　 그거 재미있다. 엄마는 돌아가셨지만 사랑둥이는 늘 엄마와 함께한 셈이네.

**통이** 　 엄마가 들려주신 옛이야기들이 사랑둥이 가슴에서 힘차게 숨 쉬고 있었다는 것도 잊지 말아 주세요.

**로테 이모** 　 오늘 집에 가서 아이들에게 이 이야기를 꼭 들려줘야겠어.

**뭉이쌤** 　 하하, 이제 내가 가족을 위한 이야기를 하나 해 볼까?

뭉이쌤

내가 들려줄 이야기는 우리나라 전역에서 구전으로 널리 이어져 온 인기 민담이야. 인기가 있었다는 건 사람들이 많이 공감했다는 뜻이지. 무릇 가족이란 어떠해야 하는가가 이 이야기의 주제야. 쉬우면서도 어려운 문제지. 가족이라고 다 같은 게 아니니 답도 하나는 아닐 거야. 이 이야기를 듣고 나면 '글쎄, 진짜로 그런가?' 하는 생각이 들지도 몰라. 나도 예전에 그랬거든. 우리 젊은 친구들은 어떨지 궁금하군. 한번 잘 들어 봐.

# 지붕에 소 올리기

### 한국 민담

옛날에 나이도 같고 태어난 날도 같은 두 사람이 있었어. 둘은 친구였지. 생년월일과 시까지 같으면 사주팔자가 같다는 거 혹시 알려나? 두 사람이 그랬어. 태어난 시간까지 비슷했거든. 같은 마을에서 태어난 데다 집안도 엇비슷하고 지능이나 일머리도 비슷하니 참 신기한 경우지. 하지만 나이가 들어서 어른이 되고 보니 두 친구의 신세가 판이하게 달랐지 뭐냐. 김 씨는 하는 일이 술술 풀려서 편안하게 부자로 잘 사는데, 이 씨는 그 반대야. 집안일이 통 안 풀려서 가난하고 답답하게 지내야 했지.

어느 날 이 씨는 안 되겠다 싶어서 김 씨를 찾아갔어. 대체 뭐가 문제인지 알아보려는 참이지.

"여보게, 친구. 내가 아무리 생각해도 모르겠어. 왜 자네 집하고 우리 집이 이렇게 다른 걸까? 친구 좋다는 게 뭐겠나. 부자로 사는 비결을 좀 알려 줘."

그러자 김 씨가 껄껄 웃으면서,

"그거야 뭐 어려운 일 아니지. 지금부터 내가 하는 걸 잘 보게."
큼큼 목을 한번 가다듬더니 큰 소리로,
"얘들아, 너희들 다 이리 모여 볼래?"
이렇게 자식들을 부르는 거야. 그랬더니 금방,
"예, 아버지!"
하면서 집 안에 있는 아들딸이 다 나와서 아버지 말을 기다리는 거야.
"너희 둘은 헛간에서 사다리를 가져오고, 너희 둘은 외양간에서 소를 끌고 오너라."
"예, 아버지!"
대답하기 무섭게 사다리가 준비되고 소가 끌려와서 음메, 음메. 이 씨 생각에 이 친구가 대체 뭘 하려는가 싶지. 그때 김 씨가 뭐라고 하는가 하니,
"그 사다리를 받치고 소를 지붕으로 끌어 올리거라."
이러지 뭐냐. 이 씨가 그만 어안이 벙벙. 그런데 이게 무슨 일이야. 김 씨의 아들딸들이 두말없이 지붕에 사다리를 받치더니 소를 끌어 올리려고 끙끙대기 시작했단다. 이렇게 해 봐, 저렇게 해 봐, 알았어, 이러면서 말이지. 소는 놀라서 음메, 음메! 김 씨가 그 모양을 말없이 지켜보더니,
"얘들아, 됐다. 이제 그만 사다리하고 소를 제자리로 옮기고 들어가 봐."
"예, 아버지!"

사다리랑 소를 정리하는 건 일도 아니잖아? 금방 끝내고는 인사하고서 들어가는 거야.

"어떤가? 이게 우리 집이 잘사는 비결이라네."

이 씨가 고개를 갸웃. 알 듯 말 듯 아리송한 거라. 하여튼 본 게 있으니까 시험을 해 봐야지. 이 씨는 김 씨와 함께 자기 집으로 와서는 목을 가다듬고 소리쳤어.

"얘들아, 너희들 다 이리 좀 모여 볼래?"

그런데 반응이 영 신통치가 않아. 자연히 목소리가 높아지지.

"내 말 안 들려? 다들 모이라니까!"

몇 번 재촉하니까 겨우 하나둘씩 나오는데 표정이 별로 안 좋아.

"너희 둘은 헛간에서 사다리를 가져오고, 너희 둘은 외양간에서 소를 끌고 와."

그러자 자식들이,

"왜요?"

"뭐 하려고요?"

선뜻 움직이질 않는 거야. 어떻든 아버지가 시키니까 하기는 했지. 딱 거기까지야.

"그 사다리를 받치고 소를 지붕으로 끌어 올리거라."

이 말이 떨어지니까 야단이 났지 뭐냐.

"아버지! 사다리로 어떻게 소를 올려요!"

"왜 이런 말도 안 되는 일을 시키는 건데요!"

그러더니,

"얘들아, 들어가자!"

그러면서 들어가 버리는 거야. 받쳐 놓은 사다리를 치우지도 않고 말이지. 그 모양을 지켜보던 김 씨가 입을 열더니,

"친구, 이제 알겠나? 이래서 자네 집이 가난한 거라네."

이렇게 말하더라는 거야.

여기까지가 원래의 이야기인데, 내가 뒷이야기를 조금 보태 볼게. 이 씨는 김 씨의 말에 선뜻 수긍할 수가 없었어. 뭔가 따져 보고 싶었지.

"여보게, 우리 집이 정상 아니야? 지붕에 소를 올리려고 하는 애들이 더 이상한 거 아니냔 말일세. 내가 자식이라도 아닌 건 아니라고 항의할 거거든."

"그게 말이지. 군말 없이 하라는 대로 하는 게 중요한 게 아니야. 서로 믿고 존중하는 게 요점이라네. 만약 자식들이 나에게 엉뚱한 일을 청해도 나는 군말 없이 들어줄 거야. 자식들을 믿으니까. 우리 애들이라고 사다리로 소를 못 올린다는 걸 왜 모르겠나? 아버지 말에 다 뜻이 있을 거라 믿고서 그리한 거지. 더군다나 아버지 옆에 친구가 있었지 않나? 궁금한 건 뒤에 조용히 물어봤을 거야."

그 말을 들은 이 씨는 말문이 막히고 말았단다. 조용히 허공만 바라봤다던가?

> 이야기에 대한 이야기

연이    퉁이    엄지    이반    세라    로테 이모    뭉이쌤    노고할망

**세라**    쌤, 덧붙인 이야기에 깜짝 놀랐어요. 예전에 이 이야기를 들었을 때 권위적이고 비민주적이라고 생각했거든요. 사실 일방적 순종의 문제가 아니라 상호 신뢰와 존중의 문제였군요. 옛이야기는 겉만 보면 안 된다는 걸 실감합니다. 감사해요.

**뭉이쌤**    사실은 나도 그랬어요. 이 이야기 영 마음에 안 들었었거든. 자식들이 많이 크고 나서야 이 이야기가 새롭게 보였어요.

**이반**    두 분 말씀은 알겠는데요. 그래도 선뜻 받아들이기 어려운 느낌이 남는 것 같아요.

**엄지**    부모가 자식을 시험하는 거잖아요? 그게 좀 마음에 안 들어요.

**퉁이**    이건 옛날이야기잖아? 너무 꼬치꼬치 따질 일은 아닌 듯. 나는 김씨의 자식들이 사다리로 소를 올리려고 하는 거 아주 흥미로웠어. 어쩌면 방법이 있을 수도 있지 않을까?

**연이**    오빠다운 엉뚱한 생각이다.

**뭉이쌤**    엉뚱한 생각이 창조적 발상을 낳는 법이지.

**퉁이**    맞아요. 네 발 달린 동물용 사다리, 잘하면 만들 수 있을지 몰라요. 보조 기구를 쓸 수도 있고요.

**이반**    퉁이가 공대생 뺨치네. 요즘 이사할 때 전동식 사다리를 쓰잖아? 그거라면 아마 소도 올릴 수 있을 거야. 10층까지도.

| | |
|---|---|
| 세라 | 얘기가 좀 산으로 가는 것 같지만, 재미있네. 김 씨의 자식들이 고지식하다고 생각했는데, 그게 아니라 생각이 유연했던 걸 수도 있겠어. |
| 연이 | 이 씨네는 그 뒤에 어떻게 됐을지 궁금해요. 좀 달라졌을까요? |
| 로테 이모 | 그랬으면 좋겠지만, 가족 문화라는 게 하루아침에 만들어지는 게 아니라 쉽진 않았을 것 같아. |
| 뭉이쌤 | 친구에게 깨달음을 얻고서 잘살게 됐다고 하는 버전도 있기는 있어요. |
| 로테 이모 | 그렇군요. 모든 가족이 다 잘되면 좋겠어요. |
| 연이 | 저도요. |
| 세라 | 오늘 여러모로 유익했어요. 노고할망님. 이번 이야기판을 간단히 정리해 주세요. |
| 노고할망 | 예로부터 "되는 집안은 가지나무에 수박 열린다."라고 했지. 사랑과 믿음으로 하나 된 집안에선 무슨 일이든 가능하다. 됐죠? |

(일동 박수)

# storytelling time
# 나도 이야기꾼

**기본 스토리텔링**

이번 스테이지에서 만난 이야기 중 가장 마음에 드는 것을 골라서 다음과 같은 단계로 스토리텔링 활동을 해 보자.

**step 1**: 책에 쓰인 그대로 이야기를 소리 내어 읽는다.
**step 2**: 책에 쓰인 그대로 이야기를 소리 내어 읽되, 가상의 청자에게 말해 주듯이 읽는다.
**step 3**: 청자에게 이야기를 전달하되, 틈틈이 책을 참고한다.
**step 4**: 청자에게 이야기를 전달하되, 책을 참고하지 않는다.
**step 5**: 청자에게 이야기를 전달하되, 표현과 내용을 조금씩 자신의 방식대로 바꿔 본다.
**step 6**: 완전히 내 것이 된 이야기를 구연 환경과 청자의 성향에 맞춰 내용과 표현을 자유자재로 조절하며 전달한다.

## 이야기별 재창작 스토리텔링

다음은 이번 스테이지에서 만난 이야기들에 대한 활동거리이다. 이 중 하나를 골라 스토리텔링 활동을 해 보자.

<밤에 혼자 빨래하는 사람>
① **영화 콘티 만들기**: 이 이야기를 단편 영화로 만들기 위한 콘티를 구성해 보자. 분위기와 주제를 잘 살릴 수 있도록 한다.

<엄마의 심장>
② **뒷이야기 이어 쓰기**: 이야기 속의 아들은 그 뒤 어떻게 됐을지 뒷이야기를 이어서 써 보자. 엄마의 심장에 대한 내용을 포함하도록 한다.

<고집쟁이 아이 죽이기>
③ **이야기 상황 구체화하기**: 이야기 속의 아이가 어떤 고집을 어떻게 피웠을지, 그리고 왜 엄마는 회초리를 들어야 했을지 현실적이고 구체적인 내용으로 풀어내 보자.

<외톨이 필라만드레>
④ **노랫말에 곡 붙여 불러 보기**: 이야기에 나오는 노래에 어울릴 만한 곡을 붙여서 불러 보자. 이야기 상황에 맞춰서 음성을 변조하도록 한다.

<무화과나무에서 얻은 아이들>

⑤ **금지어 목록 만들기:** 부모가 자식에게, 자식이 부모에게 해서는 안 된다고 생각되는 말의 목록을 각각 5개씩 만들고 서로 발표하며 비교해 보자.

<가죽더미 줄리에다>

⑥ **인물의 입장에서 편지 쓰기:** 공주가 왕궁을 벗어날 때 아버지에게 편지를 남겼다고 가정하고 그 내용을 써 보자.

⑦ **숨은 사연 상상하기:** 가죽더미 줄리에다를 거두어 준 왕비에게 특별한 사연이 있다고 가정하고 그 내용을 상상해서 말해 보자.

<엄마의 사랑둥이>

⑧ **랩 가사 만들기:** 엄마의 사랑둥이를 화자로 삼은 랩 가사를 만들어서 직접 불러 보자. 겉으로 드러나지 않은 속마음을 담도록 한다.

<지붕에 소 올리기>

⑨ **덧붙인 이야기 바꾸기:** 뭉이쌤이 덧붙인 이야기를 각자의 관점으로 바꾸어 보자. 부분 수정도 좋고, 전혀 다른 내용도 좋다.

⑩ **지붕에 소 올리는 법 찾기:** 지붕에 소를 올리는 나만의 기발한 방법을 찾아내서 브리핑해 보자.

## 이야기 연계 스토리텔링

1. 여덟 편의 이야기 속에서 가장 인상적이라고 생각되는 화소(motif)를 두 개 혹은 세 개 고른 다음, 그것들을 연결해서 새로운 이야기를 구성해 보자. 단, 서로 다른 이야기들에서 화소를 뽑도록 한다.

2. 가죽더미 줄리에다와 엄마의 사랑둥이가 길에서 만났다고 가정하고, 두 사람이 연인으로 이어져 결혼하고 함께 사는 내용의 이야기를 만들어 보자. 부모가 된 뒤 자녀에게 특별한 이름을 지어 주고 남다르게 키우는 내용을 담도록 한다.

3. 이 외에 이야기들을 흥미롭게 연계할 수 있는 여러 가지 방법을 찾아보고 이를 토대로 다양한 스토리텔링 활동을 해 보자.

## stage 03
# 형제자매와 남매, 특별한 동행자

헨젤과 그레텔
사슴이 된 동생
세 남매와 신비한 초록새
갈단의 길과 바이르의 길

형제와 노파와 꿀벌새
쌍둥이 형제의 모험
거북이 남생이의 황금빛 동행

연이

세계 여러 나라에 수많은 형제자매와 남매 이야기가 있잖아요? 저는 제일 먼저 생각나는 게 바로 <헨젤과 그레텔>이에요. 이 이야기는 어릴 때 동화책으로 몇 번 읽었고 TV 만화로도 봤어요. 무서우면서도 재미있었답니다. 이번에는 이 이야기를 《그림 형제 민담집》 번역본으로 읽어 봤어요. 예전에 봤던 것하고 느낌이 무척 달랐답니다. 요즘 옛이야기에 빠져 있어서 더 그런 것 같아요. 새 느낌을 살려서 이야기해 보겠습니다.

# 헨젤과 그레텔

**독일 민담**

 옛날에 커다란 숲 가장자리의 작은 집에 나무꾼 부부가 살았어요. 부부에게는 헨젤이라는 아들과 그레텔이라는 딸이 있었답니다. 그 집은 무척 가난해서 힘들게 살고 있었는데, 어느 해에 큰 흉년이 들었어요. 부부는 아이들이 먹을 빵을 마련하기가 점점 어려워졌죠. 어느 깊은 밤, 나무꾼이 한숨을 내쉬면서 말했어요.
 "이제 남은 게 없는데 저 불쌍한 아이들을 어째야 할지······."
 그러자 아내가 조용히 속삭였어요.
 "여보, 이렇게 합시다. 내일 아침에 아이들을 데리고 숲속 깊은 곳으로 가서 남은 빵을 주는 거예요. 애들이 빵을 먹는 동안 우리는 일을 보러 돌아오는 거죠. 아이들이 어떻게 될지는 운명에 맡기고요."
 남편이 깜짝 놀라면서,
 "그게 무슨 소리요? 저렇게 어린 애들을 위험한 숲속에 버려두면 어찌 될 줄 알고. 못해요."

하지만 아내는 모두가 다 굶어 죽을 수는 없다면서 고집을 부렸어요. 마침내 남편은 포기하듯이 한숨을 내쉬었답니다.
그 집이 작다고 했잖아요? 아이들 방이 거기서 멀지 않았어요. 엄마 아빠가 속삭이는 말을 조용히 다 듣고 있었답니다. 그레텔이 숨죽여 흐느끼기 시작했어요. 헨젤이 동생 귀에 입을 대고서,
"쉿! 울지 마. 내가 어떻게든 해 볼게."
하지만 어린 그레텔은 저절로 흘러내리는 눈물을 참을 수 없었답니다.
시간이 흘러 엄마 아빠가 잠들었을 때, 헨젤은 살짝 집을 빠져나왔어요. 하늘에 달이 밝게 빛나고 있었죠. 헨젤은 달빛에 하얗게 빛나는 조약돌들을 하나씩 주워서 주머니를 가득 채웠어요. 그런 다음 조용히 방으로 돌아와서 동생에게 다가가더니,
"그레텔, 이제 됐어. 아무 걱정하지 말고 자. 하늘이 우리를 지켜 주실 거야."
이렇게 속삭였어요. 그제야 그레텔은 마음을 내려놓고 잠들 수 있었답니다.
다음 날, 엄마는 아침 일찍부터 온 식구를 재촉했어요. 먼 데로 나무를 하러 가야 한다면서요. 헨젤과 그레텔에게 빵 한 덩이씩을 주면서,
"빵은 이게 전부야. 알아서 아껴 먹어."
아이들은 그게 부모가 주는 마지막 빵이란 걸 알아요. 슬프고 무서운 선물이죠. 헨젤은 몰래 그 빵을 동생에게 맡겼답니다. 자

기 주머니에는 조약돌이 가득하니까요. 헨젤은 숲으로 가는 동안 중간중간 하얀 돌을 떨어뜨렸어요. 엄마가 눈치채지 못하게요.

나무가 울창한 깊은 숲에 도착하자 엄마는 계획대로 일을 진행했어요. 작은 공터에 모닥불을 피운 뒤 남매를 남겨 두고서 남편과 함께 떠난 거예요. 남매의 슬픈 기다림이 시작됐죠. 둘은 부모님이 제발 돌아오기를 바라면서 그 자리를 지켰답니다. 하지만 부모님은 끝내 나타나지 않았어요. 남매가 잠깐 잠들었다 깨어 보니 이미 사방이 어두워진 뒤였답니다. 그레텔이 울면서,

"오빠, 우리 이제 어떻게 해?"

"잠깐만 기다려. 달이 뜨면 집을 찾아갈 수 있어."

잠시 후 하늘에 둥근 달이 떠올랐어요. 헨젤은 동생을 이끌고 길을 나섰죠. 둘은 달빛에 은화처럼 반짝이는 동그란 물체를 따라서 계속 앞으로 나아갔어요. 숲에 들어올 때 떨어뜨려 놓은 조약돌이었어요.

헨젤과 그레텔은 밤새 걸어서 동틀 무렵 집에 도착했어요. 문을 두드리니까 엄마가 나오더니,

"아이, 너희들 왔구나. 대체 어딜 갔었던 거니? 한참 찾았잖아!"

이렇게 남매를 꾸짖었답니다. 아빠는 말없이 두 아이를 안아 줬어요. 아빠와 두 아이가 어떤 표정이었을지는 상상에 맡길게요.

그런데 그걸로 끝이 아니었어요. 얼마 뒤 먹을 것이 떨어지자 엄마는 다시 일을 꾸몄어요. 이번에도 아빠는 엄마를 이길 수 없었답니다. 남매는 이번에도 그 무서운 계획을 알아차렸어요. 늘 귀

를 곤두세우고 있던 덕분이었죠. 하지만 헨젤은 전처럼 조약돌을 챙길 수 없었답니다. 엄마가 문을 꽁꽁 잠가 놨던 거예요.

다음 날 또 다른 먼 숲을 향해 길을 떠날 때, 헨젤은 조약돌 대신 빵을 조금씩 뜯어서 곳곳에 떨어뜨렸습니다. 조약돌만큼은 아니지만, 그걸로 길을 찾을 수 있다고 생각한 거예요. 하지만 두 아이가 집으로 돌아오려 할 때, 빵 조각은 하나도 보이지 않았답니다.

"아, 빵 조각 떨어뜨린 게 다 어디 갔지? 왜 안 보일까?"

빵 조각은 안 보이는 게 아니었어요. 없어진 것이었답니다. 새들이 다 쪼아 먹은 거예요.

아이들이 아무 표시도 없이 그 울창한 숲에서 길을 찾는 건 불가능했어요. 밤을 꼬박 새우고 다음 날 내내 이리저리 헤맸지만 어디로 가야 할지 도무지 알 수 없었죠. 다음 날, 그다음 날도 마찬가지였어요. 두 아이가 며칠 동안 먹은 건 산딸기 몇 개뿐이었답니다. 더는 움직이려 해도 힘이 없었죠.

헨젤과 그레텔이 주저앉으려 할 때였어요. 하얀 새가 나뭇가지에 날아와 앉더니 노래를 시작했어요. 두 아이에게는 그게 구원의 목소리로 들렸답니다.

"그레텔, 저 새를 따라가는 거야."

"알았어, 오빠. 절대 놓치지 말자."

새가 노래를 마치고 움직이자 헨젤과 그레텔은 그 새를 따라가기 시작했어요. 없던 힘을 다 끌어내서요. 한동안 정신없이 새를 쫓아가던 헨젤과 그레텔은 동시에 발을 멈추고 소리쳤어요.

"저게 뭐지?"

그건 집이었어요. 아주 예쁘게 생긴 집이요. 그곳으로 다가간 남매는 또 한 번 깜짝 놀랐어요.

"이것 봐, 벽이 빵으로 돼 있어. 지붕은 다 과자야."

"봐, 이 창문은 사탕이야!"

"그레텔, 이제 됐어! 하느님이 우리를 여기로 이끄신 거야. 어서 먹자!"

남매는 집을 떼어서 먹기 시작했어요. 헨젤은 과자 지붕을 아삭아삭 뜯어 먹고, 그레텔은 사탕 유리를 오도독오도독 씹어 먹었답니다. 먹는 데 얼마나 진심이었던지 옆에 누가 나타나도 모를 정도였어요. 아니, 실제로 나타났는데도요. 그건 아주아주 늙은 할머니였답니다.

"얘들아, 너희들 지금 뭐 하는 거냐?"

순간 헨젤과 그레텔은 너무 놀라서 손에 든 걸 툭 떨어뜨렸어요. 눈이 휘둥그레.

"저런, 저런. 놀랐구나. 괜찮아. 배가 많이 고픈가 본데, 안으로 들어가자꾸나. 내가 먹을 걸 줄게."

노파는 친절하게 굴었어요. 무서운 외모하고는 다르게요. 두 아이가 며칠이나 숲속을 헤맨 뒤니까 상태가 말이 아니잖아요? 둘은 무작정 노파를 따라서 안으로 들어갔답니다.

집 안은 천국이었어요. 처음 보는 맛있는 음식들이 잔뜩 차려져 있고 한옆에는 예쁜 침대들이 놓여 있었죠.

"마음껏 먹고 편히 쉬거라. 다 너희들 거야."

헨젤과 그레텔은 자기들에게 주어진 행운이 꿈만 같았어요. 둘은 손을 모아서 하느님께 감사를 드렸답니다. 이제 고생이 다 끝나고 행복이 시작됐다고 생각한 거예요.

하지만 그곳이 지옥이라는 걸 깨닫는 데는 많은 시간이 걸리지 않았어요. 그 노파는 마녀였답니다. 그 집은 헨젤과 그레텔 같은 아이들을 유인하는 함정이었어요. 두 아이는 맛있는 걸 먹고 편히 잠을 잔 대가를 단단히 치러야 했죠. 시키는 일을 죽도록 하다가 잡아먹히는 게 그들의 운명이었답니다. 어린 남매가 무섭고 교활한 마녀의 손아귀를 벗어날 방법은 없었어요.

마녀는 오누이를 떼어 놓았어요. 오빠는 우리에 꽁꽁 가둬 놓고 동생에게는 허드렛일을 시켰습니다. 마녀는 아침마다 그레텔에게 소리쳤어요.

"빨리 물을 길어다가 요리를 해서 오빠에게 갖다 줘. 걔를 포동포동 살찌워서 먹을 거거든. 가마솥에 통째로 삶아서. 크크크."

동생에게 오빠 죽이는 일을 시키는 거잖아요? 사람도 아니에요. 그러니까 마녀죠.

헨젤은 동생을 두고 잡아먹힐 수 없었어요. 그러려면 살이 찌지 않아야 했죠. 하지만 좁은 우리 안에서 먹고 자다 보니 점점 살이 오르기 시작했답니다. 그걸 어떻게든 숨겨야만 했어요. 다행히 마녀는 눈이 침침해서 자세히 보질 못했어요. 냄새와 감촉으로 사물을 분간했죠. 마녀는 우리로 다가와서 헨젤에게 소리쳤어요.

"이쪽으로 손가락 내밀어 봐."

헨젤은 손가락 대신 그레텔이 챙겨 준 작은 뼈다귀를 내밀었어요. 마녀가 그걸 만져 보더니 화를 벌컥 내면서,

"그동안 먹인 게 얼만데 아직도 빼빼 마른 거야? 안 되겠다. 더는 못 기다리겠어. 여봐, 계집애! 빨리 가서 물을 길어 와. 가마솥을 채울 만큼 충분히!"

그레텔은 그게 오빠를 삶아서 죽일 물이라는 걸 알아요. 차마 발걸음이 떨어지지 않았죠. 하지만 마녀의 명령을 어길 수는 없었어요. 요령껏 시간을 끌었지만 결국 가마솥에는 물이 채워졌답니다. 마녀는 가마솥에 불을 피우게 한 뒤 그레텔을 빵 굽는 화덕으로 데려갔어요. 화덕은 불로 벌겋게 달궈져 있었습니다.

"문을 열고 안에 들어가서 화덕이 충분히 데워졌는지 살펴봐. 어서!"

하지만 그건 함정이었어요. 그레텔이 화덕에 들어가면 문을 닫아걸고 그대로 불에 익힐 생각이었답니다. 남매를 함께 뜯어 먹으려는 거예요. 그레텔은 그런 마녀의 속셈을 눈치채고 있었어요.

"할머니, 화덕 너무 좁아요. 들어갈 수가 없어요."

그러자 마녀가 화를 벌컥 내면서 화덕 앞으로 다가갔어요.

"이 멍청이! 나도 들어가는데 네가 안 된다고? 이렇게 머리부터 들이밀면 되잖아!"

마녀가 화덕 안에 머리를 넣는 순간, 그레텔은 있는 힘을 다해 마녀를 떠밀었어요. 생각지 못한 공격에 마녀가 안으로 툭. 그레텔

은 곧바로 화덕 문을 닫고 빗장을 걸었습니다. 아주 단단하게요.

"으아아악, 뜨거워! 문 열어!"

마녀가 울부짖으며 화덕 문을 쾅쾅 두드렸지만, 그레텔은 꼼짝하지 않았습니다. 마녀의 흉악한 목소리가 잦아들다가 완전히 사라질 때까지요.

그레텔은 집 안을 이리저리 뒤져서 열쇠를 찾아낸 뒤 우리를 열고 오빠를 꺼내 줬어요. 오빠와 동생은 서로 꼭 부둥켜안았죠. 깡충깡충 뛰고 빙글빙글 돌면서 승리의 기쁨을 누렸답니다. 이제 그들을 해칠 마녀가 사라졌으니까요. 둘은 집 안의 진주와 보석을 주머니에 채운 뒤 마녀의 집을 떠나 숲을 벗어났답니다.

남매가 한참을 가다 보니 넓은 강물이 나타났어요. 다리도 없고 배도 없었죠.

"그레텔, 어떡하지? 뒤돌아서 가야 하나?"

"아냐, 오빠. 건널 수 있어. 저기 헤엄치는 오리한테 부탁하면 돼."

그레텔은 오리를 바라보며 노래했어요.

오리야, 하얀 오리야. 길 찾는 그레텔과 헨젤을 도와주겠니?
우리의 배가 되고 다리가 되어 줘. 네 하얀 등에 우리를 태워 줘.

그러자 하얀 오리가 남매 있는 데로 헤엄쳐 왔어요. 헨젤이 먼저 등에 올라타더니 동생더러 자기 뒤에 타라고 했죠.

"아니야. 둘이 타면 너무 무거워져. 오빠 먼저 건너가. 나는 그 다음에."

헨젤이 고개를 끄덕끄덕. 오리는 유유히 헤엄쳐서 헨젤을 건네 준 뒤 다시 돌아와서 그레텔을 건네줬답니다. 헨젤과 그레텔은 오리를 향해서 엄지 척을 해 보였어요.

강물을 건너서 길을 찾는 두 사람의 발걸음은 가벼웠어요. 숲속의 작은 길도 잘 보였답니다. 길을 잘 찾아서 계속 가다 보니까 낯익은 풍경이 눈에 들어왔어요. 둘의 발걸음은 더 가벼워졌죠. 둘은 나는 듯이 달려갔습니다. 태어나고 자란 자기네 집으로요.

집에 들어간 헨젤과 그레텔은 둥그레진 눈으로 돌아보는 아빠의 목을 얼싸안았어요. 그때 아빠의 표정이 어땠을지는 상상에 맡길게요. 집에 엄마는 없었답니다. 그 사이에 세상을 떠난 거예요. 그 엄마가 친엄마가 아니었다고도 하는데, 그건 중요한 일이 아니죠. 아이들이 험한 숲속에서 마녀를 물리치고 돌아온 게 중요한 일 아니겠어요? 다른 사람이 돼서 말이죠.

그 뒤로 그들은 오래오래 행복하게 잘 살았답니다.

> 이야기에 대한 이야기

연이 　 퉁이 　 엄지 　 이반 　 세라 　 큐 아재 　 뭉이쌤 　 약손할배

**퉁이** 와, 이게 이런 이야기였구나. 오랜만에 들으니까 정말 새롭다.

**연이** 그렇지? 아주 다른 느낌이라니까.

**뭉이쌤** 연이가 이야기를 이해하고 풀어내는 감각이 훌륭하구나. 숲속 과자의 집과 마녀에 대해서 무언가 현실적인 걸 연상한 듯한데?

**연이** 우와, 어떻게 아셨어요? 전 집 없는 아이들을 꾀어서 부려 먹고 해치는 무서운 범죄자들을 떠올렸어요. 그리고 아이들이 버티고 싸워서 그걸 물리치고 성장하는 과정이라고 생각했답니다.

**엄지** 그럴싸하다. 그렇게 생각하니까 남매가 무척 용감한 것 같아. 특히 그레텔.

**이반** 헨젤의 지혜도 큰 몫을 했지. 조약돌도 그렇고, 뼈다귀도 그렇고.

**퉁이** 나는 처음 동생이 절망에 빠졌을 때 잘 추슬러 준 게 크다고 봐.

**연이** 전에는 그레텔이 마녀를 화덕에 밀어 넣는 장면이 좀 잔혹하고 무서웠어. 실은 완전한 정당방위인데 말이야. 그렇게 싸워서 함정에서 벗어났으니 멋진 일이라고 생각해.

**큐 아재** 살인이 아닌 정의 구현! 독립군이 점령군을 죽이는 것과 마찬가지. 지극히 교육적인 이야기.

**연이** 맞아요! 감사 감사.

**세라** 쌤, 연이의 해석을 따르자면 헨젤과 그레텔이 오리를 타고 강물

| | |
|---|---|
| 뭉이쌤 | 을 건너는 대목은 그들이 성장했다는 걸 보여 주는 장면이겠죠? 네, 그렇게 볼 만해요. 주저앉거나 물러서지 않고 스스로 없는 길을 내서 경계를 넘어가고 있는 중이니까요. |
| 세라 | 남매가 한 명씩 물을 건너는 게 인상적이에요. 뒷날 남매는 서로 의지하면서도 독립적으로 살았을 듯해요. |
| 이반 | 그레텔이 오빠 등 뒤에 앉지 않겠다는 게 일종의 독립 선언? |
| 연이 | 응, 나도 그렇게 생각했어. |
| 약손할배 | 따로 또 같이. 그게 최고의 동행법이지. 형제자매도 그렇고, 친구도 그렇고. |
| 퉁이 | 이 이야기에 대한 이야기가 이렇게 흘러가는 게 신기해요. 전 엄마 아빠가 자식을 버리는 게 제일 충격이었는데…… 특히 엄마가 앞장서는 거요. 그 엄마는 계모가 맞겠죠? |
| 엄지 | 그건 편견 아닐까? 나쁜 친엄마나 좋은 새엄마도 많거든. |
| 퉁이 | 아, 그렇네! 더 따지지 않겠습니다요. |
| 이반 | 그런데 그게 엄마만의 문제는 아니었잖아? 난 우유부단하게 끌려간 아빠에게도 화가 났어. |
| 엄지 | 백 퍼센트 공감! 헨젤과 그레텔이 아빠를 찾아서 껴안은 일이 이해 안 돼요. |
| 규 아재 | 그 사람, 아이들을 버린 뒤 죗값깨나 치렀을걸. 뼈아픈 후회와 우울의 늪에서. |
| 퉁이 | 흠, 엄마는 선을 넘어서 죽게 만든 거고, 아빠는 그것까지는 아니라서 살려 준 건가요? |

**뭉이쌤**  이야기마다 나름의 기준이 있긴 하지. 나는 그걸 믿는 편이야.

**연이**  제 바람은 엄마가 죽어서 새사람으로 거듭난 전개면 좋겠다는 것이었어요. 하지만 그냥 원래대로 됐어요.

**세라**  잘했어. 선은 지켜야지. 오래된 이야기니까. 다음 선수는 누구?

**이반**  내가 해 볼게요.

제가 들려드릴 이야기는 이란 민담집에 실려 있는 이야기입니다. 책에 재미있는 이야기들이 무척 많이 있었어요. 이국적이면서도 환상적인 긴 이야기가 많았는데 그중 남매에 대한 이야기를 해 보려고 합니다. 들어 보면 낯익은 느낌이 들 수도 있을 거예요. 비슷한 이야기가 다른 나라들에도 있거든요.

# 사슴이 된 동생

### 이란 민담

먼 옛날 작은 시골 마을에 한 남매가 살았습니다. 누나는 나즈머이고 동생은 코더더드였어요. 남매는 부모님하고 행복하게 살고 있었는데, 어느 날 어머니가 병으로 세상을 떠났습니다. 남매는 무척 슬프고 외로웠어요. 아버지가 매일 구둣방에 가서 일을 했기 때문에 더 그랬습니다.

아버지는 두 아이에게 엄마가 필요하다고 생각해서 다른 여자와 재혼했어요. 하지만 나즈머 남매에겐 재난의 시작이었습니다. 새엄마가 두 아이를 너무 미워하고 괴롭힌 거예요. 먹을 것도 안 주고 소리를 지르며 욕을 해 대기 일쑤였죠. 도저히 참을 수 없을 정도였어요.

"이렇게 살 순 없어. 차라리 집을 나가자."

"그래. 절대로 돌아오지 않는 거야."

남매는 사람들이 모두 낮잠을 자는 시간에 소리 없이 집을 빠져나와서 마을을 벗어났어요. 마을 밖으로 가니까 해방감이 느껴졌죠. 어디서 무엇을 하든 지금까지보다 나을 것 같았어요.

마을을 떠나서 한참 가다 보니 남매 앞에 사막이 나타났어요. 웅장한 풍경이었죠.

"사막 너머 행운의 땅 얘기 들은 적 있니? 거길 찾아가는 거야."

"좋아, 누나. 신께서 도와주실 거야. 사막 진짜 멋지다. 웅장해."

나즈머와 코더더드는 힘차게 사막으로 발을 내디뎠습니다. 하지만 희망이 절망으로 바뀌는 데는 긴 시간이 걸리지 않았어요. 사막은 뜨거웠고, 바람은 따가웠죠. 쉴 곳은 없었어요. 오후 내내 걸었지만 마을도 사람도 보이지 않았습니다. 어느새 날이 어두워졌고, 남매는 앙상한 나무 아래 앉아서 밤을 보내야 했습니다. 게다가 어디선가 들려오는 늑대 울음소리 때문에 잠을 이룰 수 없었죠. 밤은 너무 길고 시간은 느리게 흘렀어요.

그런 날은 또 이어졌어요. 아주 힘든 날이요. 더위와 배고픔은 버틸 만한데 목마른 게 제일 힘들었죠. 그때 남매 앞에 한 사람이 나타났습니다. 나이 많은 탁발승이었어요.

"스님, 저희는 행운의 땅을 찾아서 가고 있어요. 얼마나 더 가야 할까요?"

"스님, 목이 너무 말라요. 샘이 어디에 있을까요?"

"행운의 땅은 멀고도 험하단다. 하지만 고비를 넘고 또 넘으면 나타날 거야. 가는 길에 네 개의 샘이 나올 텐데 처음 세 개는 그냥 지나쳐야 해. 무서운 저주가 걸려 있거든."

탁발승은 빵을 나눠 주고 행운을 빌어 준 뒤 사라졌어요. 남매는 힘을 내서 나아갔습니다. 하지만 시간이 흐르면서 심한 갈증이 찾아왔어요. 참기 어려울 정도로요. 그때 코더더드가 소리쳤어요.
"누나, 샘이야!"
코더더드는 얼른 다가가서 샘물을 먹으려고 했어요. 나즈머가 동생을 말리면서,
"안 돼! 스님이 말씀하셨잖아? 그 물을 먹으면 사자가 돼!"
코더더드는 목이 마른 걸 겨우 참고 물러섰어요. 남매는 샘을 뒤로하고 계속 나아갔습니다.
"저기 또 샘이 있다. 목이 너무 말라. 한 모금만 먹을 거야."
"안 돼. 그 물을 마시면 호랑이로 변하게 돼!"
코더더드는 정말 목이 말랐지만, 이번에도 물을 안 마시고 꾹 참았습니다. 하지만 세 번째 샘을 발견했을 때는 더 이상 참을 수가 없었어요.
"코더더드, 참아! 그 물을 먹으면 사슴이 돼!"
"뭐가 돼도 좋아! 더는 참을 수 없어."
코더더드는 두 손으로 물을 움켜서 벌컥벌컥 마셨어요. 다음 순간, 그 자리에 서 있는 건 사람이 아니라 사슴이었답니다. 나즈머는 눈물을 흘리면서 사슴을 껴안았어요. 동생은 누나에게 무언가를 말하려 했지만 입에서 흘러나온 건 사슴의 울음소리였죠.
나즈머는 사슴으로 변한 동생을 데리고 다시 길을 나섰어요. 한참 만에야 샘을 발견한 나즈머는 사슴에게 물을 먹이고 자기도 목을 축였습니다. 죽다 살아난 것 같았어요. 문제는 동생이었죠.

"코더더드를 다시 사람으로 되돌려야 해. 반드시 행운의 땅으로 가서 방법을 찾겠어."

나즈머는 이렇게 다짐했어요. 하지만 행운의 땅에 도착하기 전에 뜻밖의 일이 벌어졌습니다. 어떤 젊은 사냥꾼이 사슴을 발견하고 화살을 겨눈 거예요.

"아가씨, 거기 있다가 다치니까 비켜요!"

나즈머는 온몸으로 사슴을 감싸안으면서 안 된다고 소리쳤어요. 사냥꾼은 활을 내려놓을 수밖에 없었죠.

"왜 사냥을 방해하는 거죠? 그 사슴이 뭐라도 되나요?"

"살려 주세요. 애는 내 동생이에요."

나즈머는 사슴을 안은 채 눈물을 흘렸어요. 사냥꾼은 마음이 움직일 수밖에 없었죠. 그간의 사연을 전해 들은 사냥꾼은 나즈머를 사랑하게 됐습니다.

"내가 당신을 돕겠어요. 사슴을 지켜 줄게요. 나와 함께 왕궁으로 가요."

사냥꾼은 그 나라의 왕자였답니다. 나즈머는 처음 보는 화려한 궁전에서 꿈 같은 생활을 하게 됐죠. 그녀도 어느새 왕자를 사랑하게 됐어요. 문제는 동생이었습니다. 나즈머에게는 동생을 사람으로 되돌리는 일이 최우선 과제였죠. 왕자는 연인을 위해 나라에서 제일가는 현자를 청해서 방법을 물었습니다.

"두 분이 결혼해서 아기가 태어나면 사슴이 아기를 보려고 본모습으로 돌아올 겁니다. 하지만 다른 누구에게도 이 일을 말하면 안 됩니다. 그러면 저주를 영원히 풀 수 없어요."

그 말을 들은 두 사람은 마음이 환해졌습니다. 서로 사랑하고 있었으니까요. 하지만 둘의 결혼에는 걸림돌이 있었어요. 이미 왕자와 결혼 애기가 오고 간 처녀가 있었거든요. 왕 못지않은 큰 권력을 가진 대신의 딸이었어요. 왕자는 그 처녀가 마음에 없었지만, 대신의 집에서는 둘의 결혼을 당연시하고 있었어요. 왕자의 부모님까지도요. 그런 상황에서 왕자가 나즈머와 결혼하겠다고 나선 거예요. 근본도 모르는 시골 아가씨하고요. 대신의 집안은 발칵 뒤집혔어요.

대신의 딸은 직접 문제를 해결하려 나섰습니다. 그녀는 왕자가 왕궁 밖으로 일을 보러 나갔을 때 나즈머를 찾아와서 정원 산책을 권했어요. 순진한 나즈머는 의심 없이 따라나섰습니다.

"어머, 이것 좀 봐요. 웅덩이 안에서 별들이 반짝반짝 빛나고 있어요!"

그 말을 듣고서 나즈머가 웅덩이 쪽으로 몸을 숙이자 대신의 딸은 나즈머를 확 밀쳐 버렸습니다. 나즈머는 그만 웅덩이로 뚝 떨어지고 말았죠. 물도 없는 깊은 구덩이였어요. 까마득하게 깊어서 소리도 잘 들리지 않을 정도였습니다. 게다가 외진 구석에 있어서 아무도 안 오는 곳이었죠. 처녀가 나즈머를 일부러 그쪽으로 유인한 것이었어요.

그때 모든 걸 보고 있는 사람이 있었어요. 아니, 사슴요. 하지만 코더더드가 할 수 있는 일은 없었습니다. 구슬프게 울 뿐이었죠.

사슴을 발견한 처녀는 기분이 아주 나빠졌어요. 그래서 그 사슴을 없애 버리기로 마음먹고 엄마에게 일을 맡겼습니다.

대신의 아내는 곧바로 나섰어요. 그녀는 왕비를 치료 중이던 의사를 돈으로 구워삶아서 왕에게 거짓을 말하게 했습니다.

"마마, 왕비님을 치료하시려면 사슴을 죽여서 그 고기를 드셔야 합니다."

왕과 왕비는 그 말을 믿고 사슴을 잡아들였습니다. 왕궁 밖으로 일을 보러 나갔던 왕자가 들어온 게 바로 그 순간이었어요. 왕자는 사슴을 감싸면서 절대 안 된다고 했습니다. 하지만 사슴이 원래 사람이라는 건 말할 수 없었어요. 비밀을 말하면 저주를 영원히 풀 수 없으니까요.

그때였어요. 사슴이 입으로 왕자의 옷을 물더니 잡아끌기 시작했습니다. 사슴을 따라나선 왕자는 닫힌 문을 열고 정원으로 나갔어요. 구덩이로 다가간 사슴은 두 발을 안에 넣고서 큰 소리로 끙끙대기 시작했습니다. 왕자는 무언가를 직감하고 구덩이 안으로 소리쳤어요.

"나즈머! 나즈머! 거기 있으면 대답해요."

나즈머는 구덩이에 떨어졌을 때 기절했지만 죽지 않고 살아 있었어요. 왕자의 목소리를 들은 나즈머는 정말 있는 힘을 다해서 외쳤습니다.

"왕자님! 코더더드!"

왕자는 기적적으로 그 소리를 들었어요. 그다음은 일사천리였죠. 왕자는 사다리를 내려서 구덩이에 갇힌 나즈머를 구했고, 얼마 뒤 그녀와 성대한 결혼식을 올렸습니다. 대신의 아내와 딸은 벌을 받아서 쫓겨났고요. 대신도 권력을 내려놔야 했어요.

그리고 열 달 뒤, 나즈머는 예쁜 아기를 낳았습니다. 사슴이 아기를 보면서 끙끙 컹컹. 그때 사슴 우는 소리가 갑자기 사람 말소리로 바뀌었습니다.

"아가야, 내가 네 삼촌이야. 이렇게 귀여울 수가!"

나즈머는 사람으로 돌아온 동생을 눈물을 흘리며 꼭 껴안았습니다. 그런 두 사람을 왕자가 토닥여 줬어요.

그날 밤, 나즈머와 코더더드는 똑같은 꿈을 꿨어요. 꿈속에서 웬 나이 든 사람이 나타나더니,

"드디어 행운의 땅에 닿았구나. 고생 많았어."

그는 사막에서 만났던 탁발승이었답니다.

그날 왕궁에는 또 다른 기쁜 소식이 울려 퍼졌어요. 그간 병들어 누워 있던 왕비가 건강을 되찾고 일어난 거예요. 그곳이 행운의 땅이 된 덕분이었나 봐요. 그들은 오래오래 행복하게 잘 살았습니다.

> 이야기에 대한 이야기

연이 　　통이 　　엄지 　　이반 　　세라 　　큐 아재 　　뭉이쌤

**통이** 　형, 잘 들었어. 나도 누나 있으면 좋겠다.

**세라** 　무슨 소리니? 누나 여기 있잖아!

**통이** 　아, 넵! 나즈머 누님. 코더더드가 깜빡했어요.

**세라** 　이반, 또 다른 내 동생. 이 이야기, 《그림 형제 민담집》의 〈오누이〉하고 비슷하네. 거기는 동생이 아니라 오빠가 사슴이 되지만.

**이반** 　맞아요. 러시아 민담 〈염소가 된 이반슈카〉도요. 이탈리아의 〈황소가 된 오빠들〉도 비슷하고요.

**뭉이쌤** 　이반이 연구를 많이 했군. 사실은 한국에도 비슷한 이야기가 있지. 〈노루가 된 동생〉. 그리 많이 알려진 이야기는 아니지만.

**엄지** 　그 이야기 전래 동화 전집에서 봤어요.

**연이** 　비슷한 이야기가 세계 곳곳에 많네요. 이반 오빠, 나즈머와 코더더드 이야기가 특별한 점이 있다면 뭘까?

**이반** 　일단 주인공 이름이 딱 나와 있는 거? 사막 배경은 지역 특성이 반영된 걸 테고, 무엇보다 행운의 땅에 대한 내용이 재미있었어.

**통이** 　근데 그거 좀 반전이었음. 행운의 땅은 언제 찾아가나 했더니 거기가 거기일 줄이야.

**세라** 　어디서든 스스로 행운을 만들어 내면 그곳이 행운의 땅이 된다는 뜻 아니겠니.

| | |
|---|---|
| 연이 | 쌤, 샘물에는 왜 그런 저주가 내린 걸까요? |
| 뭉이쌤 | 일종의 심리적 상징으로 볼 수 있지. 남매가 집을 나와서 고생하잖아? 마음속에 사나운 분노와 원망 같은 게 솟구쳤을 거야. 사자가 되고 호랑이가 되는 건 그런 심리에 사로잡힌다는 뜻으로 풀이할 수 있어. |
| 엄지 | 사슴은요? 사슴은 순하잖아요? |
| 뭉이쌤 | 그건 말이지, '퇴행'이라는 말 들어 봤니? 사슴이 되는 건 심리적으로 다시 어린아이가 되는 일로 볼 만해. |
| 큐아재 | 엄마의 아기에서 누나의 아기로. |
| 연이 | 그렇구나. 삼촌이 되면서 다시 어른이 됐다. 이렇게 되나요? |
| 뭉이쌤 | 오, 그럴듯한걸? 나도 그 생각은 못 했어. 내가 연이를 누나로 모셔야겠는데. |
| 연이 | 쌤, 그건 사양할게요. |
| 세라 | 하하. 이제 내가 이야기 하나 해 볼게. |

세라

내가 들려줄 이야기는 이탈리아 민담이야. 이탈리아에 재미있고 환상적인 이야기들이 많거든. 이탈로 칼비노라는 사람이 엮은 민담집에 이야기가 200편이 실려 있는데, 쭉 보니까 《그림 형제 민담집》 못지않더라고. 오늘 내가 들려줄 건 세 자매와 세 남매, 신비한 물과 나무와 새가 등장하는 멋진 이야기야. 한마디로 명작 민담. 원제목은 '아름다운 초록새(The Fine Greenbird)'인데 내가 제목을 조금 바꿨어. '세 남매와 신비한 초록새'로. 세 남매가 인상적이었거든.

# 세 남매와 신비한 초록새

## 이탈리아 민담

옛날에 사람들 살아가는 일에 시시콜콜 관심이 많은 왕이 살았어. 마을을 몰래 다니면서 사람들 말을 엿듣는 게 취미야. 사람들이 하는 작은 말도 그냥 넘기질 못해. 뭐, 자상하다면 자상하고, 의심이 많다면 많고. 하여튼 그랬어.

어느 날 왕이 저녁때 어느 시골집을 지나는데, 세 자매가 재미있는 이야기를 하지 뭐니. 결혼에 관한 이야기야. 큰딸이 먼저,

"아아, 결혼해서 왕궁에서 살 수만 있다면! 빵 굽는 사람이랑 결혼해서 빵을 실컷 먹는 거야."

둘째 딸이 그 말을 받으면서,

"나는 빵보다 와인! 왕궁의 와인 담당자와 결혼해서 사는 거, 멋지지 않아?"

그런데 막내는 말이 없는 거야. 두 언니가 너도 말해 보라고 재촉하니까,

"응, 나는 이 나라의 왕하고 결혼하고 싶어. 그래서 황금 머리카

락을 가진 아이들을 낳는 거야. 딸은 이마에 별이 초롱초롱. 그게 내 꿈이야."

그러자 언니들이 코웃음을 치면서,

"뭐니? 제정신 아니구나!"

이러면서 무시하는 거야. 그 말을 다 들은 왕이 갑자기 이 자매를 시험해 보고 싶어졌지 뭐니. 다음날 왕은 사람을 시켜서 세 자매를 왕궁으로 불러들였어.

"너희들이 왕궁에 있는 누구랑 결혼하겠다고? 어제 했던 말 그대로 해 봐라."

그러니까 두 언니가 겁이 나서 자기들은 그런 말 안 했다고 하는 거야. 하지만 왕이 다그치니까 실토할 수밖에 없지 뭐. 누구? 빵 굽는 사람과 와인 담당자. 언니들이 말을 해 놓고도 벌을 받을까 봐 안절부절못해. 하지만 막내는 달랐어.

"저는 왕하고 결혼해서 황금 머리카락을 가진 아들딸들을 낳고 싶어요. 딸은 이마에 별이 초롱초롱 빛날 거예요."

있는 그대로 씩씩하게 말하는 거야. 눈을 초롱초롱 빛내면서 고운 목소리로 말이지. 왕이 보니까 그 모습이 마음에 쏙 들지 뭐니. 원래는 놀려 먹다가 보낼 생각이었는데 말야.

"좋다! 내가 너희들 소원을 이뤄 주도록 하지."

제일 어려운 게 왕하고 결혼하는 거잖아? 당사자가 결정하니까 일사천리지 뭐. 곧 세 쌍의 결혼식이 거행됐어. 빵 굽는 사람하고 와인 담당자 입장에선 날벼락이잖아? 하지만 별문제는 없었어.

세 자매가 다 무척 아름다웠거든.

문제는 언니들이야. 왕비가 된 동생을 질투해서 나쁜 마음을 갖기 시작했지 뭐니. 동생이 아기를 가지니까 질투심은 더 커졌어. 그때 왕궁을 떠나서 전쟁터에 가게 된 왕이 세 자매를 불러서 말한 거야.

"왕비, 황금 머리카락을 가진 아이를 낳겠다는 말, 지킬 거지? 처형님들, 나 없는 동안 이 사람을 잘 돌봐 주세요."

언니들은 당연히 그러겠다고 하지. 왕은 두 사람이 딴생각을 품고 있는 걸 전혀 몰랐어. 의심도 많은 사람이 왜 그 생각을 안 했나 몰라.

왕이 전쟁터에 나가 있는 동안 왕비는 아기를 낳았어. 황금 머리카락을 가진 아들이었지. 하지만 엄마는 그 모습을 볼 수 없었어. 언니들이 출산을 돕는 척하면서 아기를 빼돌리고 새끼 원숭이를 대신 갖다 놓은 거야. 그래 놓고는 비명을 지르면서 난리지.

"이게 뭐야! 사람이 아니고 원숭이가 태어났어! 어떡해!"

왕비가 지친 가운데 어안이 벙벙. 언니들이 벌인 짓이란 건 상상도 못 하지.

아기는 언니들이 돈으로 매수한 노파에 의해 강물에 던져졌어. 다행히도 안 죽고 살았단다. 어떤 뱃사공이 바구니를 건져서 집으로 가져간 거야. 아기는 그 집에서 키워지게 됐지.

왕비가 원숭이를 낳았다는 소식은 곧 전쟁터에 있는 왕에게 보고됐어. 왕은 실망했지만 고생한 왕비를 보살피라고 했대. 그 말에 언니들이 실망했지. 동생이 쫓겨날 거라고 생각했거든.

다음 해에 같은 일이 또 벌어졌어. 왕이 다시 전쟁터로 나간 사이에 왕비가 황금 머리카락을 가진 아들을 낳았는데, 언니들이 아기를 강아지로 바꿔치기한 거야. 아기는 또 강물에 던져졌고, 뱃사공에게 건져졌어. 소식을 들은 왕은 크게 실망했지만, 다시 왕비를 보살피라는 명을 내렸지.

다음 해에 왕은 다시 전쟁터로 나가면서 임신 중인 왕비에게 말했어.

"이번에는 약속대로 황금 머리카락을 가진 아이를 낳겠지? 내가 원하는 건 이마에 별이 빛나는 딸이라오."

얼마 뒤 왕의 바람은 현실이 됐어. 왕비가 황금 머리카락과 빛나는 별을 가진 딸을 낳은 거야. 하지만 언니들은 이번에도 가만있지 않았어. 또 아기를 빼돌리고 동물 새끼를 갖다 놓은 거야. 이번에 갖다 놓은 건 호랑이 새끼였대.

이마에 별이 빛나는 딸도 뱃사공 손에 구해졌어. 뱃사공 부부가 황금 머리카락을 가진 아이를 셋이나 갖게 된 거잖아? 부부는 아이들의 머리카락을 잘라 팔아서 큰 부자가 됐대. 그게 금이니까.

왕비가 호랑이 새끼를 낳았다는 말을 들은 왕은 더 참지 않았어.

"더 이상 왕비 얼굴을 보지 않을 것이다. 그 언니들에게 처리를 일임한다."

소식을 들은 언니들이 이제 됐다면서 환호하고 난리야. 그래서 어떻게 했는지 아니? 동생을 외진 곳에 있는 험한 창고에 가두고서 몸을 꼼짝달싹 못 하게 땅에 묻었대. 그러고는 죽지 않을 만큼만 음식을 먹이는 거야.

"그동안 왕비로 혼자 잘 먹고 잘산 대가다."

"어떠니? 우리 심정이 이랬어. 이 상태로 오래오래 살아 보렴."

두 언니가 매일 음식을 조금씩 먹이니까 동생이 죽고 싶어도 죽지도 못해. 몸을 못 움직이잖아.

그렇게 왕비가 아무도 모르는 곳에 파묻혀 있는 사이에 왕궁 옆에는 화려한 대저택이 지어졌어. 주인이 누구냐면, 뱃사공이야. 황금 머리카락을 팔아서 나라에서 제일가는 부자가 된 거지. 뱃사공 부부는 아이들에게 큰 모자를 씌워서 머리카락이 안 보이게 했어. 그래서 사람들은 아이들 머리카락이 황금이란 걸 알지 못했지.

근데 그 저택이 왕궁 옆에 있잖아? 어느 날 두 언니가 왕궁 위에서 우연히 저택을 바라보다가 세 남매가 정원에서 노는 모습을 발견했지 뭐니. 마침 아이들은 모자를 벗고 있었어. 햇빛에 세 아이 머리카락이 황금빛으로 반짝반짝. 여자아이 이마에는 황금 별이 초롱초롱. 언니들은 그게 막내가 낳은 아이들이라는 걸 직감했지.

언니들은 자기들이 매수했던 노파를 불러서 난리를 쳤어. 어떻게 일을 처리했길래 아이들이 살아 있냐면서 무슨 수를 써서라도 걔들을 없애라는 거야. 이 노파가 아주 악독하고 교활하거든. 노파는 세계를 방랑 중인 현자처럼 꾸미고서 저택을 찾아갔어. 아이들이 낯선 세상에 관심이 많다는 정보를 들은 거야.

저택에서 노파를 맞이한 건 막내였어. 모자로 머리와 이마를 가린 소녀는 더없이 아름다웠지. 하지만 얼굴에 그늘이 있었어.
"아름다운 아가씨, 마음 깊은 곳에 우울함이 있군요. 맞죠?"
소녀가 살짝 놀라면서,
"할머니, 어떻게 아셨죠? 이상해요. 부모님과 친절한 오빠들과 멋진 집이 있어요. 세상에서 가장 아름다운 정원도요. 그런데 왜 자꾸 허전하고 슬픈 마음이 생겨나는지 모르겠어요."
그게 친부모 때문이지 뭐. 애들이 진짜 엄마와 아빠를 한 번도 못 본 거잖아.
"아가씨, 이 정원은 무척 아름답지만 부족한 게 있어요. 춤추는 물과 음악을 연주하는 나무, 사람처럼 말하는 예쁜 초록새, 이 세 가지랍니다. 그게 있으면 모든 문제가 해결되지요. 하지만 구할 수 없을 거예요. 황금 머리카락을 가진 사람만 그것들을 찾을 수 있거든."
그러자 소녀의 눈이 반짝반짝. 노파는 그걸 흘깃 확인하고서 그곳을 떠났어. 걸려든 걸 직감한 거야. 거기엔 함정이 있었거든. 아이들이 벗어나기 어려운 함정이야.
노파의 얘기를 전해 들은 오빠들은 곧바로 길 떠날 채비를 했어. 애들도 마음에 왠지 모를 슬픔이 있었거든. 오빠들은 자기 손에 있던 반지를 동생에게 끼워 주면서 말했어.
"반지 색깔이 변하면 우리가 죽었다는 표시야."
"하지만 그런 일은 없을 거야. 꼭 돌아올게."
그 말을 듣는 동생의 눈에 눈물이 글썽. 그동안 한 번도 오빠들하고 떨어진 적이 없었거든. 그래도 노파가 말한 걸 포기할 순 없었어. 특히 사람처럼 말하는 예쁜 초록새.

오빠들은 말을 타고 먼 나라를 향해 길을 떠났어. 물어물어 가고 또 가다 보니 아무도 살지 않는 황량한 황무지가 나타났지. 형제들이 가야 할 길을 못 찾고 방황하고 있을 때 웬 낯선 차림의 수도승이 썩 나타나더니,

"젊은이들, 어디를 가고 있나?"

"춤추는 물과 음악을 연주하는 나무, 말하는 초록새를 찾아가는 중입니다."

그러자 수도승이 혀를 쯧쯧 차더니,

"함정에 걸렸군. 목숨이 달린 위험한 일이니 그냥 돌아가게나."

"아니요. 꼭 찾을 겁니다. 방법을 알려 주세요."

그러자 수도승이 길을 알려 주면서 충고를 해 줬어.

"저 너머 큰 산의 정상에 올라가면 평원이 펼쳐지면서 큰 저택이 나타날 거야. 자네들이 찾는 건 저택의 정원에 있다네. 문제는 저택에 들어가는 방법이야. 입구에 거인 넷이 칼을 들고 있는데, 눈을 감고 있을 때 지나가면 안 된다네. 다들 눈을 뜨고 있을 때 지나가야 해. 그들을 지나면 정문이 나올 텐데, 문이 열려 있을 때 지나가면 안 되지. 문이 닫혀 있을 때 밀고서 지나가야 해. 그다음은 정원을 지키는 사자야. 네 마리 사자가 눈을 뜨고 있을 때 그 앞을 지나가야 하네. 그러면 원하는 것들이 나올 거야."

"고맙습니다. 알려 주신 대로 할게요."

"진짜 어려운 건 그다음이야. 물이 춤출 때 함께 춤추면 안 되고, 나무의 연주에 마음을 뺏기면 안 된다네. 그리고 가장 중요한 사항. 예쁜 초록새가 하는 말에 귀를 닫고 마음을 닫아야 해. 안 그러면 돌아올 수 없다는 걸 명심하게나."

오빠들은 수도승에게 인사를 드리고 곧바로 산을 찾아 올라갔어. 산꼭대기의 평원에는 정말 자기들이 살던 집보다 훨씬 크고 화려한 저택이 있었지. 거인을 발견한 형제는 그들이 눈을 뜰 때까지 기다렸어. 거인들이 커다란 눈을 뜨니까 불꽃이 활활. 몸이 다 타 버릴 정도야. 너무나 무서웠지만, 형제는 손을 꼭 잡고서 네 명의 거인 앞을 지나갔어. 그러자 거인이 다시 눈을 감더래. 그다음은 정문. 형제는 열렸던 문이 꽁꽁 닫히기를 기다려 문을 밀고 들어갔어. 그리고 사자. 눈을 감았다가 부릅뜬 사자들은 거인보다 몇 배 더 무서웠지. 하지만 이번에도 형제는 손을 꼭 잡고서 그 앞을 지나갔어. 사자들이 발톱을 세우고 앞발을 쳐들었지만 내리치진 않았대.

사자들을 지나고 나니까 정원이야. 그곳에 호수가 있는데, 물이 진짜로 춤을 추고 있지 뭐니. 그냥 살랑살랑 움직이는 정도가 아니야. 무슨 아이돌 가수처럼 춤을 추는데, 어찌나 매혹적인지 몰라. 형제가 그 춤에 맞춰서 몸을 움직이며 다가가다가 하마터면 물에 빠질 뻔했지 뭐니. 형이 겨우 정신을 차리고 동생을 멈춰 세웠대. 그들은 준비해 간 병에 춤추는 물을 담고 뚜껑을 닫았지. 그 물을 가져가서 쏟으면 작은 호수가 생기는 거야.

다음은 음악을 연주하는 나무. 그 나무는 호수 가장자리에 있었어. 형제가 나무의 음악에 홀려서 가까이 다가가는데, 그럴수록 연주는 점점 더 화려해졌지. 그런데 갑자기 나무가 가지를 구부려서 꽉 안으려고 하지 뭐니. 거기 잡히면 완전 끝장이야. 이번에는 둘째가 정신을 차리고 형을 흔들었어. 둘은 겨우 나무에서 벗어난 뒤 가지를 하나 꺾어서 챙겼지. 그걸 심으면 금세 새 나무가 자란다는 얘기를 들었거든. 낯선 수도승한테.

이제 마지막이야. 예쁜 초록새. 형제는 정원을 이리저리 살피다가 길쭉한 돌들이 잔뜩 서 있는 곳에서 초록새를 발견했어.

"찾았다! 정말 정말 예쁜 새야. 이런 새는 처음 봐."

"네가 사람처럼 말을 한다고? 진짜야?"

그러자 새가 입을 열더니 진짜로 말을 하는 거야. 맑고도 깊은 목소리로 말이지.

"나는 진실을 말하는 새. 너희는 황금 머리카락을 가졌군. 하지만 행복하지 않아. 부모님이 누군지도 모르는 바보들."

그러자 형제가 소리쳤어.

"무슨 소리야? 우리는 지금까지 부모님과 살아왔어."

"그들은 진짜 부모가 아니야. 버려진 아이들을 주워 온 사람. 너희들 머리카락을 잘라 팔아서 부자가 된 사람. 너희들은 바보. 불쌍한 바보."

형제는 깜짝 놀라서 몸이 굳어졌어. 특히 동생이 견디지 못했지. 동생은 머리를 감싸 쥐고 괴로워하다 그대로 돌로 변했단다.

초록새는 말을 계속 이어 갔지.

"너희 엄마는 깜깜한 벽 안에. 몸이 땅에 묻힌 채로 얼굴만 내놓고 눈물을 줄줄. 죽고 싶어도 못 죽고 피눈물을 줄줄."

그러자 이번엔 형이 머리를 감싸 쥐면서 소리쳤어.

"아아, 그만해. 그만!"

결국 형도 견디지 못하고 그대로 돌이 돼 버렸어.

바로 그때, 오빠들이 막내에게 끼워 줬던 반지가 차례로 색이 변하면서 거무죽죽하게 변한 거야. 막내는 오빠들이 잘못됐다는 걸 직감했지. 막내는 오빠들만 보낸 걸 후회하면서 곧바로 집을 빠져나와서 길을 떠났어.

어린 여자아이가 혼자 가는 길이니까 오빠들보다 더 힘들지. 막내는 이리저리 길을 묻고 또 물으면서 가고 또 갔어. 그리고 황무지에서 허름한 차림의 수도승을 만났지. 수도승은 오빠들에게 했던 말을 막내에게도 해 줬어. 산꼭대기 평원에 있는 저택으로 다가간 막내는 눈을 부릅뜬 거인들 앞을 지나고, 꽁꽁 닫힌 문을 밀고, 발톱을 쳐들고 쏘아보는 사자들 앞을 지나야 했지. 너무나 무서웠지만, 오빠들을 구해야 한다는 생각으로 다 해낸 거야. 춤추는 물을 병에 담는 일도. 연주하는 나무의 가지를 꺾어서 챙기는 일도.

드디어 마지막 관문이야. 말하는 예쁜 초록새. 새는 아이의 눈을 바라보며 말했어.

"나는 진실을 말하는 새. 진짜 부모가 누군지도 모르는 바보. 가짜 부모가 머리카락을 잘라서 뭘 하는지도 모르는 바보. 이게 너의 진실."

생각지도 못한 말에 막내는 두 손으로 머리를 감싸 쥐었어.

"너희 엄마는 깜깜한 벽 안에. 몸이 땅에 묻힌 채로 얼굴만 내놓고 눈물을 줄줄. 죽고 싶어도 못 죽고 피눈물을 줄줄……. 엄마를 파묻은 여자들이 좋다고 깔깔깔……"

줄줄 흘러나오는 무서운 말에 소녀의 몸이 굳어지기 시작했어. 그렇게 몸이 돌로 변하려는 순간, 소녀는 간신히 정신을 차리고 머리를 세차게 흔들었단다. 그러고는 초록새에게 말했어.

"나를 도와줘. 함께 가서 진실의 말을 모두에게 들려줘."

그러자 초록새는 고개를 끄덕이더니 자기 깃털을 뽑아서 춤추는 물에 적신 뒤 석상의 코 밑에 대라고 말했어. 막내가 그대로 하니까 큰오빠 작은오빠가 사람으로 돌아왔지. 두 사람만이 아니야. 거기 있던 수많은 석상이 다 사람으로 돌아왔대.

집으로 돌아온 세 남매는 정원에 춤추는 물을 쏟고, 그 옆에 나뭇가지를 심었어. 나뭇가지는 금세 자라나서 아름다운 음악을 연주하기 시작했지. 그러자 물이 연주에 맞춰서 아름다운 춤을 추는데, 그야말로 장관이야. 세 남매는 부모에게 왕궁 사람들을 다 초청하게 했어. 부모는 그저 신이 났지. 춤추는 물과 연주하는 나무를 자랑하고 싶어서 야단이야.

파티가 준비되고 손님들이 다 모였을 때 세 남매가 집에서 나왔어. 막내의 어깨에는 초록새가 앉아 있었지. 그게 세상에 둘도 없

는 아름다운 새거든. 왕이 새를 보니,

"정말 예쁜 새구나. 어떤 새인지 말해 줄 수 있니?"

"말하는 새예요. 숨은 진실을 말해 준답니다."

그러자 사람들 눈이 다들 휘둥그레. 그때 초록새가 맑은 목소리로 말했어.

"다 모이지 않았어. 한 사람 부족해. 한 사람 안 왔어."

왕이 무슨 말인가 하고 주변을 둘레둘레. 보니까 올 만한 사람 다 있지 뭐. 초록새가 말을 이어 갔어.

"한 사람 안 왔잖아? 바로 당신의 아내. 지금 깜깜한 벽 안에서 몸이 땅에 묻힌 채로 얼굴만 내놓고 눈물을 줄줄. 하염없이 피눈물을 줄줄."

왕이 그제야 왕비를 생각해 냈지 뭐니. 왕비의 처리를 언니들에게 맡겼잖아? 어떻게 됐는지 잊고 있었던 거야. 그냥 멀리 추방됐거나 죽었으리라고만 생각했던 거지. 왕이 왕비의 언니들을 바라보니까 언니들 얼굴이 사색이지 뭐. 왕은 언니들을 추궁해서 왕비가 갇힌 곳을 알아낸 뒤 사람들을 시켜서 왕비를 데려오게 했어. 몰골이 처참해도 그렇게 처참할 수가 없지 뭐니. 숨은 어떻게 붙어 있지만, 시체나 마찬가지야. 그때 초록새가 말했어.

"이 사람, 세 남매의 엄마. 황금 머리카락 아이들의 엄마."

그때 세 남매가 머리에 썼던 모자를 벗었어. 황금 머리카락이 햇빛에 찰랑찰랑. 막내의 이마에는 황금 별이 초롱초롱. 그 순간 왕은 자기가 무슨 짓을 한 건지를 비로소 깨달았어. 약속대로 황

금빛 아이들을 낳은 아내를 자기가 저버렸던 거야.

"엄마!"

세 남매는 엄마를 꼭 끌어안았어. 그다음은? 춤추는 물로 엄마를 씻겨 주었단다. 그러자 엄마는 예전의 아름답고 건강한 모습으로 돌아왔대. 엄마와 세 아이는 다시 한번 꼭 끌어안았어. 왕은 그들에게 눈물로 용서를 빌었지. 세 아이 머리카락을 팔아서 부자가 됐던 뱃사공 부부도 그제야 진실을 털어놓더래.

왕비의 두 언니는 어떻게 됐을까? 죄를 지었으니까 벌을 받아야지. 돈에 팔려서 악행을 저지른 노파도. 언니들에게는 기름 찌꺼기로 만든 셔츠와 불로 만든 외투가 입혀졌고, 노파는 창문 아래로 던져졌다고 해.

내 생각에는 이런 결말도 좋을 것 같아. 언니들은 춤추는 물에 붙잡혀서 미칠 듯이 춤추다가 연주하는 나무의 가지에 꽁꽁 묶여서 말라 죽고, 노파는 초록새가 지저귀는 소리에 한없이 시달리다가 돌로 변해 버렸다는 거야. 어떠니?

이제 진짜 결말. 그 뒤로 세 남매는 엄마 아빠와 함께, 넓은 세상 많은 사람들과 함께 오래오래 행복하게 잘 살았답니다. 황금 머리카락을 차랑차랑 휘날리면서. 다시는 모자를 쓰지 않았다던가 어쨌다던가.

> 이야기에 대한 이야기

 연이   퉁이   엄지   이반   세라   큐 아재   뭉이쌤   약손할배>

**퉁이** 우와, 멋지다! 잘 들었어요 누나. 이게 이탈리아식 환상담이구나. 완전 인정!

**세라** 내가 조금 각색한 부분도 있어. 어느 부분인지는 묻지 마. 민담이 원래 그런 거니까.

**이반** 마무리 부분은 누나가 풀어낸 내용이 더 어울리는 것 같아요. 모자를 쓰지 않았다는 것도 누나가 붙인 내용 맞죠?

**세라** 맞아. 아이들이 자기 본모습으로 자유롭게 살았다는 뜻으로.

**연이** 왕비의 언니들 너무 못됐어요. 어떻게 동생을 땅에 묻을 수 있죠? 그 상태로 십 년도 넘게 지낸 거잖아요. 말도 안 돼.

**큐 아재** 질투의 무서움. 가까운 사람에게 더 폭발하는.

**뭉이쌤** 그렇죠. 하지만 연이야, 왕비가 땅에 묻힌 걸 실제 상황처럼 리얼하게 상상할 일은 아니야. 자식들을 잃고 또 남편의 믿음을 잃은 상태에서 죽음과 같은 절망 속에 신음하는 처지를 표현한 것으로 볼 수 있지.

**세라** 맞아요. 몸이 땅에 묻혔다는 건 아무것도 할 수 없는 상황을 말하는 거죠.

**퉁이** 근데 머리는 나와 있잖아요? 생각은 있지만 몸을 움직여서 실행할 수는 없는 상황 같아요.

| | |
|---|---|
| 연이 | 오! 오빠 머리 살아 있네. |
| 엄지 | 전 수도승이 거인과 사자가 눈을 떴을 때 지나가라고 한 내용이 기억에 남아요. 닫힌 문을 밀라는 것도요. |
| 이반 | 나도! 뭔가 계시적이야. 어려운 상황에 부딪히면 외면하거나 피하지 말고 용기와 믿음을 가지고 정면 돌파하라는 뜻으로 느껴졌어. |
| 약손할배 | 그래, 어려울수록 정도(正道)로 가는 게 필요하지. |
| 엄지 | 그런데 왜 사람들이 초록새의 말을 듣고 돌이 되어 버린 걸까요? 몰랐던 진실을 알게 됐으니 그걸 밝히고 문제를 해결하면 되지 않나요? |
| 뀨 아재 | 지금 엄지 이마에 황금 별 초롱초롱! |
| 뭉이쌤 | 엄지가 주인공 자격이 충분하구나. 진실의 무게를 감당할 수 있는 사람이 생각보다 적지. 더구나 그 진실이 '나'라는 존재를 통째로 흔들 수 있는 것이라면. |
| 엄지 | 아, 이해했어요. 지금까지 절 키워 주신 엄마 아빠가 사실은 가짜라면 저도 현실을 부정하고 싶을 거예요. |
| 퉁이 | 나는 진실을 말하는 새. 엄지의 진짜 엄마 아빠는 저기 먼 곳에. 어둠 속에서 손짓하는 중. |
| 엄지 | 그런 장난하지 마! |
| 퉁이 | 하하. 엄마 아빠는 집에만 있는 것이 아니고 넓은 세상에도 있다는 뜻으로 한 말이야. 맞죠, 쌤? |
| 뭉이쌤 | 그래. 이 이야기에서는 낯선 수도승이 부모 역할을 한다고 볼 수 |

|  |  |
|---|---|
|  | 있지. |
| 연이 | 저 갑자기 깨달았어요. 우리 곁에 진실을 말하는 초록새가 진짜로 있다는 것을요. |
| 퉁이 | 혹시, 옛날이야기? |
| 연이 | 빙고! |
| 뀨 아재 | 하하. 이번에는 내가 한번 초록새가 되어 보지. |

뀨 아재

내가 들려줄 이야기는 브리야트족 민담이야. 브리야트족은 누구? 시베리아 지역에 거주하는 몽골 계통의 민족! 유목 생활을 했던 민족이라 그런지 길 떠나는 이야기가 많더군. 내가 그런 이야기를 특별히 좋아해서 더 눈에 띄었는지도 모르지만. 자, 길 떠난 어느 형제의 미묘한 이야기, 개봉합니다!

# 갈단의 길과 바이르의 길

**브리야트족 민담**

옛날 어느 시골 마을에 형제가 살았어. 형은 갈단, 동생은 바이르. 같은 부모가 낳은 형제지간인데 스타일은 완전 달랐지. 갈단은 조용하고 부지런해. 하루하루 성실히 살면서 조금씩 모아 부자가 되겠다는 주의. 바이르는 그냥 자기 느낌대로 움직이는 스타일. 있으면 있어서 좋고, 없으면 그만이고, 이런 식이야. 형과 달리 사람들에게 인정받는 걸 좋아했지.

어느 날 갈단이 바이르에게 말했어.

"수도원으로 스님들을 찾아가자. 우리가 앞으로 어떻게 살아야 할지 그분들이 알려 주실 거야."

"좋아. 새로운 길에는 새롭게 배울 게 있는 법이지."

얼마 후 갈단과 바이르는 함께 집을 나섰어. 수도원까지는 여러 날 가야 하는 먼 길이었지. 사흘 동안은 특별한 일이 없었어. 근데 나흘째 되는 날, 형제 눈에 웬 이상한 사람들이 들어온 거라. 머리가 하얀 할머니 둘이 열심히 장기를 두고 있는 거야. 옆에 누가 오는지도 모르고 말이지. 원래 여자들이 장기를 잘 안 두거든. 그러니 신기한 풍경이지. 바이르가 장기를 조금 알거든. 딱 봐도 둘 다 최고 고수지 뭐.

바이르는 멈춰 서서 장기판을 응시하기 시작했어. 갈단은? 짜증이 났겠지.

"바이르, 그만 보고 빨리 가자. 응? 가자고!"

하지만 바이르는 요지부동이야. 고개를 돌리지도 않고서,

"형 먼저 가. 나는 좀 더 봐야겠어."

갈단이 몇 번이나 재촉했지만, 마찬가지지 뭐. 갈단은 안 되겠다 싶어서 먼저 길을 나섰어. 바이르가 알아서 따라올 거라 생각하고 말이지. 그래서 결과는? 깜깜무소식. 얼마 동안? 3년 동안. 수도원에 도착한 갈단은 혼자서 가르침을 받아야 했지.

하루하루 열심히 공부해서 3년을 꽉 채운 갈단은 책을 잔뜩 짊어지고 다시 고향으로 향했어. 그리고 예전에 동생과 헤어진 장소에 도착했는데, 어떤 일이 벌어지고 있었을까? 답은, 떠날 때와 똑같은 일. 할머니 둘은 열심히 장기를 두고 있고, 바이르는 그걸 유심히 지켜보고 있는 거라. 갈단이 기가 막혀서,

"야, 바이르! 너 3년 동안 내내 이러고 있었던 거야?"

바이르가 고개를 돌리지도 않고서,

"응, 형은?"

"수도원에서 좋은 가르침 많이 받았지. 내가 알려 줄 테니까 이제 집에 가자."

그랬더니 바이르가 선뜻 따라나서는 거야. 장기 구경은 충분했던가 봐. 뭐, 3년이나 봤으니까. 하하.

거기서 집에까지 가는 데 며칠 더 걸리잖아? 그들이 한참 길을 가는데, 웬 천막에서 구슬픈 울음소리가 들려온 거야. 그냥 지나칠 바이르가 아니지. 애가 천막 안으로 들어가니까 형도 할 수 없이 따라가. 천막에서 울고 있는 건 폭삭 늙은 부부였어.

"무슨 일로 이렇게 슬프게 우시나요?"

"너무나 애통해요. 왕이 젊은 사람들을 불러서 장기 시합을 거는데, 하나밖에 없는 아들이 걸렸지 뭐요. 아들은 이제 죽은 목숨이나 다름없어요. 시합에서 지면 목이 잘리는데, 지금까지 왕을 이긴 사람은 아무도 없거든요. 이 일을 어떻게 한단 말입니까."

말을 마치더니 울음소리가 더 커지는 거라. 천막이 다 울릴 정도야. 그때 나선 건 누구? 바이르? 아니, 갈단! 그는 잠깐 기다려 보라고 하더니 보따리에서 책을 꺼내 이리저리 뒤적이기 시작했어. 한참을 그러고 뒤적이더니 무릎을 탁 치면서,

"오오, 여기 있다. 제가 답을 읽어 드릴게요."

갈단은 눈을 반짝 빛내면서 책을 읽기 시작했어.

사람에게 무슨 일이 일어날지는 운명만이 알 뿐이다. 운명은 바꿀 수 없는 법. 주어진 운명에 순종하라.

어쩔 수 없는 일이니 아들을 보내라는 말이지 뭐. 노인 부부는

기가 딱 막혔어. 아무것도 할 수 없다는 절망감, 이런 거지. 이제 누가 나설 차례? 바이르!

"어르신들, 아드님 이름을 알려 주세요. 제가 대신 가서 장기 시합을 할게요."

노인들이 그만 귀가 번쩍 뜨이지. 하지만 그게 못할 일인 거야.

"말씀은 고맙지만 어떻게 우리 아들을 대신해 당신을 죽게 한단 말이오?"

"아이, 죽긴 왜 죽어요. 이기면 되죠."

형이 들으니까 한심하기 짝이 없지. 엉뚱한 짓 말라면서 동생을 데리고 가려 하는데 얘가 또 요지부동인 거라. 어쩔 수 없지 뭐. 그게 동생의 운명이라면 순종하는 수밖에.

이제 장면은 바뀌어서 왕과 바이르의 장기 대국 장소야. 왕이 벽에 걸린 긴 칼을 가리키며,

"저 칼이 심판자다. 시합에서 진 사람을 알아서 벨 것이야. 무승부는 없다. 그러면 두 사람 목이 함께 잘리게 되지. 자, 가자!"

이제 시간이 흘러서 대국 종반. 두 사람 표정이 승부를 말해 주고 있었지. 바이르는 여유만만 태연자약. 왕은 눈이 시뻘게져서 안절부절 전전긍긍. 바이르가 말을 하나 척 옮기면서,

"장군이오!"

일컬어 외통수! 도저히 빠져나갈 구멍이 없는 거라. 왕이 장기판을 한참 바라보더니,

"이봐, 이번 판은 무승부로 하자."

"안 됩니다. 왜 저까지 목이 잘려야 하죠? 시간을 충분히 드릴 테니까 천천히 생각해 보십시오."

그러면서 바이르는 그곳을 떠났어. 어디로? 고향으로.

그래서 왕은 칼에 목이 잘려서 죽었을까? 아니! 거기서 어떻게든 수를 내려고 하염없이 골몰하다가 뇌가 막혀서 죽었다는 얘기. 그래서 바이르는? 고향에서 자기 방식대로 살면서 사람들의 존경을 받았다는 얘기. 갈단? 역시 자기 방식대로 살다가 죽었다는 얘기. 아, 존경받았다는 말은 없음. 끝.

> 이야기에 대한 이야기

연이 　통이 　엄지 　이반 　세라 　뀨 아재 　뭉이쌤 　약손할배

**통이** 　바이르 아재, 잘 들었습니다요.

**뀨 아재** 　뭔 소리? 뀨는 뀨일 뿐.

**연이** 　예상과 달라서 재미있었어요. 바이르가 게으름 피우다가 망하는 거 아닐까 했거든요.

**세라** 　유목 민족의 이야기는 늘 놀라워요. 하루하루 아등바등 살아가는 게 맞는지 돌아보게 돼요.

**뀨 아재** 　그것도 인생, 이것도 인생. 갈단에게 3년 내내 장기만 보라고 하면 그건 지옥이죠.

**세라** 　네. 저는 갈단 쪽인지 바이르 쪽인지 잘 살펴봐야겠어요.

**이반** 　저도요. 근데 저는 갈단 쪽 같아요. 갈단이 존경을 못 받았더라도 열심히 살았다면 그걸로 된 거 아닐까요?

**통이** 　그렇긴 한데, 갈단이 노부부에게 아들 포기하라고 한 건 좀…….

**뭉이쌤** 　갈단 입장에서는 그게 최선의 위로였을 수 있어. 비난할 일은 아니겠지.

**엄지** 　저는 장기 두는 할머니들이 기억에 남아요. 그 할머니들은 신선 같은 존재였을까요?

**약손할배** 　그럴 수 있지. 남자만 신선이 되란 법은 없으니까.

**통이** 　맞아요. 노고할망님을 보더라도요.

| 뭉이쌤 | 자, 숨은 이야기는 각자 상상해 보는 것으로 하고! 내가 또 다른 형제 이야기를 하나 하도록 하지.

뭉이쌤

내가 할 이야기는 멀리 아프리카 남부 지역 민담이야. 줄루족이 전해 온 이야기라고 해. 줄루족 거주지는 남아프리카 공화국과 모잠비크, 보츠와나 같은 나라들에 걸쳐 있지. 자연과 더불어 사는 종족이야. 이야기를 들어 보면 <흥부 놀부>가 생각나면서도 느낌이 조금 다를 거야.

# 형제와 노파와 꿀벌새

### 남아프리카 민담

 옛날에 어느 형제가 아침 일찍 사냥을 떠났어. 활과 화살을 챙겨 들고 등에는 커다란 가죽 가방을 멨지. 짐승을 잡아서 그 가죽 가방을 가득 채워 돌아오는 게 그들의 계획이야.
 하지만 사냥은 뜻대로 풀리지 않았어. 사냥감이 통 보이질 않았거든. 사냥감을 찾다 보니 형제는 멀리 낯선 곳까지 가야 했지. 큰 뱀이 스르르 지나가고, 큰 새가 푸드덕 날아올랐지만 원하는 사냥감은 아니었어. 형제는 방향을 바꿔서 자갈과 가시나무가 무성한 숲으로 들어갔단다. 사람 발길이 닿지 않는 곳이니까 짐승들이 많이 있을 거라고 생각한 거야.
 그들은 숲속 깊은 곳까지 헤쳐 들어갔어. 그때, 사냥감 대신 이상한 게 나타난 거야. 웬 붉은 항아리들이 땅에 거꾸로 박힌 채 쭈르르르.
 "형! 저것 좀 봐. 안에 뭐가 있는지 보자."
 "아냐, 그냥 가. 이상한 거 나오면 어떡하려고."

하지만 동생은 항아리로 성큼성큼 다가갔어. 형은 낯을 찌푸리면서 멀찌감치 물러섰지.

동생이 불끈 힘을 줘서 첫 번째 항아리를 홱! 하지만 안에는 아무것도 없었어. 두 번째, 세 번째 항아리도 마찬가지였지. 이게 참 싱겁지 뭐야. 동생은 생각 없이 마지막 항아리를 홱 뒤집었지. 그 순간,

"으아아악!"

동생이 비명을 지르면서 뒤로 벌러덩! 항아리 안에 사람이 들어 있었던 거야. 얼굴이 쭈글쭈글한 노파가 기어 나오더니 자빠진 동생을 바라보면서,

"뭘 그리 놀라? 계속 그러고 있을 거냐? 따라와. 보여 줄 거 있으니까."

그러자 동생이 주춤주춤 일어나서 그 노파를 따라가는 거야. 근데 좀 무섭잖아? 동생은 뒤를 돌아보면서 형에게 함께 가자고 손짓을 했지. 하지만 형은 오히려 뒤로 물러나서 숨었어. 그러니 그냥 혼자서 따라가는 수밖에. 노파가 한참을 가더니 한 커다란 나무를 가리키면서,

"이 나무를 힘껏 찍어 봐."

나무를 찍으려면 도끼가 있어야 하잖아? 보니까 옆에 도끼가 떡하니 놓여 있는 거야. 동생이 도끼를 들어서 나무를 쾅! 나무에서 뭔가가 쿵! 동생이 놀라서 꺅! 보니까 커다란 황소가 떡! 나무에서 황소가 튀어나온 거야.

"뭐해? 계속 찍지 않고!"

동생이 다시 도끼를 들어서 나무를 쾅! 암소가 쿵! 다시 쾅! 염소가 쿵! 쾅! 쿵! 쾅! 쿵! 계속 찍다 보니까 짐승들이 가득해지지 뭐. 애들이 도망가지도 않아. 동생을 둘러싸고 음매! 매애애애!

"그만! 내 선물이니까 전부 집으로 데려가."

이게 웬일이야. 그 정도 가축이면 아주 큰 부자거든. 동생은 신이 나서 가축들을 몰고 형이 숨어 있는 곳으로 갔어.

"형, 이것 좀 봐. 그 할머니가 선물로 줬어."

그 말을 들으니까 형이 후회하는 마음이 차오르는 거야. 질투심도 솔솔 피어나고 말이지. 동생은 아무것도 모르고 희희낙락. 쾅 하고 나무를 찍을 때마다 쿵 하면서 짐승이 튀어나오던 일을 무용담처럼 신나게 펼쳐 놓는 거야.

이제 사냥은 필요 없지 뭐. 가축이 그만큼 있으면 사냥을 안 해도 잘살 수 있으니까 말야. 문제는 집으로 가는 길이야. 그때가 마침 건기였거든. 가축들이 먹을 풀도 부족하고 사람이 먹을 물도 찾기 어려웠지. 형제는 갈증을 못 참고서 이리저리 샘물을 찾아 헤매기 시작했어. 그때 형이 절벽 아래를 가리키면서,

"봐! 저기 샘물이 있어!"

보니까 진짜 아래쪽에 샘물이 있지 뭐냐. 그런데 도저히 사람이 오르내릴 수 있는 곳이 아니야. 형은 가죽 가방에서 밧줄을 꺼내 자기 허리에 묶더니,

"나를 아래로 내려줘. 내가 신호를 주면 그때 끌어올려 주고."

좋은 아이디어잖아? 안 할 이유가 없지 뭐. 형은 내려가서 맘껏 물을 마신 뒤 신호를 줘서 위로 올라왔어. 이제 동생 차례지. 동생도 밧줄로 허리를 묶고 내려가서 신선한 물을 마음껏 들이켰어. 더할 나위 없었지. 하지만 다음 순간, 절망이 찾아왔어. 형이 절벽 밑으로 밧줄을 내던지고 혼자 가 버린 거야. 선물로 받은 가축들을 몰고서 말이지. 동생이 놀라서 소리쳤지만 이미 늦은 뒤였지. 이리저리 용을 써 봤지만, 절벽을 올라갈 방법은 없었어.

형이 가축을 잔뜩 몰고 집으로 돌아가니까 다들 깜짝 놀라지 뭐. 형이 동생에게 들은 말이 있잖아? 그 말을 그대로 전하니까 다들 신기해하면서 감탄해. 그때 엄마가 이리저리 돌아보면서,

"근데 작은애는 어디 있어?"

그러자 형이 깜짝 놀라는 척하면서,

"어? 걔 아직 안 왔어요? 먼저 간다고 했는데. 어떻게 된 거지?"

시치미를 딱 떼니까 다들 그러려니 하지 뭐. 때가 되면 올 거라고 생각하는 거야.

다음 날도 또 그다음 날도 동생은 소식이 없었어. 하지만 어쩔 도리가 없었지. 어디 있는지 알 수가 없으니까 말야. 그때 마을에 반가운 손님이 찾아왔지 뭐냐. 꿀벌새 한 마리가 날아와서 노래를 부르기 시작한 거야. 그게 왜 반가운 손님이냐면, 그 새를 따라가면 귀한 꿀을 얻을 수 있기 때문이야.

마을 사람들은 꿀통을 챙겨서 새를 따라나섰어. 꿀벌새는 사람들을 이끄는 것처럼 천천히 날아갔지. 그런데 얘가 가고 또 가고

자꾸만 가지 뭐냐. 가다 보니 마을에서 아득히 떨어진 곳이야. 마을 사람들이 포기하고 돌아가려니까 꿀벌새가 다시 힘차게 노래를 해. 형제의 아버지가 앞으로 나서면서,
"쟤가 따라오라고 하는 것 같으니 더 가 봅시다."
사람들은 고개를 끄덕이고서 다시 꿀벌새를 따라갔어. 얼마 뒤 절벽 끝에 다다른 꿀벌새는 갑자기 무척 바빠졌단다. 절벽 아래로 쑥 내려갔다가 다시 솟구쳐 오르기를 계속 반복하는 거야.
"절벽 아래에 뭔가 있는가 봐요."
사람들은 절벽 아래를 내려다보면서 귀를 기울였어. 그때, 아래에서 가느다란 목소리가 들려온 거야. 형에게 버림받은 동생이 구해 달라고 외치는 소리였지. 형제의 아버지가 황급히 나서서,
"아이고, 이거 작은애 목소립니다!"
사람들은 얼른 절벽 아래로 밧줄을 내려서 동생을 끌어올렸어. 동생은 기운이 완전히 다 빠져서 쓰러지기 일보 직전이었대. 형이 자기를 버리고 간 일을 얘기하기까지 많은 시간이 걸렸다고 해. 하지만 결국 다 드러날 일이지 뭐.
아버지가 한탄하면서 말했어.
"내가 그런 아들을 뒀다니. 마법의 꿀벌새가 아니었다면 네가 죽고 모든 게 묻힐 뻔했구나."
그 마을에선 형이 동생을 그렇게 팽개치는 건 용납할 수 없는 일이었어. 동생은 당연히 그 가축들이 형을 포함한 가족 모두의 것이라고 생각해서 그렇게 신나서 얘기했던 거란다. 사람들은

형에게 벌을 줘야 한다고 생각했지만, 그럴 필요는 없었지. 사람들이 동생을 찾아 돌아온다는 소식을 들은 형이 슬그머니 사라져서 다시는 나타나지 않았거든. 그리고 가족들이 그를 용서할 기회도 함께 영영 사라져 버렸지.

> 이야기에 대한 이야기

 연이  통이  엄지  이반  세라  뀨 아재  뭉이쌤  약손할배

**이반**    쌤, 이거 슬픈 이야기네요. 가족이 잘못을 용서할 기회가 사라졌다는 게 가슴 아파요.

**뀨 아재**    한마디로, 못난이.

**연이**    그러고 보면 놀부는 그나마 나은 거네요. 동생에게 용서할 기회를 줬으니까요.

**뭉이쌤**    그래. 놀부는 동생한테 참회하고 새 삶을 살게 되잖아? 그게 바로 가족인데. 뀨 씨 말마따나 이 형은 참 못난이야.

**약손할배**    맞아요. 스스로 가족이라는 끈을 갈랐으니, 어리석어요.

**세라**    한 순간의 질투 때문에 그렇게 됐다는 게 슬프고도 무서워요. 현실에서도 그런 경우를 많이 봤거든요.

**엄지**    근데 쌤, 항아리 속에 있던 할머니와 꿀벌새는 뭘까요? 좀 신기했어요.

**뭉이쌤**    내가 이 이야기를 선택한 게 바로 그 화소 때문이었어. 항아리 속의 할머니와 꿀벌새와 나무에서 튀어나온 가축들. 뭔가 아프리카답지 않니?

**세라**    그건 자연의 생명력을 상징하는 거겠지요? 야생의 자연과 교감하면서 살아가는 삶이 반영된 것 같아요.

**뭉이쌤**    그렇지요. 꿀벌새는 그 자체로 자연의 생명이기도 합니다.

| | |
|---|---|
| 이반 | 꿀벌새가 동생을 구하려고 이렇게까지 한 걸 보면 원래 친구였던 것 같아요. |
| 뭉이쌤 | 그럴 수 있지. 그 사연을 상상해 봐도 좋겠군. |
| 연이 | 항아리 속에서 나온 노파는 여신인가요? 노고할망 같은 분요. |
| 세라 | 그렇지 않을까? 뭐, 노고할망님처럼 우아한 건 아니지만. 나는 그 노파가 선물을 준 이유가 궁금해. |
| 퉁이 | 그거야 뭐, 항아리에 갇혀 있던 걸 구해 줘서 아닐까요? |
| 세라 | 그럴 수도 있겠네. 항아리가 땅에 꽉 박혀 있었다면. |
| 뭉이쌤 | 항아리는 사람이 만든 물건이잖아요? 항아리가 땅을 누르고 있는 건 인간의 문명이 자연을 억누른 일로 해석될 수 있어요. |
| 엄지 | 항아리가 여러 개였잖아요? 다른 건 비어 있었는데, 왜 그럴까요? |
| 퉁이 | 그 항아리에 갇힌 이들은 죽어서 없어졌는지도 몰라. 노파만 살아남은 거고. 앗! 항아리 속에서 늙은 걸지도. |
| 연이 | 뭔가 재미있는 스토리가 만들어지네. |
| 뭉이쌤 | 그래, 한번 잘 상상해서 이야기를 엮어 보렴. 나무에서 가축이 튀어나오는 내용하고도 연결해서. |
| 엄지 | 이야기가 또 다른 이야기를 낳는 게 신기해요. 마치 나무에서 황소가 툭 튀어나오는 것 같아요. |
| 퉁이 | 이제 내가 이야기 나무에서 황소를 꺼내 볼게. 아니, 쌍둥이 형제를. |

통이

제가 이리저리 찾아보니까 형제자매에 관한 세계 여러 이야기들 가운데 서로 다투는 내용이 많았어요. 특히 형제 이야기가요. 서로 죽고 죽이는 이야기들도 있었습니다. 이번에 제가 좀 색다른 이야기를 하나 준비해 봤어요. 바로 쌍둥이 형제 이야기입니다. 그리스에서 전해 온 민담이에요. 재미있게 들어주시기 바랍니다.

# 쌍둥이 형제의 모험

## 그리스 민담

옛날 옛적 한 바닷가 마을에 어부 부부가 살았습니다. 부부는 늙도록 자식이 없었어요. 남들처럼 예쁜 자식을 갖는 게 평생소원이었습니다. 그러던 어느 날, 못 보던 할머니 하나가 길을 가다가 어부의 아내를 보더니,

"자녀 복이 없군요. 아직 자식이 없는 거 맞죠?"

여자는 할머니가 보통 사람이 아니라는 걸 직감하고 얼른 달려가 손을 꽉 잡았습니다.

"맞아요, 맞아요! 어떻게 하면 자식을 얻을 수 있을까요?

"바닷물 속에 금빛 찬란한 물고기가 살아요. 그걸 잡아서 여덟 토막을 낸 뒤 남편하고 한 토막씩 먹고, 암캐 수캐에게 하나씩 주고, 암말 수말에게 하나씩 주고, 두 토막은 마당 양쪽에 심으세요. 그럼 효과가 있을 겁니다."

여자는 득달같이 집으로 달려와서 남편에게 그 말을 전했어요. 그날부터 부부는 곧장 바다로 나가 금 물고기를 찾기 시작했습니

다. 며칠 뒤, 부부는 정말 황금빛이 나는 물고기가 수면 위로 솟구쳐 오르는 걸 발견했어요. 그리고 밤새 추격전을 벌인 끝에 그 물고기를 잡는 데 성공했죠. 바다 끝까지라도 쫓아갈 작정이었어요.

남편과 물고기를 한 토막씩 나눠 먹은 뒤 아내는 정말 임신을 했고, 열 달 뒤에 아이가 태어났어요. 온몸이 반짝반짝 빛나는 쌍둥이 아들이었습니다. 근데 태어난 건 둘만이 아니었어요. 쌍둥이 강아지와 쌍둥이 망아지도 차례로 태어났답니다. 마당 가에는 멋진 삼나무 두 그루도 자라났어요.

쌍둥이는 쭉쭉 자라서 멋진 청년들이 됐습니다. 외모면 외모, 재주면 재주, 무엇 하나 빠지는 게 없었죠. 창을 들고 말을 달리면 최고의 용사였고, 기타를 퉁기며 노래를 하면 최고의 음악가였습니다. 형제는 작은 마을을 벗어나 더 넓은 세상에서 많은 모험을 펼치고 싶었어요. 그들이 길을 떠나겠다고 하자 아버지가 말했습니다.

"둘 다 떠나면 너무 쓸쓸할 거야. 한 명씩 가면 안 되겠니?"

그래서 상의 끝에 형이 먼저 떠나기로 했어요. 형은 개와 말을 하나씩 데리고 길을 나서면서 동생에게 말했습니다.

"만약 나에게 무슨 일이 생기면 내 삼나무가 시들 거야. 그러면 꼭 날 찾아와 줘."

"알았어, 형! 내 몫까지 멋진 모험을 하고 돌아와."

형은 힘차게 주먹을 쥐어 보이고서 길을 나섰습니다. 형은 일부러 새로운 길로 나아가서 멀고 낯선 나라로 향했어요. 형이 도착한 나라는 세상에서 가장 아름다운 아가씨가 있는 곳이었습니다. 바로 나라의 공주였어요. 많은 청년들이 공주에게 청혼했지만, 다들 목이 댕강 잘리고 말았죠. 왕이 어려운 과제를 내준 뒤 그걸 해내지 못하면 목을 친 거예요. 이제 더 이상 나서는 사람이 없었어요. 하지만 청년은 곧바로 왕궁에 청혼장을 보냈습니다.

왕의 시험이 내려지기 전날 밤, 청년은 왕궁 옆의 작은 집에서 기타를 연주했어요. 그때 한 여자가 청년을 찾아온 거예요. 청년은 그녀가 공주라는 걸 단번에 알아봤습니다. 아주아주 아름다웠거든요.

"멋진 연주 잘 들었어요. 나는 공주입니다. 당신을 도우려고 해요. 아버지가 과제를 내면 내게 알려 주세요."

청년은 고개를 끄덕였지만, 속으로는 자기 힘으로 해결할 수 있다고 믿었어요. 하지만 잘못된 생각이었습니다. 왕이 내린 과제가 터무니없었거든요. 정원에 서 있는 나무를 가리키면서,

"칼을 휘둘러서 단번에 나무를 댕강 자르면 합격이다. 실패하면 네 목이 댕강."

완전 억지였어요. 그 나무 둘레가 두 아름은 될 정도였거든요. 청년은 결국 공주를 찾아가서 그 일을 상의해야 했습니다. 공주가 자기 머리카락을 하나 뽑아 주더니,

"이걸 칼에 동여매고 휘두르세요."

밑져야 본전이잖아요? 청년은 공주 말대로 칼에 머리카락을 동여맨 뒤 나무를 향해 힘차게 휘둘렀습니다. 싹둑, 쿵! 왕뿐만 아니라

라 청년도 놀랄 정도였어요. 왕은 얼른 새 과제를 냈습니다.
"아직 부족하다! 다음은 물통 들고 달리기. 양손에 물통을 들고 삼십 리 밖까지 뛰어갔다가 오되, 물이 한 방울이라도 줄어들면 안 된다."

보니까 커다란 통에 물이 한가득이에요. 청년은 다시 공주를 찾아가야 했습니다. 공주는 손에 꼈던 반지를 빼 주면서 그걸 물통에 넣게 했어요. 반지를 넣으니까 물이 꽁꽁 얼었죠. 덕분에 물을 한 방울도 안 흘리고 뛸 수 있었습니다.

"이제 마지막 과제다. 검은 몸의 용사와 일대일로 결투해서 승리해야 한다."

들어 보니 그리 어려운 과업은 아니었어요. 싸워서 이기면 되니까요. 청년은 이번엔 혼자 시합을 준비하고 있었어요. 그때 공주가 찾아왔습니다. 세 번째 과제를 전해 들은 공주는 얼굴이 창백해졌어요.

"아아, 최악이에요. 당신은 이길 수 없어요. 그 용사는 바로 나예요. 아버지가 술을 먹이면 내 몸이 검게 변한답니다. 사람을 못 알아보고 마구 공격을 퍼붓게 돼요."

"아버지가 미쳤군요. 당신과 싸

워야 한다니, 못할 일입니다."

공주는 한참 고민하더니 청년의 말을 가리키면서 말했어요.

"시장에서 물소 가죽 열두 장을 사다가 말에 겹겹이 씌우세요. 만약 당신의 말이 내 공격을 열두 번 받으면서도 달아나지 않으면 반드시 기회가 올 겁니다. 그때 내 말의 눈썹 사이를 정확히 찌르도록 해요."

드디어 결투가 시작됐습니다. 말에 올라탄 검은 몸의 용사는 정말로 무시무시했어요. 칼을 한 번씩 휘두를 때마다 물소 가죽이 쫙쫙 찢겨 나갔죠. 하지만 청년의 말은 도망치지 않았습니다. 그렇게 버티자 드디어 빈틈이 나타났죠.

아주 짧은 순간이었어요. 청년의 칼이 공주가 탄 말의 눈썹 사이 정중앙에 박혔습니다. 말이 펄쩍 솟아올랐고, 공주는 땅바닥에 쿵 떨어지면서 정신을 잃었습니다. 청년의 승리였어요.

드디어 청년과 공주의 결혼식 날짜가 잡혔습니다. 그런데 청년은 거기 머물 생각이 없었어요. 이제 막 시작된 모험을 더 이어 가겠다는 생각이었죠. 청년은 돌아오겠다는 말을 남긴 채 다시 길을 떠났습니다.

청년의 발길이 머문 곳은 괴물의 지배를 받고 있는 나라였어요. 무서운 괴물이 나라에 하나밖에 없는 샘물을 독차지하고 사람들을 괴롭혔죠. 물을 얻으려면 처녀를 산 채로 바쳐야 했어요. 이번에 바쳐질 처녀는 나라의 공주였답니다. 왕은 딸을 더없이 사랑했지만, 괴물의 요구를 들어줄 수밖에 없었어요.

그때 공주는 금 사슬에 팔다리가 묶인 채로 괴물이 나타나기를 기다리고 있었어요. 도와줄 사람은 없었습니다. 두 눈에 눈물이 줄줄. 그때 웬 청년이 썩 나타나더니 사슬을 풀어 주면서,

"이제 걱정하지 마세요. 내가 괴물을 죽일게요."

공주는 그 말을 믿지 못했어요. 정말 무섭고 끔찍한 괴물이었거든요. 하지만 청년은 직접 몸을 움직일 필요조차 없었습니다. 개에게 명령을 내리는 것으로 충분했어요. 괴물이 나타나자마자 개가 잽싸게 달려들어서 적의 목덜미를 꽉 물었습니다. 개는 괴물이 쓰러질 때까지 절대로 이빨을 풀지 않았어요.

괴물을 물리친 청년은 나라의 영웅이 됐어요. 왕이 공주와 결혼하겠느냐고 묻자, 영웅은 흔쾌히 고개를 끄덕였습니다. 하지만 조건이 있었어요. 모험을 좀 더 하고서 돌아오겠다는 것이었습니다. 왕과 공주는 기꺼이 허락했어요. 그 뒤에 어떤 일이 벌어질지는 알지 못했죠.

형은 다시 모험을 찾아 길을 나섰습니다. 왕이 군사와 하인을

붙여 준다고 했지만, 청년은 사양하고 자기 말과 개만 데리고 떠났습니다. 그걸로 충분했어요. 무서울 건 없었습니다.

어느 날 청년은 낯선 숲으로 들어갔다가 작은 오두막을 발견했어요. 목이 말랐던 청년이 주인을 찾자 이상하게 생긴 노파가 얼굴을 내밀었습니다. 그때 개가 노파를 보면서 사납게 짖기 시작했어요. 노파가 덜덜 떨면서,

"개가 너무 무서워요. 이 막대기로 조용하게 만들어 줘요."

청년은 노파가 내민 파란 막대기를 받아서 생각 없이 개를 툭 쳤어요. 그러자 개가 한순간에 조용해지면서 돌로 변했습니다. 노파는 얼른 막대기를 다시 빼앗더니 청년과 말을 툭툭 쳤어요. 둘은 힘도 써 보지 못하고 돌로 변하고 말았답니다. 기세 넘치던 모험의 허무한 결말이었죠.

하지만 끝은 아니었어요. 동생이 있으니까요. 형이 돌이 된 순간, 마당 가의 삼나무 하나가 시들면서 잎이 누렇게 변했습니다. 동생은 일이 잘못됐음을 알고 곧바로 형을 찾아서 길을 떠났습니다. 자기 개와 말을 데리고서요.

형의 자취를 찾아서 달리고 또 달린 동생은 형이 돌로 변해서 누워 있는 장소에 다다랐습니다. 동생이 개와 말을 데리고 오두막으로 다가오자 노파는 깜짝 놀랐어요. 하지만 힐끗 돌아보니까 돌로 변한 청년과 말과 개는 그대로였습니다. 노파는 새로 찾아온 청년을 바라보면서,

"개가 너무 무서워요. 이 막대기로 조용하게 만들어 주구려."

청년이 보니까 노파는 몸을 심하게 떨고 있었어요. 동생은 형만큼 친절한 사람이었지만, 형보다 신중했습니다. 동생은 막대기로 개를 때리는 대신 노파를 겨누었어요.

"내가 왜 소중한 친구를 때려야 하죠? 당신이 먼저 한번 맞아 보세요."

동생이 다가서자 노파는 뒤로 물러서면서 숨겼던 본모습을 드러냈어요. 그는 끔찍하게 생긴 마녀였습니다. 세상 어떤 사람도 이 마녀에게는 적수가 되지 못했죠. 하지만 개는 달랐어요. 개가 으르렁대면서 달려드니까 마녀가 진저리를 치면서,

"살려 줘! 네 형제를 구하지 않을 거냐?"

동생은 개에게 공격을 멈추게 한 뒤 형이 어디 있느냐고 물었어요. 마녀는 바들바들 떨면서 뜰에 있는 돌 세 개를 가리켰습니다. 그걸 본 동생은 기가 막혔어요. 동생이 다시 개를 시켜서 공격하려고 하자 마녀가 소리쳤습니다.

"잠깐! 네 형제를 살릴 수 있어. 개에게 공격을 시키지 않는다고 약속하면 방법을 알려 주겠다."

"좋아요. 약속하겠어요."

그러자 노파는 동생에게 붉은 막대기를 꺼내서 건네줬어요. 동생이 붉은 막대기로 돌들을 두드리자 형과 말과 개가 차례로 되살아났습니다. 형제는 뜨겁게 껴안았어요. 개들과 말들도 만남의 기쁨을 누렸습니다.

동생이 개를 시켜서 공격하지 않는다고 약속했잖아요? 그는 약

속을 지켰습니다. 그 대신 동생은 파란 막대기를 들어서 마녀를 툭 쳤어요. 마녀는 비명을 지르면서 돌로 변했습니다. 형제는 마녀가 다시 살아날 수 없게끔 막대기를 불태워 버렸어요.

쌍둥이 형제가 개와 말을 데리고 돌아오자 난리가 났어요. 공주는 누가 자기를 구해 준 사람인지 분간할 수가 없었지요. 그때 형이 동생에게 말했어요.

"네가 찾아갈 사람이 있어. 세상에서 가장 아름답고, 또 가장 무서운 아가씨."

"진짜로 그런 사람이 있다면 나의 짝으로 삼겠어."

동생은 곧바로 세상에서 가장 아름다운 아가씨가 있는 나라를 찾아갔어요. 그녀와 짝을 이루는 데는 아무 문제가 없었습니다. 모든 사람이 준비를 마치고 신랑의 귀환을 기다리고 있었거든요. 기다리던 신랑이 떡 나타났으니, 그다음은 전자동이죠.

그래서 형제는 다시 만나지 않았을까요? 아뇨, 무척 자주 만났답니다. 부모님도 함께요. 결혼식도 같은 날 같은 장소에서 거행했다고 해요. 사람들이 쌍둥이 형제를 분간하지 못해서 혼란이 생겼지만, 별문제는 없었습니다. 당사자들은 누가 누군지 알고 있으니까요. 부모님도 가끔 자식을 혼동했지만 상관없었습니다. 똑같이 사랑하는 자식이니까요. 아, 가끔 개와 말이 주인을 혼동했다가 꿀밤을 맞았다고 해요.

> 이야기에 대한 이야기

연이    퉁이    엄지    이반    세라    뀨 아재    뭉이쌤    약손할배

**이반**    오, 마무리 좋았어. 꿀밤 꿀잼.

**연이**    형과 동생이 친하게 잘 지내서 참 좋다. 동생이 형이 있는 곳을 찾아간 게 신기해.

**뀨 아재**    둘은 운명 공동체.

**이반**    동생이 형이랑 똑같이 생겼잖아? 길을 가다 보면 사람들이 '전에 그 사람이다!' 막 이랬을 거야. 그렇게 형의 자취를 찾아간 게 아닐까?

**세라**    멋진 추리네. 말과 개도 한몫했을 거야.

**뀨 아재**    그쪽도 운명 공동체.

**연이**    쌤, 같은 쌍둥이인데 형은 마녀에게 당하고 동생은 안 당한 게 성격 때문인 거 맞죠?

**뭉이쌤**    그렇기도 하겠지만, 조금 달리 볼 수도 있어. 형은 커다란 모험에서 두 번이나 성공했잖아? 두 번째는 아주 쉽게 성공했고. 그러다 보니 자만심이 생겨서 방심했던 것일 수 있지. 동생은 그런 일을 겪기 전이니 더 신중했던 거고.

**이반**    형이 늘 앞장서서 뭔가를 하다 보니 동생은 신중한 사람이 된 것일 수도 있겠어요.

**퉁이**    하지만 모험심으로 치면 동생도 형 못지않아요. 아름답고 무서운 아가씨를 선뜻 찾아가잖아요.

**세라** 둘의 결혼 생활이 도전이고 모험인 셈인가? 재미있네.

**엄지** 그 공주가 다시 검은 몸의 용사로 변하는 일은 없었을지 궁금해지네요.

**뀨 아재** 있었을 듯. 아니라면 너무 싱겁잖아? 하하.

**연이** 만약 그랬다면 누구 때문이었을까요? 아버지? 남편? 아니면 마녀나 괴물?

**뭉이쌤** 그 얘기 한번 잘 상상해서 만들어 보면 좋겠네.

**연이** 넵, 형의 아내도 한번 변신시켜 보겠어요. 동생의 아내보다 더 무섭게요.

**퉁이** 오오, 연이 무섭…….

**약손할배** 재미있구나. 약하고 순하게 보이는 사람도 숨은 힘이 있는 법이지. 이제 내가 또 다른 형제 이야기를 하나 해 보마.

약손할배

이 할배가 들려줄 이야기는 한국에서 구전돼 온 신화예요. 멀리 함경도 지역에서 전해 내려온 이야기랍니다. 영웅도 천재도 아닌 어느 평범한 형제의 이야기지요. 아니, 평범하다는 말은 어울리지 않겠네. 남들처럼 생활하기가 쉽지 않은 아이들이었거든요. 그 형제가 어떻게 신화의 주인공이 됐는지, 지금부터 함께 알아보기로 해요.

# 거북이 남생이의 황금빛 동행

## 한국 신화

옛날에 숙영이라는 선비와 앵연이라는 각시가 살았어요. 숙영은 아주 멋진 청년이고, 앵연은 아리따운 처녀였지. 두 집 모두 귀한 가문 출신에 재산도 많았답니다. 숙영과 앵연이 평생을 약속하고 결혼을 하니, 그야말로 하늘이 정한 짝이었지요. 누구 하나 칭송하지 않는 사람이 없었어요. 신부는 좋은 예물도 잔뜩 가지고 왔답니다.

두 사람은 부부가 된 뒤 서로를 위하면서 잘 살았어요. 그런데 부부의 나이가 서른을 지나고 마흔이 넘도록 자식이 생겨나지 않았답니다. 그게 근심이 돼서 한숨이 자꾸만 흘러나왔어요. 어느 날 숙영 선비가 하인을 데리고 소풍을 나가는데, 제비가 둥지에서 새끼들에게 먹이를 주면서 구지구지 지지배배. 그 모습이 어찌나 부러운지 눈물이 다 났답니다. 숙영은 소풍을 그만두고 집에 돌아와 이불을 뒤집어쓰고 누웠어요. 앵연 부인이 그 모양을 보고서,

"서방님, 꽃구경 나비 구경 다녀와서 왜 눈물을 흘리십니까?"

"새들도 새끼들과 어울려 지저귀는데, 우리는 자식 없이 쓸쓸하게 늙어 가니 절로 눈물이 샘솟습니다."

그 말을 들으니까 앵연도 눈물이 나왔어요. 그게 다 자기 잘못 같았지요. 앵연은 도저히 안 되겠다 싶어서 남편과 함께 용하다는 점쟁이를 찾아갔어요. 원래 그런 거 안 믿던 사람인데 말이지. 점쟁이가 두 사람 사주팔자를 짚어 보더니,

"자식을 얻으려면 덕을 쌓고 공을 들여야 합니다. 윗논에 있는 물을 아랫논에 대고 아랫논의 물을 윗논으로 대서 모를 키워 벼를 수확한 뒤, 직접 절구에 찧어서 흰쌀 서 말 서 되를 마련하십시오. 그리고 노란 초 하얀 초와 노란 종이 흰 종이를 충분히 갖추어서 안애산 금상사를 찾아가 석 달 열흘간 부처님께 정성껏 기도를 올리십시오."

부부는 그날부터 평생 해 본 적 없는 농사일을 시작했어요. 논에다 물을 대고 모를 심어서 키운 뒤 벼를 수확하는 일을 일일이 손으로 하려니까 힘들기도 힘들었지. 부부는 그렇게 겨우겨우 벼를 수확한 뒤 절구에 방아를 찧어서 흰쌀을 마련해 가지고 안애산 금상사를 찾아가서 백 일 동안 쉼 없이 절을 하면서 기도를 드렸어요. 그랬더니 진짜로 앵연 부인이 아기를 잉태한 거예요. 그리고 열 달 만에 아기를 낳았는데, 고추 달린 아들이었답니다. 목청도 높게 응애응애!

부부는 온 세상을 가진 것 같았어요. 하지만 기쁨은 곧 슬픔으로 바뀌었어요. 아기가 통 눈을 뜨지 않는 거예요. 하루 이틀 사흘

이 지나고 한 달이 돼도 감긴 눈은 열리지 않았답니다. 숙영 선비와 앵연 부인이 바닥을 땅땅 두드리면서,

"부처님도 참 무심하시지. 앞을 못 보는 소경 자식을 두어 무엇 합니까!"

한없이 한탄했어요. 부부는 아기 이름을 거북이라고 짓고 유모한테 맡겼답니다.

거북이가 세 살이 됐을 때, 앵연 부인은 다시 아기를 가졌어요. 부부는 험한 것과 더러운 것은 아예 쳐다보지도 않으면서 몸가짐을 깨끗이 했지요. 그리고 열 달 만에 아기가 태어났는데, 이번에도 아들이었답니다. 아이가 우렁차게 울음을 우는데 부부는 눈부터 봤어요. 샛별 같은 눈동자가 초롱초롱. 그런데 아이를 씻기려고 보니까 등이 굽어서 펴지질 않지 뭐예요. 또 두 다리가 딱 붙어서 펴지질 않았어요. 숙영 선비와 앵연 부인이 다시 바닥을 땅땅 치면서,

"이번에는 곱사등이 앉은뱅이라니, 이게 웬 말입니까!"

정이 떨어져서 아이를 안으려고도 하지 않아요. 부부는 아이 이름을 남생이라고 짓고 이번에도 유모에게 떠맡겼어요. 부부는 그만 화병이 들어서 아이들이 미처 크기도 전에 함께 세상을 떠나고 말았답니다.

그 집이 큰 부자였잖아? 거북이 남생이 형제는 한동안 먹고사는 데 문제가 없었어요. 하지만 재산이 다 사라지는 데 많은 날이 걸리지 않았답니다. 집에 들어앉아서 먹고 쓰기만 하다 보니 재산

이 눈 녹듯이 사라져 버린 거예요. 둘은 결국 어른이 되기도 전에 모든 재산을 잃어버리고 거지가 됐답니다. 세상인심이 어찌나 차가운지, 거지가 되고 나니까 돌봐 주는 사람이 하나도 없었지요. 다들 혀를 쯧쯧 차면서,

"에구, 저렇게 살아서 뭐하나 그래."

그럴 때마다 거북이와 남생이는 그냥 죽고만 싶었어요. 앞 못 보는 형이 한탄하면서,

"아우야, 우리는 왜 이렇게 태어난 걸까? 하늘은 왜 우리를 세상에 낸 거지?"

남생이가 그 말을 듣고 울다가 주먹으로 눈물을 씻어 내고 말했어요.

"형! 우리가 태어난 게 안애산 금상사 부처님 덕이랬어. 거길 찾아가 보자. 부처님께 직접 물어보는 거야."

거북이가 한숨을 내쉬면서,

"나는 앞을 못 보고 너는 걸음을 못 걷는데, 그 먼 길을 어찌 간단 말이니?"

"형이 나를 업으면 내가 길을 안내할게. 형이 내 다리가 돼 주고 내가 형의 눈이 돼 주는 거야."

그 말에 거북이가 고개를 끄덕였어요. 둘은 곧바로 길을 나섰답니다. 남생이가 하늘을 보더니,

"형, 동쪽 하늘에 쌍무지개가 떴어. 참 곱다."

거북이가 다시 고개를 끄덕끄덕. 둘은 안애산 금상사를 찾아서

먼 길을 가고 또 갔어요. 푸른 길을 따라 동쪽으로 가고, 붉은 길을 따라 남쪽으로 가고, 하얀 길을 따라 서쪽으로 갔답니다. 마침내 그들은 안애산을 찾아 들어가서 금상사 입구에 도착했어요. 남생이가 주변을 이리저리 살펴보더니,

"형! 연못에 이상한 게 있어. 연꽃 아래 솥뚜껑 같은 생금이 서려 있네! 건져서 들고 가자."

"아우야. 우리가 무슨 복이 있어서 그걸 갖겠니. 절에 속한 물건이니 모른 척하고 들어가자."

남생이가 알았다면서 고개를 끄덕끄덕. 형제는 법당으로 가서 스님들에게 말했어.

"숙영 선비와 앵연 부인의 아들 거북이와 남생이입니다."

"부모님께서 저희를 얻으려고 이 절에 금탑을 쌓으셨다고 들었습니다."

스님들이 들으니까 자기네 절하고 인연이 있는 아이들이었죠. 마침 전날 밤 한 스님의 꿈에 부처님이 나타나 다음 날 찾아오는 손님을 잘 챙기라고 한 일도 있었답니다. 스님들은 거북이 남생이 형제에게 방 한 칸을 내줘서 머물게 하고 먹을 것을 챙겨 줬어요.

그런데 사람 마음이 참 얄팍한 거예요. 날이 흘러갈수록 스님들은 형제를 귀찮아하며 싫은 기색을 보이기 시작했답니다. 박대는 갈수록 심해졌어요. 급기야는 두 아이가 도저히 견디기 어려울 정도까지 됐지. 참다못한 남생이가 어느 날 스님들에게 말했어요.

"제가 절에 들어올 때 이상한 걸 봤습니다. 연못에 솥뚜껑 같은

생금이 서려 있었어요. 그걸 건지시면 어떻겠습니까."
　생금이라는 말에 스님들 눈이 둥그레졌어요. 그들은 급히 연못으로 달려갔지요. 하지만 연못에 들어앉아 있는 건 생금이 아니라 커다란 구렁이였어요. 고개를 쳐들고서 혀를 날름날름. 스님들은 아이들에게 불같이 화를 내면서 욕을 했답니다. 당장이라도 쫓아낼 기세였어요.
　"그럴 리 없습니다. 분명히 생금이었어요."
　남생이는 거북이 등에 업혀서 연못으로 갔어요. 거북이가 동생이 시키는 대로 해서 건져낸 건 정말 커다란 생금이었답니다. 그런데 형제가 금을 안고 법당 안으로 들어오자 신기한 일이 벌어졌어요. 절이 움찔움찔 춤을 추기 시작하더니 생금의 기운이 쫙 퍼져서 법당 전체가 금빛으로 빛났답니다. 그때 부처님이 앉아 있는 곳에서 웅장한 목소리가 울려 퍼졌어요.
　"거북아, 네 눈이 열릴 것이다. 남생아, 네 몸이 펴질 것이다."
　말이 끝나자마자 기적이 펼쳐졌어요. 거북이 감겼던 눈이 환히 밝아지고 남생이 굽은 등과 붙은 다리가 활짝 펴졌답니다. 절에 있는 모든 스님은 두 사람을 향해 절을 올렸어요. 그들이 부처님의 화신이란 걸 그제야 깨달은 거지요.
　거북이 남생이 형제는 여든한 살까지 건강하게 잘 살다가 세상을 떠난 뒤 신으로 모셔졌다고 해요. 아이들이 건강하게 잘 살도록 도와주는 혼수성인이 바로 그들이랍니다.

> 이야기에 대한 이야기

연이    퉁이    엄지    이반    세라    뀨 아재    뭉이쌤    약손할배

**연이**    할아버지, 감동이에요. 저 눈물 날 뻔했어요.

**퉁이**    나는 진짜로 한 방울 떨어졌어. 근데 할아버지, 왜 하필 여든 살이에요?

**약손할배**    글쎄. 전해 오는 이야기에 그렇게 돼 있더구나.

**뀨 아재**    옛날에 여든 살 넘으면 장수 만세.

**퉁이**    그렇구나. 오래오래 건강하게 살았다는 뜻이었군요.

**엄지**    전 숙영 선비와 앵연 부인이 마음에 안 들어요. 자식을 버린 거나 마찬가지예요.

**세라**    동감! 유모에게 떠맡긴 것도 그렇지만, 신세 한탄을 하다가 화병에 걸린 게 더 나빠. 자식들 심정이 어땠겠어.

**연이**    거북이와 남생이라는 이름도 슬퍼요.

**뭉이쌤**    그 형제가 부처님의 화신이라고 했잖아? 세상에 귀하지 않은 생명은 없는 법이지. 내 생각에도 철없고 무책임한 부모가 맞아.

**이반**    대체 왜 그런 걸까요? 자기 자식인데요.

**약손할배**    둘 다 귀한 집에서 편하게만 자라다 보니 그랬던 거 아닐까.

**연이**    거북이와 남생이가 포기하지 않고 길을 떠나서 다행이에요. 둘이 한 몸이 돼서 길을 가는 거, 생각만 해도 뭉클해요.

| | |
|---|---|
| **뭉이쌤** | 그래. 세상 모든 생명에게는 살아갈 길이 있는 법이지. 다만 그 길이 저절로 열리는 건 아니야. 찾아서 나아가지 않으면 있던 길도 없어지고 말지. |
| **뀨 아재** | 처음부터 길이었던 길은 없죠. |
| **이반** | 이런 이야기가 우리나라 신화라는 게 정말 좋아요. |
| **세라** | 이 이야기의 주인공은 형제지만, 사실은 우리 모두의 일이라고 생각해. 누구나 다 모자란 부분이 있기 마련이잖아. 서로 눈이 되고 다리가 돼서 나아가는 게 인생 아닐까? |
| **퉁이** | 누나, 멋진 마무리였어요. |
| **세라** | 고마워, 동생. 감사해요, 모두들. |
| **퉁이** | 이야기로 함께하는 황금빛 동행, 만세! |

# torytelling time
# 나도 이야기꾼!

## 기본 스토리텔링

이번 스테이지에서 만난 이야기 중 가장 마음에 드는 것을 골라서 다음과 같은 단계로 스토리텔링 활동을 해 보자.

- **step 1:** 책에 쓰인 그대로 이야기를 소리 내어 읽는다.
- **step 2:** 책에 쓰인 그대로 이야기를 소리 내어 읽되, 가상의 청자에게 말해 주듯이 읽는다.
- **step 3:** 청자에게 이야기를 전달하되, 틈틈이 책을 참고한다.
- **step 4:** 청자에게 이야기를 전달하되, 책을 참고하지 않는다.
- **step 5:** 청자에게 이야기를 전달하되, 표현과 내용을 조금씩 자신의 방식대로 바꿔 본다.
- **step 6:** 완전히 내 것이 된 이야기를 구연 환경과 청자의 성향에 맞춰 내용과 표현을 자유자재로 조절하며 전달한다.

## 이야기별 재창작 스토리텔링

다음은 이번 스테이지에서 만난 이야기들에 대한 활동거리이다. 이 중 하나 이상을 골라 스토리텔링 활동을 해 보자.

**<헨젤과 그레텔>**

① **이야기와 현실 연결하기**: 하얀 새와 과자 집으로 어린 남매를 유인한 뒤 해치려는 마녀가 현실 속의 어떤 존재와 연결될 수 있을지 이야기해 보자.

② **인물의 행동 변호하기**: 그레텔이 마녀를 화덕에 가둬서 죽게 한 일을 변호해 보자.

**<사슴이 된 동생>**

③ **비슷한 이야기 찾아 비교하기**: 《그림 형제 민담집》의 <오누이>를 찾아 읽고, 이 이야기와 같은 점과 다른 점을 비교해 보자.

**<세 남매와 신비한 초록새>**

④ **이야기 내용 바꾸기**: 이 이야기에서 마음에 들지 않는 부분을 찾아 수정해 보자. 단, 전체 이야기가 흐트러지지 않도록 주의한다.

**<갈단의 길과 바이르의 길>**

⑤ **숨은 이야기 상상하기**: 이야기 속의 장기 두는 할머니들은 어떤 존재이며 어떤 사연이 있을지 상상해서 이야기를 만들어 보자.

<형제와 노파와 꿀벌새>

⑥ **숨은 이야기 상상하기**: 뒤집힌 항아리 속의 노파에게 어떤 사연이 있었을지 상상해서 이야기해 보자. 단, 나무에서 가축이 튀어나오게 하는 내용과 연결해서 풀어내도록 한다.

<쌍둥이 형제의 모험>

⑦ **장면 스케치하기**: 이야기의 분위기를 살려 쌍둥이 형제와 강아지, 망아지, 삼나무가 있는 시골집 풍경을 스케치해 보자.

⑧ **뒷이야기 상상하기**: 뒷날 동생 부부에게 벌어졌을 만한 특별한 사건을 상상해서 이야기해 보자. 단, 변신 화소를 살리도록 한다. 형 부부와 얽히는 내용을 포함해도 좋다.

<거북이와 남생이의 황금빛 동행>

⑨ **인물의 전생담 상상하기**: 불교에서는 모든 사람에게 전생 사연이 있다고 믿는다. 숙영 앵연 부부와 거북이 남생이 형제의 전생 사연을 상상해서 이야기해 보자. 사람이 아닌 동물이나 식물 이야기여도 좋다.

## 이야기 연계 스토리텔링

1. 형제와 자매, 또는 남매 관계를 잘 이어 나가기 위해 꼭 필요한 실천 덕목 세 가지와 금지 사항 세 가지를 만들어 보자. 단, 이 스테이지에 있는 여덟 편의 이야기에서 얻은 교훈의 형태로 정리하도록 한다.

2. 다음 동물들을 주요 등장인물로 삼아서 한 편의 우화를 구성해 보자.

   (1) 〈헨젤과 그레텔〉의 오리
   (2) 〈세 남매와 신비한 초록새〉의 초록새
   (3) 〈형제와 노파와 꿀벌새〉의 꿀벌새

3. 이 외에 이야기들을 흥미롭게 연계할 수 있는 여러 가지 방법을 찾아보고 이를 토대로 다양한 스토리텔링 활동을 해 보자.

# stage 04
# 신데렐라와 콩쥐 팥쥐, 그리고

신데렐라와 유리 구두
아셴푸텔의 개암나무
콩중이 팥중이
의붓 자매 떰과 깜

작은 연어와 황금 나막신
계모와 형제와 노파
아이처와 아이구

동이

오늘 우리 이야기 가족 많이 모였네. 좋아 좋아! 이번 주제가 '신데렐라'와 '콩쥐 팥쥐' 맞지? 알다시피 내가 전 세계 안 다닌 곳이 없거든. 보니까 <신데렐라>나 <콩쥐 팥쥐> 비슷한 얘기는 웬만한 나라에 다 있더군. 그야말로 세계적 인기 민담! 그 첫 장은 당연 오리지널로 열어야겠지? 샤를 페로가 동화집에 실어 유명해진 프랑스 민담 <신데렐라와 유리 구두>, 개봉합니다. 어떻게? 동이 스타일로! 기름기 걷어 내고 알짜를 딱 살려서 간결하고 재미있게!

# 신데렐라와 유리 구두

**프랑스 민담**

옛날에 멋깨나 부리는 신사가 살았어. 근데 아내가 딸을 하나 남기고 세상을 떠난 거야. 신사는 즉시 새 여자를 찾아서 결혼했지. 어떤 여자? 죽은 아내보다 더 멋지고 우아해 보이는 여자. 사실은 아주 사치스럽고 허영에 빠진 여자. 이 여자한테 엄마를 닮은 딸이 둘 있는데, 남자는 그것도 마음에 드는 거야. 친딸이 예쁘고 착하긴 한데 잘 꾸밀 줄을 몰랐거든.

아빠가 새 결혼을 하고 나니까 친딸이 찬밥 신세야. 계모랑 의붓언니들이 얘를 한 식구로 생각도 안 해. 투명 인간 취급이지. 아니, 하녀 취급! 갖가지 천한 집안일을 다 얘한테 떠맡기는 거라. 얘가 온종일 집 안 청소와 부엌일에 시달리다가 굴뚝 옆 잿더미 속에서 꾸벅꾸벅. 그래서 얘는 신데렐라라고 불리게 됐어. 그게 재를 뒤집어썼다는 뜻이야.

어느 날 나라에 큰 무도회가 열렸어. 주인공은 모든 숙녀의 로망인 꽃미남 왕자. 무도회 초청장이 신데렐라네 집에도 도착했어.

두 언니는 흥분해서 아주 야단이지. 옷과 장식품을 다 꺼내 놓고서 이거 입었다 벗고 저거 달았다 떼고 난리야. 그 옷 다림질하고 정리하는 건 다 신데렐라 몫이지 뭐. 언니들 머리를 만져 주는 일도. 애들이 각각 백 번도 넘게 머리 모양을 바꿨다든가. 신데렐라 애는 그걸 또 해 달라는 대로 다 해 줘.

드디어 무도회가 열리는 날, 두 언니는 있는 대로 화려하게 꾸민 뒤 마차를 타고 왕궁으로 떠났어. 아빠 엄마와 함께 온 가족이다. 신데렐라는? 가족 취급 못 받으니까 떼 놓고 갔지 뭐. 혼자 남겨진 신데렐라는 부엌 바닥에 주저앉아서 엉엉 울기 시작했지. 그때 누군가 짜잔! 나타난 거야. 누구? 귀티가 좔좔 흐르는 아줌마 요정.

"애야, 왜 그렇게 슬피 우니?"

"저도 무도회에 가 보고 싶어요. 엉엉엉."

"그랬구나. 그럼 내가 도와줄게. 밖에서 호박을 하나 따 오렴. 커다란 걸로."

신데렐라는 울음을 멈추고 밖에 나가서 호박을 따 왔어. 자기 몸통보다 더 큰 걸로. 애가 매일 집안일을 하다 보니 힘이 좋았나 봐. 하하. 요정이 그 호박 속을 깨끗이 파 내더니 지팡이로 톡! 그러자 멋들어진 황금 마차가 짜잔! 쥐덫에 걸려 있던 생쥐 여섯 마리를 꺼내서 지팡이로 토도도도독! 쥐들이 말처럼 변해서 마차 앞으로 처적, 처적, 처적. 또 도마뱀 여섯 마리를 찾아서 지팡이로 토도도도독! 도마뱀이 가죽 수트 차림의 특급 하인들이 돼서,

"영애님, 명령만 내리십쇼!"

아줌마 요정이 어깨를 으쓱하면서,

"어때? 이만하면 괜찮지?"

"정말 감사해요. 하지만 제 옷차림은요?"

그러자 아줌마 요정이 지팡이로 신데렐라 몸을 머리부터 발끝까지 토도독 토도독 토도독 톡톡! 세상에서 제일 예쁜 옷에 화려한 장신구가 촤좌자자자작작. 하지만 하이라이트는 따로 있지. 바로 구두! 요정이 반짝이는 유리 구두 한 켤레를 내밀면서,

"세상에 하나밖에 없는 거야. 잘 간직하렴."

완전 초특급 희귀템이지 뭐. 신데렐라가 그걸 신으니까 걸음이 저절로 사뿐사뿐. 사실 그럴 수밖에. 유리니까 힘을 주면 부서질 수도 있잖아? 하하.

"됐지? 명심할 거 한 가지! 자정 전에 무도회장을 떠나야 해. 자정이 되면 모든 게 원래대로 돌아가거든."

신데렐라는 그러겠다고 다짐하고 무도회장으로 향했어. 애가 들어서니까 왕궁이 아주 난리지 뭐. 그런 마차, 그런 숙녀는 본 적이 없거든. 모든 시선 총집중. 그때까지 고자세로 폼깨나 잡고 있던 왕자도 넋이 나가서 헬렐레야. 정신줄 겨우 붙잡고 이 아름다운 숙녀에게 손을 내밀어 춤을 청하더니 그 옆에서 떠날 생각을 안 하는 거라. 이 숙녀가 춤은 또 얼마나 사뿐사뿐 잘 추는지! 다 유리 구두 덕이지 뭐. 하하.

하지만 시간이 어찌나 빨리 흐르는지, 곧 자정이야. 신데렐라는

얼른 정신을 차리고 화장실에 가는 척 자리를 피한 뒤 왕궁을 빠져나왔어. 마차를 최고 속도로 달려 집으로 돌아온 뒤 누더기 차림으로 잿더미 속에서 꾸벅꾸벅. 옷을 갈아입을 필요도 없었어. 자정이 되니까 자동으로 바뀌었거든.

얼마 뒤 언니들이 집에 들이닥치더니 생난리야. 무도회의 그 정체불명 숙녀 때문이지 뭐.

"너도 봤어야 하는데. 그 멋진 영애님이 우리를 칭찬했지 뭐니."

"오늘 밤 무도회는 그 숙녀랑 똑같이 꾸미고 갈 거야. 알았지?"

그게 신데렐라의 새로운 일거리가 됐지 뭐야. 신데렐라는 그걸 또 언니들이 해 달라는 대로 다 해 줘.

그날 밤, 왕궁에서 다시 무도회가 시작됐어. 모든 사람들의 관심은 다 정체불명의 영애에게 쏠려 있었지. 재미있는 게 뭐냐면, 수많은 숙녀들이 전날의 그 숙녀를 본떠서 꾸미고 왔다는 거야. 서로 민망해서 가짜 웃음을 샐샐. 그때 호박 마차를 타고 주인공이 썩 나타난 거야. 보니까 옷차림과 장신구가 전날보다 세 단계쯤 업그레이드된 거라. 다들 눈이 휘둥그레. 숙녀들은 발을 동동동. 왕자는 다시 헬렐레. 왕자가 신데렐라 옆에만 딱 붙어 있어서 왕이랑 왕비가 가서 슬쩍슬쩍 떼어 놔야 했다던가. 하하.

그날 밤은 전날보다 시간이 더 빨리 흘렀어. 어느새 자정이 다 됐는데, 신데렐라가 깜빡 놓쳤지 뭐야. 자정을 알리는 시계 소리가 뎅, 뎅. 신데렐라는 깜짝 놀라서 무도회장을 빠져나왔어. 그때 재빨리 그 뒤를 쫓는 사람이 있었지. 누구? 당연히, 왕자! 신데렐라를 놓치지 않으려고 준비 중이었던 거야. 신데렐라가 붙잡히지 않으려고 서두르다 보니 유리 구두 한 짝이 벗겨져서 또르르르. 왕자가 구두를 줍는 사이 신데렐라는 급히 왕궁 문을 빠져나왔어. 그 순간 열두 시의 마지막 종소리가 뎅. 영애는 간 곳 없고 누더기 하녀가 떡. 신데렐라는 담장 밑에 웅크려 앉았어. 왕자가 쫓아 나왔지만, 영애나 숙녀 비슷한 것도 없지 뭐.

밤이 지나고 날이 밝자 나라에서 대대적인 호구 조사가 시작됐어. 왕궁에서 나온 행렬이 집집마다 찾아다니면서 처녀들에게 유리 구두를 신겨 보는 거야. 행렬의 중심에는 유리 구두 한 짝을 든 신사가 있었지. 수많은 사람들이 그 행렬을 따르면서 야단법석이야.

"저 유리 구두가 발에 딱 들어맞아서 왕자님과 결혼할 숙녀는 과연 누구일까?"

"지금까지 나선 처녀들 다 가짜. 벌써 수백 명 퇴짜!"

마침내 행렬이 신데렐라의 집 앞에 도착했어. 두 언니가 희망에 부풀어서 기다리고 있었지. 하지만 유리 구두는 두 사람을 보기 좋게 배신했어. 아무리 애를 써도 구두는 발에 들어가지 않았지. 잘못하면 구두가 깨질 판이야.

"스톱! 퇴짜!"

그때 누더기 차림의 신데렐라가 나선 거야.

"제가 한번 신어 봐도 될까요?"

그러니까 언니들이 난리지 뭐. 그 누더기 재투성이가 영애라고는 상상도 못 하는 거야. 근데 왕궁에서 나온 신사가 눈썰미가 좀 있었나 봐. 신데렐라가 재가 잔뜩 묻어서 지저분하긴 해도 무척 아름답다는 걸 알아챈 거야.

"왕자님이 모든 숙녀께 기회를 주라고 하셨지요. 신어 보세요."

어땠겠어? 당연히 신데렐라의 예쁜 발이 유리 구두에 쏙. 신데렐라가 품속에서 또 다른 한 짝을 꺼내 신으니까 한 켤레가 착. 때맞춰 아줌마 요정이 나타나서 지팡이로 신데렐라 몸을 토도독 토도독 토도독 톡톡. 왕궁에 나타났던 것보다 더 아름답고 우아한 영애가 짜자잔!

너무나 비현실적인 광경에 두 언니가 어안이 벙벙. 근데 애들이 눈치는 빨라. 둘은 재빨리 현실을 자각하고는 동생 앞에 무릎을 꿇고 사과했어.

"그간 우리 때문에 힘들었지. 미안해!"

신데렐라가 언니들 등을 톡톡 두드리면서,

"괜찮아, 용서할게. 이제 착하게들 살아."

그때 신데렐라가 호박 마차를 타고 왕궁으로 향하는데, 구경 나온 사람들이 수억이었다는 거야. 하객이 다 모였으니 결혼식을 미룰 이유가 없지 뭐. 왕자와 신데렐라는 세상에서 가장 멋진 결혼식을 올리고 오래오래 잘 살았어. 언니들도 동생 덕분에 왕궁에 살게 됐대. 왕자비를 꾸며 주는 역할을 자청했다던가 어쨌다던가. 끝.

> 이야기에 대한 이야기

연이     퉁이     엄지     세라     큐 아재     로테 이모     뭉이쌤     동이

**퉁이**    동이 버전 신데렐라 이야기 재미있다. 새로운 느낌이야.

**연이**    언니들이 벌 받는 걸로 알고 있었는데, 결말이 달라서 좀 놀랐어.

**동이**    언니들이 사과하고 신데렐라가 용서한 거 원전 그대로임. 다른 내용들도. 언니들이 동생의 코디네이터가 됐다는 건 내가 붙인 내용이지만.

**엄지**    늘 궁금했던 건데, 요정 아주머니는 대체 정체가 뭘까요?

**연이**    혹시 돌아가신 엄마?

**세라**    글쎄. 그렇게 보기에는 이미지가 다르지 않나? 내 생각에는 자연적 모성을 나타내는 것 아닌가 싶어. 호박이나 쥐, 도마뱀 같은 걸 보더라도.

**퉁이**    신데렐라를 불쌍하게 여긴 친절한 이웃 사람일 수도 있어요.

**엄지**    오. 그럴 수 있겠다.

**뭉이쌤**    그래. 세상에는 나를 돕는 숨은 존재가 있는 법이지. 자연의 생명력과 사회적 조력자 다 가능해.

**큐 아재**    그 조력이 곧 마법.

**퉁이**    우와, 누구나 마법을 펼칠 수 있다는 뜻이네요. 멋지다! 나도 해 보겠어요.

**세라**    신데렐라의 유리 구두가 멋지기는 하지만 약하지 않나요? 좀 아슬

|       | 아슬한 느낌이에요. |
|---|---|
| **퉁이** | 엥? 나는 누나한테 잘 어울린다고 생각했는데. |
| **세라** | 나는 가죽 구두로 충분. |
| **로테 이모** | 아름다우면서도 튼튼한 황금 구두는 어떨까요? 독일 신데렐라는 황금 구두거든요. |
| **연이** | 와아. 그 이야기 해 주세요! |

로테 이모

세상에 수많은 신데렐라 이야기가 있잖아요? 프랑스판 신데렐라 못지않게 유명한 게 바로 독일판 신데렐라, 아셴푸텔이에요. 이름 뜻은 서로 비슷해요. 아셴푸텔이 '재투성이'라는 뜻이거든요. 아셴푸텔은 신데렐라와 달리 황금 구두를 신는답니다. 그런데 아셴푸텔에서는 개암나무가 황금 구두 못지않게 중요한 구실을 해요. 프랑스판보다 소박하면서도 씩씩하고 강렬한 이야기, 기대해도 좋아요. 사람들이 막연히 기억하는 것하곤 많이 다르거든요.

# 아셴푸텔의 개암나무

**독일 민담**

옛날 어느 마을에 한 부자가 살았어요. 다정한 아내와 착한 딸을 둔 그에게는 아무런 문제가 없었답니다. 그런데 아내가 병이 들어 자리에 눕더니, 그만 세상을 떠나게 됐어요. 엄마는 딸에게 짧은 유언을 남기고 눈을 감았습니다.

"얘야, 늘 믿음을 가지고 착하게 살도록 해라. 그러면 하느님이 지켜 주실 거야. 나도 네 곁에서 함께할게."

엄마가 죽자 딸은 매일 무덤을 찾아가서 눈물을 흘렸어요. 딸은 엄마가 당부한 대로 경건하고 착실하게 살았습니다. 그렇게 날이 가고 달이 가던 어느 날, 소녀에게는 새엄마와 언니들이 생겼어요. 부자가 새로 결혼한 거예요. 언니들은 얼굴이 하얗고 예뻤지만, 심보가 사나웠답니다. 가지가지로 의붓동생을 못살게 굴었어요. 지저분한 허드레옷에 나막신을 신고 집안일을 도맡게 했지요. 소녀는 새벽부터 물을 길어 오고 음식을 만들고 빨래를 해야 했어요. 언니들은 잿더미에 콩을 쏟아붓고서 동생에게 골라 내라고 시키기도 했어요. 그렇게 밤늦도록 일에 지친 소녀는 제대로 된 잠자리도 없어 아궁이 옆 잿더미 속에 누워야 했답니다. 소녀는 아셴푸텔이라고 불리게 됐어요. 재투성이라는 뜻으로요.

어느 날 아버지가 장에 나가면서 딸들에게 원하는 걸 말하라고 했어요. 그러자 큰딸이 활짝 웃으면서 예쁜 옷을 사 달라고 했지요. 둘째 딸은 진주와 보석을 원한다고 했어요. 하지만 아셴푸텔은 그런 걸 기대할 수 없었답니다.

"돌아오는 길에 모자에 걸리는 나뭇가지를 꺾어다 주세요."

아버지는 딸들이 말한 대로 해 줬어요. 큰딸과 둘째 딸을 위해 예쁜 옷과 보석을 샀지요. 그리고 돌아오는 길에 개암나무 가지가 모자에 걸리자 그걸 꺾어다가 아셴푸텔에게 줬답니다.

"감사해요, 아버지."

말은 이렇게 했지만, 아셴푸텔은 저절로 눈물이 나왔어요. 아셴푸텔은 엄마 무덤 옆에 나뭇가지를 심은 뒤 펑펑 울었답니다. 개암나무는 소녀의 눈물을 먹고 쭉쭉 자라나서 크고 아름다운 나무가 됐어요. 아셴푸텔이 무덤을 찾아갈 때마다 하얀 새 한 마리가 날아와 나무 위에 앉았답니다.

그때 나라의 왕이 큰 무도회를 열었어요. 왕자의 신붓감을 구하기 위한 행사였지요. 사흘간 계속될 무도회에 많은 처녀들이 초청됐어요. 아셴푸텔의 언니들도 초대장을 받았답니다. 언니들은 한껏 들떠서 동생에게 자기들 옷매무새를 손보고 머리를 꾸미게 했어요. 아셴푸텔이 조심스럽게 자기도 무도회에 가고 싶다고 말하

자 계모가 정색하면서,

"진심이니? 네 온몸이 먼지투성이에 땟국물 가득인 거 몰라? 게다가 옷도 구두도 없으면서 무도회가 웬 말이니?"

하지만 아셴푸텔은 계속 무도회에 가게 해 달라고 간청했어요. 새엄마는 짜증을 내면서 잿더미 속에 불콩 한 됫박을 쏟더니,

"이 콩을 두 시간 안에 다 골라내면 데리고 가마."

이렇게 말하고 두 딸에게 가 버렸답니다. 아셴푸텔은 문을 열고 하늘을 향해 소리쳤어요.

"친절한 비둘기들아, 하늘 아래 모든 새들아. 날아와서 나를 도와줘. 좋은 콩은 단지에 담고, 나쁜 콩은 너희가 먹고."

그러자 창문으로 새들이 날아들어 잿더미를 콕콕콕 쪼기 시작했어요. 새들은 좋은 콩을 전부 단지에 담고서 다시 날아갔답니다. 한 시간도 안 돼서 일을 마친 거예요. 아셴푸텔이 엄마에게 단지를 가져가자 엄마는 다시 불콩 두 됫박을 잿더미에 쏟고서 그걸 반 시간 안에 골라내라고 했어요. 아셴푸텔이 다시 문을 열고서,

"친절한 비둘기들아, 하늘 아래 모든 새들아. 날아와서 나를 도와줘. 좋은 콩은 단지에 담고, 나쁜 콩은 너희가 먹고."

그러자 전보다 더 많은 새들이 날아와서 콩알을 쪼기 시작했어요. 덕분에 아셴푸텔은 반 시간이 되기 전에 일을 마칠 수 있었답니다. 하지만 엄마는 다시 말을 바꿨어요.

"안 돼! 너는 옷이 없잖아. 우리까지 창피를 당할 거야."

그러면서 엄마는 끝내 두 딸만 데리고 길을 떠났답니다. 혼자

남은 아셴푸텔은 엄마의 무덤가에 있는 개암나무를 찾아가서 외쳤어요.

"나무야 나무야. 몸을 흔들어서 금과 은을 떨어뜨려 주렴."

그러자 나무가 몸을 흔들면서 금실 은실로 된 드레스와 비단 구두를 떨어뜨려 줬어요. 아셴푸텔이 그걸 차려입고 왕궁 무도회장에 들어가니까 다들 깜짝 놀랐지요. 이 아름답고 생기 넘치는 숙녀가 대체 누군지 아무도 몰랐거든요. 그때 왕자가 그녀에게 다가가 손을 내밀었어요. 왕자는 무도회 내내 아셴푸텔의 손을 놓지 않으려 했답니다. 원래 돌아가면서 춤을 추는 게 예법인데 말이지요. 완전히 반한 거예요.

날이 어두워지자 아셴푸텔은 집으로 돌아가려 했어요. 왕자가 바래다주려고 했지만, 아셴푸텔의 동작이 더 빨랐습니다. 아셴푸텔은 얼른 왕자에게 벗어난 뒤 자기 집으로 들어가서 누더기로 갈아입고 잿더미 속에 누웠어요. 잠시 뒤 집으로 돌아온 계모와 언니들은 무도회에서 있었던 일을 얘기하느라 아주 난리였답니다. 재투성이는 당연히 잿더미 속에 누워 있었다고만 생각했지요.

다음 날, 또 같은 일이 벌어졌어요. 계모와 언니들은 재투성이를 버려두고 무도회장으로 갔고, 아셴푸텔은 무덤가 개암나무에 가서 소리쳤습니다.

"나무야 나무야. 몸을 흔들어서 금과 은을 떨어뜨려 주렴."

그러자 나무에서 전날보다 더 아름다운 드레스와 구두가 떨어졌어요. 아셴푸텔은 그날 또다시 무도회의 마드무아젤이 되었답니다. 내내 아셴푸텔의 파트너 자리를 지켰던 왕자는 이번에도 그녀를 집까지 바래다주려고 했지만, 아셴푸텔은 다시 다람쥐처럼 몸을 빼서 집으로 돌아왔어요.

무도회 마지막 날인 사흘째에도 비슷한 일이 벌어졌어요. 집에 홀로 남겨진 아셴푸텔은 다시 엄마 무덤가의 개암나무를 찾아가 소리쳤어요.

"나무야 나무야. 몸을 흔들어서 금과 은을 떨어뜨려 주렴."

그날 나무에서 떨어진 드레스는 가장 아름답고 화려했어요. 게다가 구두는 순전히 황금으로 만들어진 것이었답니다. 아셴푸텔이 화려한 드레스에 황금 구두를 신고 나타나자 무도회장은 또 한 번 발칵 뒤집혔어요. 사람들은 벌린 입을 다물지 못했답니다. 왕자는 오늘은 절대 놓치지 않겠다는 생각으로 아셴푸텔의 손을 꽉 잡고 있었지만, 아셴푸텔은 이번에도 왕자를 뿌리치고 집으로 향했습니다. 황금 구두 한 짝을 잃어버린 채로요. 왕자가 미리 바닥에 끈끈한 걸 칠해 놓는 바람에 구두가 거기 붙어 벗겨진 거예요. 다음 날, 왕자는 작고 아름다운 그 황금 구두 한 짝을 들고서 사람들 앞에서 외쳤어요.

"이 황금 구두의 임자가 나의 신부입니다."

그날부터 황금 구두가 발에 맞는 숙녀를 찾는 이벤트가 시작됐습니다. 아셴푸텔의 언니들도 구두를 신어 보겠다면서 나섰어요. 둘 다 예쁘고 작은 발을 가지고 있었거든요. 먼저 큰언니가 나섰지만, 구두는 살짝 작았답니다. 큰언니는 슬쩍 엄지발가락 끝을 자르고서 발을 구두에 밀어 넣었어요.
"이것 보세요. 꼭 맞아요!"
그때 나무에 앉아 있던 비둘기가 소리치기 시작했어요.
"구구구, 저것 좀 보세요. 구두에서 피가 나요. 구구구, 진짜 신부가 아니에요."
구두에서는 진짜로 피가 배어 나오고 있었답니다. 큰언니는 결국 신발을 벗어야 했죠. 그러자 이번에는 둘째 언니가 구두를 신겠다고 나섰어요. 구두는 둘째의 발이 들어가기에도 살짝 작았답니다. 둘째는 발뒤꿈치를 슬쩍 자르고서 구두를 신었어요.
"이것 보세요. 딱 맞아요!"
그때 다시 나무에 앉아 있던 비둘기가 소리쳤어요.
"구구구, 저것 좀 보세요. 구두에서 피가 나요. 구구구, 진짜 신부가 아니에요."
둘째 언니도 할 수 없이 구두를 벗어야 했죠.
그때 아셴푸텔은 한구석에서 그 모습을 조용히 지켜보고 있었답니다. 왕자가 아셴푸텔의 부모에게 또 다른 딸이 없는지 묻자 아버지와 계모가 말했어요.
"전처가 낳은 딸이 있는데, 신붓감이 될 만한 아이가 아니에요."
"왕자님이 차마 보지 못할 정도로 더러운 아이랍니다."
하지만 왕자는 그 딸을 꼭 보고자 했어요. 부모는 결국 아셴푸텔을 불러야만 했지요. 아셴푸텔은 손과 얼굴을 깨끗이 씻은 뒤 왕자 앞으로 가서 예를 갖추었습니다. 왕자가 황금 구두를 건네주

자 아셴푸텔은 의자 위에 앉아서 무거운 나막신을 벗고 구두 속으로 발을 밀어 넣었어요. 스르르 쏘옥! 다음 순간 두 사람의 눈이 딱 마주쳤어요. 왕자는 자기가 애타게 찾던 그 사람이 눈앞에 있다는 걸 깨달았죠.

"이 사람이 나의 신부입니다."

그때 나무에 앉은 하얀 비둘기 두 마리가 소리쳤어요.

"구구구, 저것 좀 보세요. 신발이 꼭 맞아요. 구구구, 진짜 신부가 나타났어요."

그러더니 비둘기는 아셴푸텔의 양어깨에 살포시 내려앉았답니다. 왕자는 아셴푸텔에게 모든 예를 갖춰서 절을 했어요.

얼마 후, 왕자와 아셴푸텔은 결혼식을 올리기 위해 교회로 향했어요. 언니들은 거짓 웃음으로 비위를 맞추면서 양옆으로 두 사람 뒤를 따랐답니다. 그때 아셴푸텔의 어깨에 앉아 있던 비둘기가 두 언니의 눈을 쪼았어요. 두 언니는 한쪽 눈이 멀고 말았죠.

결혼식을 마치고 나올 때, 두 언니는 다시 신랑 신부 옆으로 따라붙었답니다. 비둘기는 이번에도 가만있지 않았어요. 남아 있던 눈까지 잃어버린 언니들은 평생을 깜깜한 암흑 속에서 살아야 했답니다.

> **이야기에 대한 이야기**

연이　통이　엄지　세라　뀨 아재　로테 이모　뭉이쌤　노고할망　동이

**통이**　이게 독일판 신데렐라구나. 확실히 프랑스판보다 세네요.

**연이**　맞아. 못된 언니들을 그냥 두지 않는 거 놀라웠음.

**뀨 아재**　정의 구현.

**세라**　비둘기가 나서서 언니들을 벌주는 게 인상적이에요. 쌤, 이거 하늘이 벌을 내린 거 맞죠?

**뭉이쌤**　그렇겠죠? 근데 하늘이 나서기 전에 스스로 벌을 받았다는 걸 주목할 만해요. 발가락과 뒤꿈치를 자르잖아요.

**노고할망**　그런 식으로 제 인생을 깎아 먹는 친구들이 참 많아.

**엄지**　근데 왜 아셴푸텔은 왕자를 뿌리치고 도망치는 걸까요? 자기가 원해서 무도회에 간 거잖아요?

**통이**　가족에게 받은 상처 때문에 움츠러든 게 아닐까?

**뭉이쌤**　내 생각에는 아셴푸텔이 왕자를 시험하는 게 아닐까 싶어. 왕자는 무도회에서 자기의 화려한 모습만 본 거잖아? 잿더미 속에 있는 초라한 모습을 보고도 손을 내밀 수 있어야 평생을 함께할 수 있는 거 아니겠니?

**연이**　우와, 그건 생각도 못 했어요. 아셴푸텔 멋지다!

**로테 이모**　나도 쌤하고 비슷하게 생각했어. 재투성이로 일하는 사람과 황금 구두를 신고 춤추는 사람, 둘 다 아셴푸텔의 참모습인 거지. 그걸

|  |  |
|---|---|
| | 다 받아들일 수 있어야 진짜 왕자님. |
| 퉁이 | 왕자도 한번 잿더미 속에 굴러 봐야 해요. 나라를 이끌 만한 훌륭한 리더가 되려면요. |
| 뀨 아재 | 아셴푸텔이 뒤에 기회를 줬을지도. 또는 비둘기들이. |
| 엄지 | 개암나무와 하얀 새는 뭘까요? 하얀 새는 엄마의 영혼 같은데, 개암나무는······. |
| 연이 | 개암나무도 엄마의 화신일까요? |
| 동이 | 개암은 그냥 개암. |
| 뭉이쌤 | 개암나무는 아버지가 모자에 걸린 가지를 가져온 거잖아? 엄마하고 연결하기에는 거리감이 있지. 그보다는 개암나무가 유실수라는 데 주목해 보렴. 개암 열매는 사람이 먹는 거거든. |
| 세라 | 그렇구나. 저는 개암을 먹어 본 적이 없어요. |
| 로테 이모 | 정말? 아닐걸요. 여기 있는 사람들 다 개암 한 번쯤은 먹어 봤을 거예요. |
| 퉁이 | 엥? 개암을 본 적도 없는데요? |
| 로테 이모 | 개암은 독일어로 하젤누스(Haselnuss)야. 영어로 하면? 바로 헤이즐넛이란다. |
| 세라 | 오오, 커피에 쓰는 그 헤이즐넛이 개암이에요? |
| 로테 이모 | 네, 꽤 값비싼 거예요. |
| 노고할망 | 내가 개암나무 키워서 부자 된 사람들 많이 봤다우. |
| 연이 | 아셴푸텔이 개암나무를 키워서 돈을 모았던 건가요? 그 돈으로 드레스와 구두를 구한 거고요? 이건 생각도 못 했어요. |

| | |
|---|---|
| 뭉이쌤 | 그 개암나무는 아셴푸텔의 몫이었잖니? 아셴푸텔은 미래를 위한 희망을 남몰래 키우고 있었다고 볼 수 있지. 그리고 이때다 싶었을 때 과감히 나섰던 거야. 수많은 사람들 앞에 당당히. |
| 엄지 | 멋져요. 왕자가 반할 만해요. |
| 퉁이 | 와, 아셴푸텔이 성공한 게 우연이 아니었구나. 신데렐라는 남자에게 의존하면서 보호받으려는 여자라고 생각했는데, 오해였어요. |
| 뭉이쌤 | 아셴푸텔이 아니라 언니들이 그런 사람이었지. 그러다 암흑에 빠졌던 거고. |
| 세라 | 암흑에서 벗어난 느낌이에요. 신데렐라처럼 살고 싶다는 생각이 든 건 처음이에요. 아니, 아셴푸텔! |
| 연이 | 신데렐라의 재발견, 재미있어요. 이제 콩쥐를 재발견해 볼 시간입니다. |
| 동이 | 잠깐 잠깐! 동이는 바빠서 이만 가보겠음. 다들 안녕! |

연이

콩쥐를 한국판 신데렐라라고 하잖아요? 이야기가 비슷한 게 신기했어요. 그런데 저는 콩쥐는 콩쥐라고 말하고 싶어요. 신데렐라나 아셴푸텔하고 비슷하면서도 다르거든요. 근데 더 재미있는 건 콩쥐라고 다 같은 콩쥐가 아니었어요. 자료를 찾아보니까 이름도 같지 않았답니다. '콩쥐 팥쥐' 말고 '콩조시 팥조시'도 있고 '콩대기 팥대기'도 있어요. 제가 들려드리려는 건 '콩중이 팥중이' 이야기예요. 평안도 지역에서 전해 온 이야기랍니다.

# 콩중이 팥중이

### 한국 민담

 옛날 어느 마을에 콩중이와 팥중이 자매가 살았어요. 팥중이는 콩중이 친엄마가 죽은 뒤 새엄마가 데려온 딸이었답니다. 새엄마는 친딸인 팥중이와 콩중이를 다르게 대했어요. 콩중이에게는 썩은 콩과 겨밥을 주고서 나무 호미로 돌밭을 매게 했고, 팥중이에게는 고소한 팥밥을 주고서 쇠 호미로 모래밭을 매게 했답니다.
 하루는 콩중이가 나무 호미로 힘들게 밭을 매고 있는데, 까마귀들이 내려와서 겨밥을 먹어 버렸어요. 콩중이는 눈물이 솟아나서 왕왕 울었답니다. 그때 하늘에서 암소 두 마리가 내려오더니,
 "애야, 밭을 매다 말고 왜 그렇게 왕왕 우니?"
 "내 신세가 너무 슬퍼서 저절로 울음이 나요."
 콩중이가 자기 슬픈 신세를 이야기하자 암소들이 말했어요.
 "저기 시냇물 아래쪽에서 발을 씻고, 가운데에서 몸을 씻고, 위쪽에서 머리를 감고 오렴."
 콩중이가 그 말대로 몸을 씻고서 와 보니까 돌밭이 다 갈아져

있었답니다. 암소들은 다시 말했어요.

"명주 수건을 손에 두르고 내 밑구멍에 손을 넣어 보렴."

콩중이가 그 말대로 하니까 손에 이것저것 먹을 것이 잡혔어요. 콩중이는 맛있는 떡과 과자를 꺼내서 먹은 뒤 남은 걸 보자기에 싸 가지고 돌아왔어요. 집에 오니까 팥중이가 왜 이리 늦게 왔냐면서 문을 열어 주지 않았죠. 콩중이가 맛있는 걸 준다고 하니까 그제야 문이 열렸대요. 팥중이는 보자기에 있는 걸 보더니 몽땅 빼앗아 먹어 버렸답니다. 새엄마가 어디서 그걸 얻었느냐고 캐물으니까 콩중이는 사실대로 다 말했어요.

다음 날 엄마는 팥중이에게 겨밥을 주고서 돌밭을 매게 하고, 콩중이에게는 쌀밥을 주고서 모래밭을 매게 했어요. 팥중이가 밭을 매지도 않고 울고 있으니까 암소가 내려와서 왜 우느냐고 물었죠. 팥중이는 암소가 알려 주는 대로 냇물에서 몸을 씻은 뒤 암소 밑구멍으로 두 손을 밀어 넣었습니다. 하지만 먹을 것을 너무 많이 쥐는 바람에 손이 빠지지 않았어요. 게다가 소가 이리저리 뛰는 바람에 팥중이는 온몸이 긁히고 까져서 피가 났어요. 딸이 그 모양으로 돌아오니까 새엄마는 화가 나서 콩중이를 욕하고 때렸답니다.

다음 날 새엄마는 콩중이 팥중이에게 베 짜기 시합을 시켰어요. 콩중이에게는 볶은 콩과 낡은 북을 주고, 팥중이에게는 찰밥과 새 북을 줬답니다. 콩중이는 콩을 한 줌 입에 넣고 하나씩 씹으면서 낡은 북으로 쉬지 않고 베를 짰어요. 팥중이는 찰밥이 자꾸 손에 붙는 바람에 새 북을 가지고도 베를 많이 짜지 못했답니다. 짜증이 난 새엄마는 다음 날 콩중이에게는 찰밥을 주고 팥중이에게는 볶은 콩을 줬어요. 콩중이는 그릇에 물을 떠다 놓고 손을 적시면서 찰밥을 착착 먹으면서 부지런히 베를 짰는데, 팥중이는 볶은 콩을 하나씩 집어 먹느라 일이 더뎠답니다. 그걸 본 새엄마는 콩중이를 한층 더 미워했어요.

그러던 어느 날, 고을에 잔치가 벌어졌어요. 귀한 분들이 모두 참석하는 아주 큰 잔치였답니다. 새엄마는 팥중이만 데리고 잔치를 보러 나섰어요. 콩중이가 자기도 가고 싶다고 하니까 이렇게 말했답니다.

"아홉 칸 설거지를 다 마치고, 아홉 방 재를 다 담아 내고, 아홉 섬 벼 껍질을 다 벗기고, 밑 없는 독에 물을 가득 길어 놓은 다음에 오든가 말든가."

새엄마 말대로 콩중이는 부지런히 몸을 움직여서 아홉 칸 설거지와 아홉 방 재 담는 일을 마쳤어요. 하지만 벼 껍질을 벗기는 건 너무 힘들었답니다. 콩중이는 주저앉아서 왕왕 울음을 울었어요. 그때 참새들이 잔뜩 날아와서 볏섬에 달려든 거예요.

"훠어이 훠이! 얘들아, 먹으면 안 돼! 훠어이 훠이!"

하지만 새들은 가지 않고 부지런히 곡식을 쪼아 댔어요. 한참 만에 새들이 날아가고 나자 아홉 섬 벼의 껍질이 다 벗겨져서 흰쌀이 되어 있었답니다.

콩중이는 우물에서 물을 길어 와 독을 채우기 시작했어요. 하지만 헛수고였답니다. 바닥에 구멍이 크게 나서 아무리 열심히 갖다 부어도 물이 다 새는 거예요. 콩쥐가 또 주저앉아서 왕왕 울고 있는데 커다란 두꺼비가 다가오더니,

"애야, 울지 마. 내가 도와줄게."

두꺼비는 독 아래로 기어 들어가서 몸으로 구멍을 꽉 막았어요. 덕분에 콩쥐는 독에 물을 가득 채울 수 있었답니다.

엄마가 시킨 일은 다 마쳤지만 입고 갈 옷이 문제였어요. 다시 콩쥐가 왕왕 울고 있으니까 하늘에서 암소 두 마리가 내려와서 고운 비단옷과 가죽신을 건네줬답니다. 콩쥐는 그걸 잘 차려입고서 급히 잔치가 열리는 곳으로 향했죠. 그런데 콩쥐는 서둘러 냇물을 건너다가 그만 가죽신 한 짝을 떨어뜨리고 말았어요. 콩쥐는 신발이 둥둥 떠내려가는 걸 보면서 발을 동동 굴렀답니다.

그때 원님이 말을 타고 잔칫집에 가다가 그 모습을 봤어요. 원님이 말을 걸려고 하자 콩쥐는 얼굴이 빨개지면서 달아났답니다. 원님은 냇물 아래로 내려가서 가죽신을 건진 뒤 잔칫집으로 향했어요. 잔칫집에 도착한 원님은 가죽신을 들어 보이면서 말했답니다.

"이 신발 주인 어디 있나요? 나와서 나의 색시가 돼 줘요."

그러자 팥쥐가 나서면서 그게 자기 신발이라는 거예요. 하지만 발이 너무 커서 들어가질 않았어요. 팥쥐는 원님을 속인 죄로 제대로 혼이 났죠. 그 뒤로 아무도 나서지 않는데 구석 자리에 있던 고운 처녀가 나서더니,

"제가 한번 신어 보겠어요."

팥중이와 엄마가 보니까 그게 콩중이지 뭐예요. 가죽신은 콩중이 발에 딱 들어맞았습니다. 다른 쪽 발에도 같은 신발이 있었죠.

"내가 찾던 사람이 당신입니다. 나와 결혼해 주오."

콩중이는 원님이 내민 손을 꼭 잡았어요. 그렇게 콩중이는 젊고 멋진 원님의 아내가 되었답니다.

원님과 콩중이는 오순도순 알콩달콩 행복하게 살았어요. 그러던 어느 날, 원님은 여러 날 동안 집을 비우게 됐답니다. 원님은 길을 나서면서 콩중이에게 단단히 주의를 줬어요.

"새엄마나 동생이 와서 문을 열어 달라고 하면 절대 열어 주지 말아요."

콩중이는 고개를 끄덕였어요. 하지만 결국 그 약속을 지키지 못했답니다. 새엄마와 팥중이가 팥죽을 쑤어 가지고 와서 손이 뜨겁다고 난리를 치니까 할 수 없이 문을 열어 준 거예요. 팥중이가 성큼 방으로 들어오더니,

"어머! 언니, 목에 때 좀 봐. 더러워 죽겠어. 원님이 보면 놀라 자빠지겠다. 나랑 씻으러 가자."

콩중이는 목에 때가 있다는 말에 깜짝 놀라서 팥중이를 따라나섰어요. 강물로 들어간 팥중이는 몸을 씻는 척하다가 콩중이를 깊은 곳으로 확 밀었답니다. 콩중이는 한참이 지나도 나오지 못했죠. 팥중이는 얼른 콩중이 옷을 입고 관가로 돌아와서 콩중이가 있던 방에 들어가 앉았습니다. 콩중이 행세를 시작한 거예요.

며칠 뒤 원님이 돌아왔는데, 아내가 이전에 보던 것과 달랐어요.
"당신, 얼굴이 왜 이렇게 검어졌죠?"
"원님 안 계신 동안 방에만 들어앉아 세수를 못 해서 그래요."
"얼굴이 이렇게 얽은 건 어찌 된 일인가요?"
"오셨다는 소식을 듣고 급히 마중을 나가다 콩 널어놓은 데 넘어져서 그래요."
원님은 이상하다 싶으면서도 그런가 보다 하고 넘어갔어요. 그러고선 팥중이를 데리고 사는 거예요. 그러던 어느 날 원님이 하인을 데리고 냇가에 나갔는데, 물 한가운데에 함박꽃이 활짝 피어 있었답니다. 하인이 들어가서 꺾으려고 하자 꽃은 자꾸 도망갔어요. 그런데 원님이 들어가자 함박꽃은 가만히 몸을 맡겼답니다. 원님은 그 꽃을 꺾어다가 처마에 고이 달아 놨어요. 꽃송이는 원님이 드나들 때마다 활짝 피어나서 머리를 쓸어 주고, 팥중이가 드나들 때마다 성을 내면서 머리를 쥐어뜯었답니다. 팥중이는 화가 나서 꽃송이를 뽑아서 아궁이에 태워 버렸어요.
때마침 이웃에 혼자 사는 노파가 불을 얻으러 와서 아궁이 속을 살피는데, 웬 이상한 구슬이 또르르 굴러 나왔습니다. 노파는 구슬을 갖다가 자기 집 장롱 안에 고이 넣어 뒀어요. 그 이후로 이상한 일이 생겨났답니다. 밖에 나갔다 오면 정갈한 음식이 차려져 있는 거예요. 이상하게 여긴 노파가 밖에 나가는 척 숨어서 엿보니까 장롱에서 예쁜 색시가 나와서 음식을 차리지 뭐예요. 노파는 얼른 다가가서 색시를 꽉 붙잡았어요.

"귀신인가, 사람인가? 당신은 누구요?"
"억울하게 세상을 떠난 넋이랍니다."
그러면서 콩중이는 노파에게 자기 억울한 사연을 털어놨어요. 노파는 도저히 모른 척할 수가 없었죠. 노파는 콩중이와 함께 좋은 음식을 잔뜩 차려 놓은 뒤 원님을 초청했답니다. 그런데 원님이 와서 수저를 들려고 보니까 젓가락 짝이 안 맞는 거예요.
"음식은 훌륭한데 젓가락 짝이 안 맞는군요."
그러자 장롱에서 고운 색시가 썩 나오면서,
"젓가락 짝이 바뀐 건 그리 잘 알면서, 사람 짝이 바뀐 건 어찌 모른단 말입니까."
원님이 보니까 그게 자기 아내지 뭐예요. 그녀에게 모든 일을 전해 들은 원님은 사람들을 데리고 냇가로 가서 물을 다 퍼내게 했어요. 차가운 냇물 아래에는 콩중이가 마치 산 사람처럼 누워 있었죠. 슬픔에 빠진 원님이 콩중이 손을 잡고서 일으켜 안는데, 기적처럼 콩중이가 눈을 뜨면서 다시 살아났어요.
원님은 팥중이와 엄마에게 큰 벌을 내린 뒤 콩중이와 함께 오래오래 잘 살았답니다. 이후 원님이 팥중이를 젓갈로 만들어서 엄마에게 보냈고, 엄마가 그걸 맛있게 먹고 난 뒤에 딸이었다는 사실을 알자 미쳐서 죽었다고도 해요.

> 이야기에 대한 이야기

연이    퉁이    엄지    세라    큐 아재    로테 이모    뭉이쌤    노고할망

**엄지** 이거 〈콩쥐 팥쥐〉 맞아? 원님과 결혼한 뒤의 이야기는 처음 들어.

**연이** 응, 이게 원전이야. 전래 동화에서 뒷부분을 뺀 거지.

**세라** 뒷부분이 좀 세긴 해. 특히 팥중이를 젓갈 반찬으로 만드는 거.

**퉁이** 으으, 상상만 해도 끔찍해요.

**세라** 새삼스럽게 뭘. 현실이 아니라 상징이라는 거 알잖아. 엄마가 팥중이를 끼고돌다 보니까 젓갈처럼 돼 버린 거 아니겠어? 체험으로 아무것도 못하는 냄새 나는 삶.

**연이** 맞아요. 콩중이는 아주 달라요. 부지런히 일하면서 스스로 먹을 걸 찾아내니까요.

**엄지** 콩중이가 베 짜는 대목 인상적이었음.

**로테 이모** 쌤, 하늘에서 내려온 암소는 콩쥐의 죽은 엄마였을까요?

**뭉이쌤** 일반적으로 그렇게 해석하는데, 내 생각에는 사회적 모성이나 자연적 모성의 상징으로 봐도 좋을 것 같아요.

**로테 이모** 네, 팥중이에게 죽임을 당한 콩중이가 넓은 세상에서 큰 어머니를 만났다는 뜻이군요. 이해됐어요.

**엄지** 근데 콩중이는 왜 처음부터 원님 앞에 나타나서 사실을 밝히지 않았을까요?

**세라** 가족에게 받은 상처가 그만큼 컸던 게 아닐까? 큰 상처에서 회복하

|||
|---|---|
| | 려면 시간과 노력이 필요하거든. |
| 엄지 | 아아, 이해됐어요. |
| 로테 이모 | 콩쥐가 결혼한 뒤에도 원가족에게 휘둘리는 게 왠지 현실 반영 같아서 마음이 안 좋아요. 우리나라가 좀 그런 게 있잖아요. |
| 노고할망 | 맞아요. 이제 좀 바뀌어야 해. |
| 뀨 아재 | 그런 집착의 결과는 끔찍한 비극이라는 사실. |
| 뭉이쌤 | 맞아요. 이 이야기가 진짜 무서운 게 뭐냐면, 현실에 진짜로 콩쥐 팥쥐 엄마 같은 사람들이 있다는 사실이에요. 자식을 제 맘대로 휘두르다가 자식도 망치고 자기도 망가지는 부모들, 뉴스나 드라마에도 나오잖아요. |
| 세라 | 갑자기 드라마 〈스카이캐슬〉 생각나서 소름 돋았어요. |
| 연이 | 저는 웹툰 〈똑 닮은 딸〉이요. 거기도 그런 엄마 있거든요. 아주 무시무시해요. |
| 노고할망 | 그래. 옛이야기가 그냥 옛이야기가 아니야. 예나 지금이나 사람 사는 건 비슷하거든. 이제 내가 이야기 하나 해 보도록 하마. |
| 연이 | 와, 좋아요! |

노고할망

내가 아주 오랜 세월을 살면서 콩쥐 팥쥐 같은 아이들을 세상 곳곳에서 많이도 봤지. 일본에도 있고 중국에도 있고 러시아나 아일랜드, 아프리카에도 있어. 그 가운데 콩쥐 팥쥐랑 특별히 닮은 자매가 바로 떰과 깜이야. 베트남에 살았던 아이들이란다. 그 나라 사람들은 다 아는 이야기지. 혹시라도 베트남 사람 만나면 물어봐. 내 말이 맞다는 걸 금방 알게 될 거야.

# 의붓 자매 떰과 깜

### 베트남 민담

 옛날에 엄마는 죽고 아버지만 있는 떰이라는 여자아이가 있었어. 어느 날 떰에게는 새엄마와 여동생이 생겼단다. 아버지가 재혼한 거지. 동생 이름은 깜이야. 새엄마와 깜은 떰을 많이 괴롭혔단다. 귀찮은 일은 다 떰의 몫이야. 깜은 빈둥빈둥 놀기만 하고 말이지.
 어느 날 엄마는 떰하고 깜에게 바구니를 하나씩 주면서 논에 가서 새우를 잡아 오라고 시켰어. 새우를 많이 잡아 온 아이한테 새 옷을 준다는 거야. 그래서 둘이 논에 갔는데, 떰이 부지런히 땅을 파면서 새우를 잡는 동안 깜은 왔다 갔다 하면서 펑펑 놀기만 했지 뭐냐. 날이 저물 때가 되니까 떰의 바구니는 새우로 가득 찼어. 깜의 바구니는 텅텅 비었지 뭐. 그때 깜이 떰을 놀리면서,
 "네 머리 좀 봐! 진흙투성이야. 엄마가 보면 뭐랄지 볼 만하겠다. 하하하."
 그 말에 떰은 놀라서 바구니를 내려놓고 시냇가로 가서 머리를 감기 시작했어. 그때 깜이 언니가 잡은 새우를 제 바구니에 다 쏟

고서 집으로 홀랑 달려갔지 뭐냐. 떰이 와서 보니까 바구니가 텅텅. 떰은 너무나 속상해서 엉엉 울었어. 그때 누가 썩 나타나서 말을 건 거야.

"얘야, 왜 그리 슬피 우느냐?"

떰이 고개를 들어 보니까 머리가 하얗게 센 노인이 서 있지 뭐냐. 말로만 들었던 뭇할아버지야. 베트남의 산신령이지. 산신령이 아니고 들신령이라고 해야 하나? 하여튼 꽤나 인정 많은 친구야.

"할아버지, 열심히 잡은 새우가 사라지고 바구니가 텅 비었어요."

"그래? 바구니를 다시 한번 잘 살펴보렴."

떰이 다시 바구니를 살펴보니까 웬 물고기가 한 마리 들어있지 뭐냐. 이름이 '몽'이라던가? 예쁘게 생긴 물고기야.

"우물에 넣어서 잘 키우거라. 삼시 세끼 먹을 거 챙겨 주고."

떰은 공손히 인사한 뒤 물고기를 가져와서 우물에 넣고 키우기 시작했어. 자기는 못 먹어도 물고기 먹을 건 꼬박꼬박 챙겼단다. 우물로 다가가서,

"몽몽방방, 은밥 금밥 먹으러 나와라. 쇠밥 먹지 마라."

그러면 얘가 올라와서 밥을 받아먹는 거야. 그걸 보면 떰은 먹지 않아도 배가 부르고 힘이 났단다.

떰이 제대로 먹지도 못하는데 표정이 좋고 씩씩하니까 엄마는 뭔가 이상했어. 엄마는 깜을 시켜서 몰래 떰을 엿보게 했단다. 깜이 보니까 떰이 시시때때로 우물에서 물고기 밥을 먹이면서 웃고 있지 뭐냐. 다음 날 엄마는 떰을 먼 데로 심부름을 보냈어. 깜이 떰

대신 우물에 가서,

"몽몽방방, 은밥 금밥 먹으러 나와라. 쇠밥 먹으러 나와라."

말이 좀 다르잖아? 근데 물고기가 그걸 눈치를 못 채고 머리를 내민 거야. 깜은 물고기를 꽉 잡아서 엄마한테 가지고 왔지. 엄마는 펄펄 끓는 가마솥에 물고기를 삶아서 깜이랑 둘이서 맛있게 다 먹었단다. 심부름을 마치고 돌아온 떰이 우물에 가서 몽몽방방 열심히 불렀지만, 나올 리가 없지. 떰은 물고기가 없어진 걸 알고 엉엉 울었어. 그때 뭇할아버지가 썩 나타나서,

"얘야, 울지 말고 물고기 뼈를 찾아서 침대 아래에 묻도록 해라."

그 지역은 침대 아래가 땅이야. 떰이 물고기 뼈를 모아다가 침대 밑에 묻으면서,

"몽몽방방, 내가 널 지켜 줄게. 너도 날 지켜 줘."

그렇게 하니까 마음이 좀 나아지는 거야. 떰이 웃음을 찾으니까 깜하고 엄마는 웬일인가 싶지. 하여튼 둘은 늘 죽상이야.

어느 날 고을에 있는 공원에서 큰 잔치가 열렸어. 깜은 예쁜 옷을 차려입고서 엄마와 함께 잔치를 보러 가려고 나섰단다. 떰도 가고 싶은데 그럴 수가 없었지. 엄마가 벼하고 쌀이 뒤섞인 걸 한 무더기 쏟아 놓고서 골라내라고 시킨 거야. 벼가 뭔지 알려나? 껍질을 벗기지 않은 쌀이야. 그 일을 다 하려면 사흘 나흘도 모자라지 뭐. 떰은 저절로 눈물이 나서 엉엉엉.

그때 하늘에서 펄펄 날갯짓 소리가 나더니 까치하고 참새들이 잔뜩 날아온 거야. 새들은 곡식 무더기를 이리저리 헤쳐 놓고 부리

로 마구 쪼기 시작했단다. 떰이 기가 막혔지만 말리지도 못해. 그런데 조금 있다 새들이 날아가고 보니까 벼하고 쌀이 양쪽으로 싹 나눠져 있지 뭐냐. 이제 떰도 잔치에 갈 수 있게 된 거야. 하지만 아직 문제가 있었어. 누더기를 입고 갈 순 없었거든. 떰이 다시 엉엉엉. 그때 또 뭇할아버지가 나타나더니,

"울지 말고 침대 아래를 파 보거라."

떰이 그 말대로 얼른 파 보니까 뼈를 묻었던 자리에 예쁜 옷과 구두가 들어 있지 뭐냐. 그 구두가 세상에 둘도 없는 반짝반짝 뼈 구두야. 떰은 옷을 입고 구두를 신은 뒤 급히 공원으로 향했어. 그런데 다리를 건너다가 그만 구두 한 짝을 뚝 떨어뜨린 거야. 다리 아래쪽이 험해서 다시 찾을 생각도 못 해. 그냥 가야지 뭐.

떰이 지나간 뒤 왕이 커다란 코끼리를 타고 그 다리에 이르렀어. 그런데 코끼리가 걸음을 딱 멈추더니 다리 아래를 바라보면서 큰 소리로 울지 뭐냐. 마부가 아무리 애써도 요지부동이야. 뿌오오, 뿌오오! 왕은 이상한 생각이 들어서 부하들에게 냇물을 수색하도록 했어. 그랬더니 예쁜 뼈 구두 한 짝이 나온 거야.

"부처님께서 나를 위해 짝을 찾아 주시려는 것이로다."

왕은 구두를 들고 사람들이 모여 있는 잔치판으로 갔어. 그리고 구두를 내보이면서 그 주인과 결혼하겠다고 선언했지. 여자들이 다 나서서 한 번씩 발을 내밀었지만, 맞는 사람은 없었단다. 깜은 물론이고 엄마도 발을 내밀어 봤지만 허사지 뭐. 그때 구석에 있던 예쁜 처녀가 나와서 마지막으로 발을 내민 거야. 깜하고 엄마가 깜

짝 놀랐지. 떰이 왜 예쁜 옷을 입고 거기 있느냔 말야. 예쁜 뼈 구두에 더 예쁜 떰의 발이 쏘옥. 떰이 품속에서 뼈 구두 한 짝을 꺼내서 또 한 발을 쏘옥. 왕이 다가와서 떰의 두 손을 꼬옥. 그렇게 떰은 왕의 부인이 됐단다.

떰은 궁궐에서 행복하게 살았어. 하지만 어쩔 수 없이 전에 살던 집을 찾아와야 했단다. 돌아가신 엄마의 무덤을 돌보고 제사를 지내야 했거든. 떰은 남편의 허락을 받고서 집으로 찾아왔어. 보니까 다들 엄마 제사는 신경도 안 쓰고 있지 뭐. 새엄마가 떰을 보고는 입을 삐쭉 내밀더니,

"까오 열매가 없으니 어쩌냐. 나무에 올라가서 따 오든가."

그게 제사에 꼭 필요한 열매거든. 떰은 열매를 따려고 나무를 타고 올라갔어. 그때 깜하고 엄마가 도끼로 나무 밑동을 콱 찍은 거야. 나무가 그대로 쿵! 떰도 함께 쿵! 그렇게 떰은 죽고 말았단다. 깜은 언니 대신 예쁘게 차려입고서 궁궐로 갔지. 그러고는 언니가 물에 빠져 죽었다면서 자기가 언니 몫을 하겠다는 거야. 그래서 떰 대신 깜이 왕비가 돼서 살게 됐단다.

어느 날 깜이 왕의 옷을 빨고 있는데 새 하나가 날아오더니,

"내 남편 옷을 티 하나 없이 잘 빨아라. 안 그러면 네 얼굴 찢을 거다."

왕이 멀리서 들으니까 익숙한 목소리야. 물론 깜은 그 목소리를 더 잘 알지. 깜은 얼른 새를 잡아서 구워 먹고 뼈와 날개를 내버렸단다. 그러자 그 자리에서 싹이 나더니 나무가 쭉쭉 자라기 시작했

어. 나무는 금세 커다랗게 자라났지. 왕은 그 나무가 마음에 들어서 그물 침대를 걸어 놓고 시시때때로 찾아갔어. 깜은 화가 나서 나무를 잘라 버렸단다. 그래 놓고는 왕에게는 나무가 태풍에 쓰러졌다고 하는 거야. 왕은 나무가 아까워서 베틀을 만들게 했지. 깜이 그 베틀에 앉아서 옷을 짜려니까 베틀이 찌걱찌걱 움직이면서,

"찌걱찌걱, 내 남편 빼앗으니 좋니? 찌걱찌걱, 내가 네 눈을 빼 버릴 거야."

깜은 너무 무서워서 베틀을 불태운 뒤 재를 먼 곳에 갖다 버렸어. 그러자 그 자리에서 또 다른 나무가 자라났지. 나무는 쭉쭉 커서 열매를 하나 맺었는데, 좋은 향기가 사방으로 퍼졌어. 어느 날 할머니 하나가 바구니를 들고 나무에 다가가서,

"열매야 열매야, 내 바구니로 오렴. 먹지 않고 향기만 맡을게."

그러자 열매가 바구니로 쏘옥. 할머니는 열매를 방에 고이 모셔 놓고 향기를 맡았어. 그런데 그다음부터 할머니가 장사를 하고 돌아오면 집 안이 깨끗이 치워져 있고, 맛있는 음식도 차려져 있지 뭐냐. 이상하게 여긴 할머니는 장사를 나가는 척하고 몰래 집 안을 살폈어. 그랬더니 열매에서 웬 아리따운 아가씨가 나와서 청소도 하고 밥도 하거든. 할머니는 얼른 들어가서 아가씨를 붙잡은 뒤 열매껍질을 찢어 버렸어.

"이제 숨지 말고 나하고 살자꾸나. 내가 엄마 할 테니까 너는 딸 해 줘."

그 아가씨는 바로 떰이었어. 그렇게 떰은 거기서 할머니랑 살게

됐지. 그런데 어느 날 왕이 그곳을 지나다 목이 말라서 물을 얻어먹으러 들어온 거야. 할머니는 왕에게 물도 주고 나물 무침도 줬지. 왕이 먹어 보니까 그게 예전에 떰이 해 주던 맛이랑 똑같아. 왕이 깜짝 놀라서,

"이 나물 누가 만들었나요?"

"내 딸이 만들었지요."

"할머니 딸 보게 해 줘요."

할머니가 안쪽을 바라보면서,

"떰, 이리 나와 봐라."

그게 자기 아내지 뭐야. 전보다 훨씬 더 예쁘더라지. 왕이 떰을 궁궐로 데리고 들어가니까 깜이 보더니,

"언니, 어떻게 이렇게 더 예뻐진 거야?"

"응, 가마솥에 물을 펄펄 끓인 뒤 머리를 넣고서 감으면 돼."

깜은 그 말대로 하다가 가마솥에 떨어져서 죽고 말았단다. 왕은 깜의 몸으로 젓갈로 만들어서 엄마에게 보냈어. 엄마가 맛있게 먹고 있는데 독수리 한 마리가 날아오더니,

"맛있냐? 맛있냐? 네 딸 먹으니까 맛있냐? 나도 좀 주든가."

그 말에 엄마가 놀라서 음식 항아리를 들여다보니까 자기 딸의 머리가 불쑥.

"맛있어? 나 엄마 때문에 이렇게 됐거든!"

엄마는 너무 놀라서 뒤로 자빠지면서 그대로 숨이 떨꺽 끊어졌단다. 떰은 왕하고 오래오래 잘 살았다고 해.

> 이야기에 대한 이야기

연이    퉁이    엄지    세라    큐 아재    로테 이모    뭉이쌤    노고할망

**엄지**   우와, 무섭다……. 〈콩쥐 팥쥐〉하고 정말 비슷하네요. 신기하다.

**연이**   비슷하지만 다른 점도 있어. 물고기도 그렇고 나무랑 열매도 그렇고. 그래서 더 신기!

**엄지**   팥쥐도 그렇고 깜도 그렇고, 동생들이 왜 이렇게 하나같이 못된 거지? 화나요.

**노고할망**   누구는 떰이 동생이고 깜이 언니였다고도 하더구나. 그게 그거겠지만.

**세라**   맞아요. 신데렐라 이야기에서도 언니들이 나빴어요. 위아래가 아니고 성품의 문제겠죠.

**퉁이**   물고기는 엄마의 화신이었을까요?

**뭉이쌤**   물고기가 떰을 돌보는 게 아니고 떰이 물고기를 돌보잖아? 떰이 키운 희망 같은 거 아니었을까?

**세라**   그럼 물고기가 새가 되고 나무가 돼서 계속 살아나는 건 떰이 끝까지 희망을 놓지 않았다는 뜻이겠네요.

**퉁이**   오, 그렇게 되는구나.

**노고할망**   죽음을 딛고 피어난 생명은 지지 않는 법이지.

**엄지**   하나 궁금한 게 있어요. 떰의 아빠는 대체 뭘 한 거죠?

**로테 이모**   그냥 자기 일에만 바빴던 게 아닐까?

| | |
|---|---|
| **엄지** | 마음에 안 들어요. 깜을 데리고 산 왕도 그렇고요. |
| **뀨 아재** | 둘 다 존재감 제로. |
| **뭉이쌤** | 누구 한 명이라도 자기만 신경 쓰면 전체가 흔들리게 되지. 그게 바로 가족이라는 공동체야. |
| **노고할망** | 뭇할아버지하고 마지막에 나온 할머니가 땜을 챙겨 주잖아? 그게 어른의 역할이죠. |
| **퉁이** | 세상에 그런 어른들이 계셔서 든든해요. 우리 모임에도요. |
| **연이** | 맞아요. 우리는 멋진 가족! |
| **세라** | 이번엔 내가 이야기를 해 볼게. 조금 색다른 신데렐라 이야기로. |

세라

얘들아, 아랍 나라들에도 신데렐라 이야기 있는 거 아니? 이란의 훠테메 아가씨는 세계적으로 유명해. 내가 그 옆 나라 이라크에서 전해 온 이야기를 하나 해 볼게. 베트남의 <의붓 자매 떰과 깜>에서처럼 물고기가 등장하는 이야기야. 맞다, 내가 전에 태국판 콩쥐 팥쥐 이야기를 본 적 있는데, 거기도 물고기가 나왔었어. 쁠라부텅이던가 그래. 지금 들려줄 이야기에서 나오는 물고기는 연어야. 작은 연어.

# 작은 연어와 황금 나막신

**이라크 민담**

 

옛날 옛날 여기도 저기도 아닌 곳에 어떤 어부가 살았어. 그런데 아내가 어린 딸을 남겨 두고 물에 빠져서 죽었지 뭐니. 어부는 다시는 결혼을 하지 않겠다고 마음먹었대. 어린 딸을 잘 돌보면서 혼자 살기로 한 거야.

그때 이웃에 한 과부가 딸하고 살고 있었어. 그 딸이 어부 딸하고 같은 또래야. 과부는 어부의 집에 자주 찾아와서 엄마 없는 딸을 돌봐 줬대. 다정하게 머리를 빗겨 주면서,

"내가 네 엄마 같지 않니?"

이렇게 살갑게 대하니까 아이도 마음이 간 거야. 아이는 아빠가 아줌마랑 결혼하면 좋겠다고 생각했어. 아줌마도 마음이 있는 눈치야. 하지만 아빠는 눈길도 주지 않았대.

그렇게 시간이 흐르던 어느 날, 아빠가 등을 굽히고 빨래를 하는데 그 모습이 너무 처량하지 뭐니. 아이는 아빠 곁으로 다가가서 말했어.

"아빠, 소원이 있어요. 들어줄 거죠?"

"우리 딸 소원이라면 별이라도 따다 줘야지."

"그럼 옆집 아줌마랑 결혼해 주세요. 저 엄마가 필요해요. 그리고 언니도 있으면 좋겠어요."

아이 표정이 얼마나 간절한지, 어부가 안 된다는 말을 못 하겠는 거야. 어부는 딸의 소원대로 이웃집 과부랑 결혼해서 살림을 합쳤어. 딸은 무척 기뻐했지. 하지만 사실 그게 고난의 시작이었지 뭐니. 새엄마가 처음에는 잘해 주다가 점점 태도가 바뀌는 거야. 남편이 자기보다 딸을 먼저 챙기는 게 심통이 났다나 봐. 그 아이가 친딸보다 싹싹하고 일을 곧잘 하는 것도 마음에 안 들고 말이지.

새엄마는 의붓딸을 몰래 괴롭히기 시작했어. 남편이 있을 땐 잘해 주는 척하면서 아이들만 있으면 둘을 차별하는 거야. 몸을 씻을 때 비누도 안 주고, 음식도 부스러기만 주고, 귀찮은 집안일은 전부 떠넘겼대. 근데 애는 그걸 다 말없이 받아들이는 거야. 아빠를 속상하게 하기 싫었던 거지. 게다가 애가 먼저 아빠에게 결혼하라고 졸랐잖아? 그러니 혼자 참고 견디려는 거야.

어부의 딸은 낮에는 집안일을 하고 저녁이 되면 강가로 가서 아빠가 잡은 물고기를 챙겼어. 애한테는 그게 즐거운 시간이야.

"아빠, 오늘은 뭐 잡았어요?"

"응, 커다란 메기 세 마리하고 자그마한 연어 한 마리."

딸이 그 물고기들을 챙기려는데, 갑자기 작은 연어가 애한테 말을 걸지 뭐니.

"참을성 많은 딸 같은 아이야. 나를 물에 다시 풀어 주렴."

아이는 그 말을 모른 척할 수 없어서 연어를 살짝 들어서 물에 내려놨어. 그러자 연어가 물 밖으로 작은 머리를 내밀고서,

"참을성 많은 친절한 아이야. 슬픈 일이 있으면 나를 찾으렴."

아이는 고개를 끄덕이면서 손을 흔들어 줬대.

아빠와 함께 집으로 돌아온 딸은 양동이를 내밀며 말했어.

"오늘은 세 마리예요. 아빠가 커다란 메기를 세 마리 잡았어요."

아빠가 딸을 돌아다보면서,

"네 마리 아니었니? 연어는 어디 갔어?"

"연어가 양동이에서 빠져나가서 강물로 들어갔어요."

"그랬구나. 상관없다. 작은 녀석이었으니까."

하지만 엄마에게는 상관없는 일이 아니었어. 아이가 자기를 속였다는 생각에 화가 치민 거야. 다음 날 어부가 강으로 일을 하러 나가자마자 아이에게 무릎을 꿇으라고 하더니,

"왜 물고기가 네 마리였다고 말하지 않았니? 네가 슬쩍 빼돌린 거 맞지? 당장 가서 찾아와!"

화를 버럭버럭 내면서 아이를 쫓아냈대. 아이는 울면서 강가로 달려가 물을 바라보며 소리쳤어.

"연어야, 연어야. 딸을 구해 줘. 새엄마 꾸중을 면하게 해 줘."

그러자 작은 연어가 진짜로 스르르 헤엄쳐 온 거야.

"참을성 많은 착한 아이야. 손을 내밀어 봐."

아이가 몸을 굽히고서 손을 내미니까 연어는 입에 물었던 것을 쏙 뱉었어. 그게 반짝반짝 금덩이더래. 애가 그걸 가지고 돌아오니까 엄마가 입이 쫙 벌어졌지 뭐. 돈 욕심이 많은 여자였거든.

그럭저럭 세월이 흘러서 두 딸은 아가씨가 됐어. 엄마는 계속 친딸을 끼고돌았지만, 어부의 딸은 상관없었어. 힘든 일이 있을 때마다 작은 연어를 찾아가면 문제가 해결됐거든.

그러던 어느 날, 근처 큰 마을에서 큰 잔치가 펼쳐졌어. 그냥 먹고 마시기만 하는 잔치가 아니야. 처녀 총각이 다 모여서 마음에 드는 짝을 찾는 자리였대. 새엄마는 의붓딸 외출복을 다 감춰 놓고 친딸만 예쁘게 잘 입혀서 잔치에 데려갔어. 어부의 딸은 가고 싶어도 옷이 없으니 못 가지. 하지만 애한테는 연어가 있잖아? 바로 강가를 찾아가서,

"연어야, 연어야. 네 딸 좀 도와줘. 예쁜 옷과 신발이 필요해."

그때 작은 연어가 스르르 헤엄쳐 와서 입을 벌리니까 커다란 보따리가 툭. 어부의 딸이 열어 보니까 화려한 드레스와 갖가지 장식품이 그 안에 가득한 거야. 그중에서 제일 눈에 띄는 건 황금 나막신이었어. 신어 보니까 발에 꼭 맞지 뭐. 애가 그렇게 머리부터 발끝까지 제대로 차려입으니까 딱 봐도 주인공이야. 잔치 자리에 썩 나타나니까 다들 눈이 동그래지더래. 심지어 새엄마랑 언니도 애를 알아보지 못하더라는 거야.

근데 애가 새엄마랑 언니보다 먼저 집에 와야 하잖아? 자리를 빠져나와 길을 서두르던 아가씨는 다리를 건너다가 그만 황금 나

막신 한 짝을 냇물에 떨어뜨렸어. 신발은 동동 떠내려가다가 까뭇 사라져 버렸지. 애가 그걸 찾을 경황이 없어서 그냥 집으로 왔어.
근데 아가씨가 다리에서 발을 동동거리면서 냇물을 바라볼 때 그걸 지켜보던 사람이 있었어. 누구? 왕자! 냇물 아래쪽에 왕궁이 있었거든. 왕자가 왕궁을 나왔을 때 아가씨는 이미 사라진 뒤였지. 왕자는 냇물을 이리저리 뒤져서 황금 나막신 한 짝을 찾아냈어.
"반드시 이 멋진 신발의 소유자를 찾아내서 결혼하겠어!"
그 얘기를 듣고서 발 벗고 나선 게 누구냐면, 왕자의 엄마야. 그러니까 왕비지.
"아들아, 걱정하지 마. 이 엄마가 해결해 줄게."
이 왕비가 좀 극성이었나 봐. 직접 황금 나막신을 들고서 집집마다 찾아다니면서 처녀란 처녀에게 다 신발을 신겨 봤다지 뭐니. 귀족 집안 평민 집안 가리질 않았대. 그러다가 마침내 어부의 집까지 오게 된 거야. 왕비가 보니까 그 집에 처녀는 한 명뿐이었지. 엄마가 의붓딸을 화덕에 집어넣고서 맷돌로 막아 놨던 거야. 엄마의 친딸은 바로 퇴짜지 뭐. 왕비가 실망해서 나가려고 할 때였어. 갑자기 커다란 수탉이 날아들더니,
"꼬끼오! 꼬끼오! 한 명 더 있다네. 화덕 안을 찾아보게."
엄마가 얼른 수탉을 내쫓았지만, 왕비는 벌써 화덕 앞에 가 있었지. 맷돌을 들어서 옆으로 내려놓은 뒤 웅크리고 있는 아가씨를 번쩍 안아 꺼내서 황금 나막신을 척. 발이 꼭 들어맞지 뭐. 왕비가 계모에게 황금이 든 지갑을 주면서,

"결혼 준비 잘 해서 이 아이를 왕궁으로 보내도록!"

왕비가 돌아가고 나서 엄마가 의붓딸을 왕궁에 보낼 채비를 하는데, 어떻게 했는지 아니? 더러운 물감으로 머리를 감기고 역겨운 냄새가 나는 약물을 온몸에 잔뜩 뿌렸대. 귓속에는 설사약을 부었다지 뭐니. 애가 쫓겨나도록 수를 쓴 거야. 하지만 왕궁에 도착한 신부에게선 아름다운 꽃향기가 퍼지고 몸에선 반짝반짝 금가루가 쏟아졌대. 왕자가 보니까 자기가 평생을 찾던 그 사람이지 뭐.

멋진 결혼식이 거행됐고, 왕자와 신부는 다들 부러워하는 한 쌍이 됐어. 그때 어떤 젊은 귀족이 왕자비에게 결혼 안 한 자매가 있다는 얘기를 들은 거야. 그 아가씨랑 결혼하면 왕자하고 동서가 되잖아? 귀족은 어부의 집에 찾아와서 계모에게 돈을 많이 주고 자기 집에 신부를 보내 달라고 했어. 그러자 이 엄마가 의붓딸에게 한 것과 똑같이 물감으로 친딸의 머리를 감기고 몸에 냄새나는 약물을 잔뜩 뿌렸대. 의붓딸처럼 친딸의 몸에서도 금이 쏟아져 내리길 기대한 거지. 귀족이 신부를 맞이하고 보니 온몸에서 오물 냄새가 가득. 머리카락은 다 빠져서 사람이 아니라 꼭 귀신 같지 뭐니. 그대로 쫓겨났지 뭐. 평생 결혼 못 했을걸.

왕자비가 된 어부의 딸은 남편과 시어머니의 사랑을 받으면서 오래오래 잘 살았어. 틈틈이 연어 엄마를 찾는 것도 잊지 않았대. 아빠가 어떻게 됐는지는 모르겠어. 왕궁에서 딸하고 함께 살지 않았을까? 어쩌면 그사이에 세상을 떠났는지도.

> 이야기에 대한 이야기

 연이  통이  엄지  세라  큐 아재  로테 이모  뭉이쌤  노고할망

**통이** 누나, 확실히 색다르다. 딸이 나서서 계모를 맞이하는 건 상상도 못했어.

**세라** 응. 그것 때문에 얘가 힘든 걸 참고 견디는 게 마음 아팠어. 하지만 그것도 성장의 과정이었으니까.

**연이** 나는 작은 연어가 아이를 딸이라고 부르는 게 재미있었어요.

**세라** 좀 그렇기는 하지? 그냥 서로 친구 같은 느낌.

**노고할망** 아이가 엄마가 그리우니까 작은 생명에서도 모성을 찾으려 한 거지.

**통이** 엄마가 강물에 빠져서 죽었댔잖아요? 그런 점에서 연어가 엄마의 환생일 수 있다고 생각해요.

**큐 아재** 인정.

**로테 이모** 내 생각에는 왕비도 그 딸이 세상에서 찾은 새로운 엄마 같아요. 화덕에서 아이를 번쩍 안아서 꺼내는 모습을 상상만 해도 재미있고 좋아요.

**엄지** 근데 아빠가 원래 딸을 잘 돌봤잖아요? 뒤에는 왜 아무런 역할이 없는 걸까요?

**세라** 나도 그게 의문이야. 오죽하면 중간에 죽었을지도 모른다고 생각했겠니.

**통이** 그 내용이 누나의 상상이었구나. 정말 어떻게 된 걸까?

**뀨 아재**　　어부니까 고기를 잡는 게 일. 어제도 오늘도.

**연이**　　하하. 아빠들이 일을 우선하느라 다른 데 신경을 미처 못 쓰는 경우가 종종 있죠. 물론 그것도 다 가족을 위한 거지만요.

**뭉이쌤**　　아빠의 일은 숨은 이야기를 각자 상상해 보기로 하자꾸나. 연어의 내력도. 그럼 다음 이야기는 누가?

**퉁이**　　제가 한번 해 보겠습니다.

퉁이

지금부터 제가 아프리카판 콩쥐 팥쥐 이야기를 해 보겠습니다. 축구 잘하기로 유명한 나라 카메룬에서 전해 온 민담이에요. 혹시 남자 버전 콩쥐 팥쥐 들어 본 적 있나요? 이게 딱 그런 이야기입니다. 자매가 아니라 형제가 주인공이죠. 엄마가 다른 의붓형제예요.

# 계모와 형제와 노파

**카메룬 민담**

옛날에 한 소년이 냇가에서 그릇을 씻고 있었습니다. 물살이 세차게 흘러내리는 곳이었죠. 소년은 설거지에 열중하다가 그만 실수로 작은 그릇을 하나 떨어뜨렸어요. 그릇은 세찬 물살에 휩쓸려서 빠르게 아래로 떠내려갔습니다. 소년이 급히 쫓아갔지만 헛수고였죠. 소년은 머리를 감싸 쥐고 집으로 왔어요. 아니나 다를까, 계모가 돌아온 아이를 쥐 잡듯이 잡기 시작했어요.

"그게 어떤 그릇인 줄 아니? 당장 가서 찾아와, 지금 당장!"

소년은 집에 발을 들이지도 못하고 다시 냇가로 쫓겨났어요. 그러고는 보이지 않는 그릇을 찾아서 아래로 또 아래로 내려갔습니다. 발이 푹푹 빠지는 모래 위를 하염없이 걷다 보니 지쳐서 쓰러질 지경이었죠. 하루 종일 먹은 것도 없었어요. 집에 가서 쉬고 싶었지만 그럴 수 없었죠.

소년이 계속 냇가를 따라서 내려가는데, 낯선 오두막 하나가 나타났어요. 오두막엔 아주 끔찍하게 생긴 노파가 앉아 있었습니다.

보기만 해도 소름이 돋을 정도였죠. 하지만 소년은 오두막으로 가까이 다가갔어요.

"할머니, 뭐라도 먹을 만한 걸 주실 수 있나요?"

노파가 매서운 눈으로 소년을 쳐다보면서,

"너, 내가 무섭지 않아? 대체 여기를 어떻게 온 거냐?"

"전 엄마 아빠 없이 계모랑 살고 있어요. 설거지하다 잃어버린 그릇을 찾느라고 여기까지 왔어요."

그러자 할머니가 혀를 끌끌 차면서,

"그깟 그릇 하나가 뭐라고. 오늘은 여기서 쉬고 내일 다시 찾도록 해라."

소년은 꾸벅 인사를 하고 오두막에 들어갔어요. 집 안은 아주 끔찍했습니다. 해가 잘 안 들어 어두침침했죠. 보니까 벽은 다 부서지고 바닥은 축축한 데다 벌레들이 잔뜩 기어다니고 있었습니다. 소년은 노파가 음식을 준비하는 동안 물건들을 정돈하고 바닥을 깨끗이 청소했어요. 집에서 늘 하던 대로요.

노파가 준비한 요리는 형편없었어요. 하지만 소년은 하나도 남기지 않고 맛있게 먹었습니다.

"착한 아이로군. 너 여기서 나랑 지내는 거 어떠냐?"

"좋아요, 할머니. 감사합니다."

소년은 그렇게 오두막에서 노파와 지내게 됐어요. 소년은 무척 바빴습니다. 오두막에 손볼 데가 아주 많았거든요. 그러던 어느 날, 노파가 밖에 나가면서 소년에게 말했어요.

"내가 나가고 나면 여자아이 하나가 찾아올 거야. 개하고 놀지 않도록 해."

아니나 다를까, 할머니가 나간 지 얼마 안 돼서 여자아이가 오두막에 찾아왔어요. 아주아주 예쁘게 생긴 소녀였답니다.

"얘, 지금 뭐하니? 나랑 놀자. 재미있게 해 줄게."

소년은 '그래!' 하는 말이 나오려는 걸 겨우 참았어요. 그는 소녀에게 눈길도 주지 않고 오두막을 수리하는 데 집중했습니다. 소녀는 계속 말을 걸다가 실망한 듯 사라졌어요. 돌아온 노파는 오두막이 깨끗해진 걸 보고 아이가 약속을 지켰다는 사실을 알아차렸습니다. 다음 날 아침, 노파가 말했어요.

"너는 네 집을 가질 자격이 있어. 내가 선물을 주마. 저기 움막 보이지? 거기서 '나를 가져가지 말아요.' 하고 말하는 걸 가져가도록 해."

그 움막 안에는 그릇들하고 달걀들이 있었습니다. 소년이 들어가니까 커다란 그릇과 달걀들이 '나를 가져가요.' 하고 소리치고, 작은 그릇과 달걀들이 '나를 가져가지 말아요.' 하고 소리쳤어요. 소년은 할머니 말대로 작은 그릇과 달걀을 챙겨서 자기 살던 마을로 향했습니다. 집에 도착한 소년은 가져간 그릇을 계모에게 내밀었어요. 계모는 할 말이 없었습니다. 냇가에서 잃어버린 것보다 훨씬 고급이었거든요.

진짜는 달걀이에요. 소년이 공터로 가서 달걀을 깨뜨리자 안에서 온갖 금은보화가 끝없이 흘러나왔습니다. 게다가 눈 깜짝할 새에 크고 멋진 저택이 우뚝 솟아났지요. 소년은 단숨에 유명 인사가 됐답니다. 곧이어 사방에서 청혼이 쇄도하는데, 난리도 그런 난리가 없어요.

계모는 의붓아들이 잘된 꼴을 보는 게 배가 아팠어요. 그래서 집 안에서 빈둥대고 있는 친아들을 불러내서는,

"이 한심한 놈아! 네 동생이 어떻게 됐는지 좀 봐봐. 당장 그릇을 가지고 냇가로 가서 개가 한 것처럼 해!"

그 말대로 계모의 아들은 냇가로 가서 커다란 그릇 하나를 물에 툭 던졌어요. 얘가 그걸 따라서 하류로 내려가는데, 그릇이 자꾸 돌이나 나뭇가지에 걸리지 뭐예요. 그는 막대기로 그릇을 밀어 넣으면서 아래로 아래로 내려갔어요. 그렇게 계속 가던 아들은 마침내 오두막을 발견하고 다가갔습니다. 오두막도 그곳의 노파도 다 끔찍해서 견딜 수가 없었죠. 하지만 그는 선물을 받아야 한다는 생각으로 꾹 참았습니다. 노파가 해 온 음식만은 도저히 삼킬 수가 없었지만요. 집 안을 청소하고 오두막을 손보는 건 생각조차도 하지 않았습니다. 그리고 예쁜 여자아이가 찾아와서 말을 거니까 개하고 노느라고 시간 가는 줄을 몰랐어요. 그러고 난 다음 날 아침, 노파가 말했어요.

"선물 필요하지? 움막에 가서 '나를 가져가지 말아요.' 하는 걸 가져가도록 해."

계모 아들은 신이 나서 움막으로 달려갔어요. 그러자 움막 안에 있던 커다란 그릇과 달걀들이 '나를 가져가요.' 하고 소리쳤어

요. 작은 그릇과 달걀들은 '나를 가져가지 말아요.' 하고 속삭였고요. 그는 커다란 달걀을 한 아름 챙겨서 집으로 향했습니다. 계모는 좋아서 펄쩍펄쩍 뛰면서 잔치를 열고 사람들을 다 불러모았답니다.

분위기가 무르익고, 드디어 달걀을 개봉하는 순간이 왔어요. 그 달걀들에서는 상상할 수 있는 모든 나쁜 것들이 차례로 나왔습니다. 벌레와 뱀과 맹수와 갖가지 전염병이 착착 흘러나왔죠. 그런데도 계모와 아들은 달걀 깨는 일을 멈추지 않았어요. 마지막 하나까지도요. 그들은 결국 갖가지 병에 걸려서 비참하게 살다가 세상을 떠나고 말았답니다.

> 이야기에 대한 이야기

연이 / 퉁이 / 엄지 / 세라 / 큐 아재 / 로테 이모 / 뭉이쌤 / 노고할망

**연이** 이거 아프리카 이야기랬지? 확실히 뭔가 아프리카다운 색깔이 있다.

**세라** 그러게. 왠지 아프리카 특유의 붉은 황토 빛깔 같은 게 느껴지는 듯해. 오두막이 황토벽이었을 듯.

**퉁이** 저는 이야기 속 할머니가 마음에 들었어요. 무심하고 차가운 듯하면서 사실은 따뜻한 느낌요.

**엄지** 쌤. 그 할머니가 자연의 모성을 뜻하는 거 맞겠죠?

**뭉이쌤** 그렇지. 방금 퉁이가 겉으로는 차갑지만 실제로는 따뜻하다고 했잖아? 자연이 그렇다고 할 만해. 아프리카의 자연은 더 그럴지도.

**연이** 할머니는 알겠는데 여자아이 얘기가 좀 이상했어요. 그 여자아이는 뭘까요?

**퉁이** 그러게. 내가 이야기를 하긴 했지만, 여자아이랑 놀지 말라는 건 마음에 안 들었음.

**뭉이쌤** 큰 달걀은 나를 가져가라고 하고, 작은 달걀은 가져가지 말라고 하잖아? 그건 마음의 소리일 수 있어. 아무래도 큰 달걀을 가지고 싶은 게 사람의 마음 아니겠니? 예쁜 여자아이도 마찬가지야. 함께 놀고 싶은 마음이 들 수밖에. 그런 마음을 잘 다스려야 한다는 뜻 아닐까?

**노고할망** 겉으로 크고 예뻐 보이는 것보다 안에 숨은 가치가 더 중요하지. 자연뿐만 아니라 사람 사는 게 다 그래요.

| | |
|---|---|
| 로테 이모 | 형은 껍데기만 보고 동생은 알맹이를 봤던 거군요. |
| 큐 아재 | 멋진 정리예요. 굿! |
| 엄지 | 달걀이 그럴듯한 것 같아요. 자연의 생명력하고 잘 어울려요. |
| 퉁이 | 내가 생각보다 더 멋진 이야기를 한 거였네. 이제 알겠어요. 자연과 생명의 이치를 터득한 소년은 진정한 내면의 아름다움을 가진 짝을 만나서 잘 살았을 겁니다. 맞죠? |
| 세라 | 동감. 이를테면 신데렐라 같은 짝. |
| 로테 이모 | 이렇게 또 한 편의 신데렐라 이야기가 완성되네요. |
| 큐 아재 | 그리고 또 이야기가 이어져야겠지. 내가 한번 해 보겠음. |
| 연이 | 와, 기대돼요. |
| 뭉이쌤 | 피날레를 멋지게 장식해 주세요. |

뀨 아재

세상에 <콩쥐 팥쥐>, <신데렐라> 같은 이야기가 참 많기도 많아. 그만큼 재미있고 뜻깊은 이야기라는 뜻이겠지. '원형적'이라고 하던가? 내가 보기엔 동아시아 지역이 이 설화의 본산 중 하나야. 한국뿐만 아니라 중국과 일본에도 비슷한 이야기가 있더군. 내가 중국의 소수 민족인 이족 사이에서 전해진 이야기를 해 볼게. <콩쥐 팥쥐> 계열 이야기의 끝판왕이라고 하면 좀 과장이려나? 재미있는 화소가 가득한 민담이야.

# 아이처와 아이구

**중국 이족 민담**

옛날 한 마을에 아이처와 아이구 자매가 살았어. 애들이 아버지는 같은데 엄마가 달라. 그곳에선 남자가 둘째 부인을 둘 수 있었거든. 첩이라고 하지. 아이처 엄마는 본처고 아이구 엄마는 첩이야. 그럼 둘 중에 누가 힘이 더 셌을까? 답은 첩. 젊고 예쁜 첩이 남편을 쥐고 흔드는 거지. 어느 정도냐면, 본처가 견디다 못해서 집을 나갈 정도. 본처는 앞길이 어찌 될지 몰라서 일단 혼자서 길을 떠났어. 자리가 잡히면 딸을 데려갈 생각으로 말이지.

엄마가 그렇게 떠나니까 아이처가 개밥에 도토리 신세야. 고아 아닌 고아가 됐지. 아니, 고아보다 못해. 서모랑 의붓동생이 밤낮으로 괴롭혀 댔거든. 아이처는 참다 참다 못해서 3년 만에 무작정 집을 나왔어. 엄마를 찾아가기로 마음먹은 거지.

애가 한참 길을 가다 보니까 웬 할머니가 삼씨를 짜고 있거든.

"할머니, 할머니. 우리 엄마 못 보셨나요? 엄마 있는 곳을 알려 주면 3년간 종살이라도 할게요."

"삼씨기름 짜는 걸 도와주면 알려 주지."

아이처는 할머니를 도와서 열심히 삼씨를 짰어. 한나절 만에 기름 짜기 완료.

"고맙구나. 근데 네 엄마를 못 봤는데 어쩐담. 하늘이 무심치 않으면 곧 찾게 될 거야. 내가 선물을 하나 주마."

그러면서 할머니는 조롱박 안에 삼씨를 넣어 줬어. 아이처가 다시 한참 길을 가다 보니까 백발노인이 벌꿀을 따고 있거든.

"할아버지, 할아버지. 우리 엄마 못 보셨나요? 엄마 계신 곳을 알려 주면 3년간 종살이라도 할게요."

"벌꿀 따는 걸 도와주면 알려 주지."

아이처는 할아버지를 도와서 열심히 벌꿀을 땄어. 얼마 후 작업 완료.

"고맙구나. 근데 네 엄마를 못 봤으니 어쩌냐. 하늘이 무심치 않으면 찾게 될 게다. 내가 선물을 하나 주마."

할아버지는 소뿔 안에 벌꿀을 넣어서 줬어. 아이처가 그걸 가지고 다시 길을 떠나는데, 집도 절도 안 보이는 거라. 하루 한 끼 주먹밥을 먹으면서 가고 또 가다 보니 웬 여자가 외진 데서 돼지를 몰고 있었지.

"아주머니, 아주머니. 우리 엄마 못 보셨나요? 엄마 계신 곳을 알려 주면 3년간 종살이라도 할게요."

"하루 세 번 돼지를 몰아 주면 알려 주지."

아이처는 이쪽에서 세 번 저쪽에서 세 번 돼지를 몰아 줬어. 그

랬더니 여자가,

"내 머리에 있는 이를 모두 잡아 주면 말해 주지."

아이처는 여자의 머리를 헤치면서 이를 잡기 시작했지. 그런데 낯익은 상처가 보이지 뭐냐. 예전에 엄마가 머리를 빗을 때 아버지가 참빗을 꽉 누르는 바람에 생긴 상처야. 아이처가 여자를 꼭 붙들고서,

"엄마, 엄마. 왜 이렇게 늦었어요? 나랑 집으로 가요."

"너랑 나랑 이렇게 가면 아버지가 가만있겠니? 너는 몰라도 나는 그냥 안 둘 거야."

"안 돼요, 안 돼요. 나 혼자 갈 수는 없어요."

그러자 엄마가 딸의 손을 잡고 한참 생각하더니,

"그래, 그래. 가자꾸나. 내가 물소가 돼서 가는 거야."

그러더니 엄마는 몸을 바꿔서 물소로 변했어. 아이처와 물소는 앞서거니 뒤서거니 걸음을 옮겼지. 쏙닥쏙닥 쑥덕쑥덕 얘기를 나누면서. 집에 도착하니까 물소는 말을 뚝 그치고서, 움메, 움메.

"아버지, 물소를 한 마리 구해 왔어요. 제가 보살필게요."

물소는 아주 큰 재산이거든. 아버지가 기분이 좋지 뭐. 서모랑 아이구는 아이처가 돌아온 게 영 못마땅해. 애만 없으면 그 집 재산이 전부 자기 차지거든.

그때부터 아이처는 물소를 몰고 나가서 시간 보내는 게 일이야. 그냥 노는 게 아니라 진짜로 일을 해. 누구랑? 사람으로 변한 엄마랑. 둘이 삼 다발을 가지고 자루를 짜는데, 하루에 세 사람 몫을

짰다는 거야. 아이구가 그걸 보고 샘이 나서,

"어떻게 이렇게 자루를 많이 짜는 거니?"

"다 방법이 있지. 아침에 물소 뿔에 삼 다발을 걸고서 '먹어라, 물소야.' 하면 다 먹거든. 그리고 해 질 무렵에 '뱉어라, 물소야.' 그러면 똥구멍으로 자루를 척척 뱉는 거야."

그러자 아이구가 자기도 해 보겠다고 나선 거야. 아침에 아이처 대신 물소를 끌고 나가더니, '먹어라, 물소야.' 그리고 해 질 때가 되니까 똥구멍에 치마를 받치고서, '뱉어라, 물소야.' 그러자 소가 물똥을 뿌지직 뿌직! 또 한 번 뿌지지직. 아이구가 똥을 뒤집어쓰고 오니까 엄마가 난리가 났지 뭐.

"아이구, 이게 웬일이냐. 어찌 된 거야?"

"엄마! 저 못된 물소가 이랬어. 삼 다발을 한 아름 꿀꺽하고서."

그러더니 아이구, 그 애가 소를 당장 잡아먹자는 거야. 아이처가 절대 안 된다면서 물소를 껴안고 눈물을 주룩주룩. 그걸 보니까 서모가 그걸 더 죽여야겠는 거야. 남편을 막 닦달하니까 결국 통과지 뭐. 곧 소백정이 와서 물소 정수리를 도끼로 콱! 물소가 쿵! 아이처는 차마 그 모습을 보질 못하지.

물소를 통째로 삶으니까 고기가 한가득이야. 온 식구가 실컷 먹고도 남아서 이웃 사람들한테도 나눠 주더래. 유일하게 그 고기를 입에도 안 댄 사람 누구? 아이처. 이웃에 갖다 주라고 받은 고기도 슬쩍 울타리 아래 묻었다지. 그러고선 물소 머리를 끌어안고 눈물을 뚝뚝. 그때 갑자기 물소 머리가 뚜두두두 떨더니 까마귀

세 마리로 변해서 하늘로 날아갔다는 거야. 엄마의 넋이지 뭐.

시간이 흘러서 아이처와 아이구는 숙녀가 됐어. 둘 다 무척 예뻤지만, 안목 있는 사람은 진짜를 알아봤지. 아이구의 아름다움이 껍데기라면 아이처의 아름다움은 무엇? 내면에서 우러난 진정한 아름다움! 목소리는 또 얼마나 낭랑한지 몰라. 게다가 왠지 모를 슬픔까지 배어 있어서 뭇사람들의 마음을 움직였지.

어느 날 그 집에 초대장이 날아들었어. 젊은 귀족 사우니마라가 신붓감을 찾기 위해 축제를 베풀면서 처녀가 있는 집들에 초대장을 보낸 거야. 서양으로 치면 그가 왕자거든. 아가씨들의 로망. 처녀들이 너도나도 꽃단장하느라 야단이지 뭐. 그중 아이구가 제일 난리야. 그때 엄마가 두 딸을 부르더니,

"축제에 갈 사람은 한 명뿐이다. 결정은 공평하게 해야겠지? 물을 못 길어 오는 사람이 탈락."

그러면서 두 딸에게 물동이를 주는데, 아이처가 보니까 바닥에 구멍이 뻥. 물을 부어 봤자 담길 리가 없지 뭐. 그때 까마귀 한 마리가 날아오더니,

"바보 같은 아이야. 진흙으로 구멍을 메꾸면 되잖아."

아이처가 얼른 진흙을 뭉쳐서 구멍을 막고 물을 길어서 가니까 서모가 짜증이 나지 뭐.

"씨앗에서 모래를 먼저 골라내는 사람이 승."

그러면서 두 딸에게 곡식을 됫박씩 주는데 아이구는 붉은 콩, 아이처는 당근 씨. 당근 씨가 작아서 모래랑 섞이면 가려내기 어

렵거든. 아이처가 땀을 뻘뻘 흘리는데 또 다른 까마귀가 날아오더니,

"바보 같은 아이야. 체로 치고 키로 까불면 되잖아."

아이처가 얼른 체로 치고 키로 까부니까 씨앗이랑 모래가 싹 갈라지지 뭐. 서모가 그걸 보더니,

"손으로 고르랬지 누가 도구를 사용하랬니? 반칙이야."

그러고선 결국 아이구만 데리고 축제에 가 버린 거야. 아이처는 자기도 축제에 가기로 마음먹었어. 문제는 옷이었지. 아이처가 어쩔 줄 모르고 있으니까 까마귀가 또 한 마리 날아오더니,

"바보 같은 아이야. 엄마가 쓰던 상자를 열어 보렴."

아이처가 상자를 찾아서 열어 보니까 엄마가 젊을 때 입던 옷과 장신구가 가득이야. 그걸 잘 차려입으니까 어여쁜 새색시지 뭐. 다음은 타고 갈 말. 말은 당연히 마굿간에 있지 뭐. 아이처는 마굿간에서 말을 꺼내 타고 축제 장소로 달려갔어. 다른 아가씨들보다 늦었지만, 오히려 그래서 사람 눈에 더 띄었지. 젊은 귀족 사우니마라의 눈에도. 그가 아이처 앞에 금그릇과 금수저를 놓더니,

"금그릇과 금수저를 사용하는 아가씨, 그대가 나의 색시요."

그때 옆에 있던 서모가 잽싸게 금그릇 금수저를 뺏어서 아이구한테 준 거야. 그러자,

"금그릇과 금수저를 빼앗긴 아가씨, 그대가 나의 색시요. 금그릇과 금수저를 쓰는 아가씨, 내 하녀가 되시든가."

아이구가 짜증이 나서 그릇과 수저를 팽개쳤지 뭐. 아이처는?

왕자님 손을 잡고 댄스 댄스! 사람들은 손뼉을 짜자작 짝짝.

그게 1박 2일로 진행되는 축제였거든. 밤이 되자 손님들은 주최 측이 마련한 숙소에 누워서 잠을 자게 됐어. 아이처와 아이구는 같은 방에 나란히 누웠지. 아이처가 막 잠들려고 하는데 아이구가 흔들어 깨우더니,

"너 나랑 자리 바꿔!"

남자는 안 돼도 자리 정도는 양보해야지 뭐. 그래서 둘이 그렇게 잠들었는데, 누군가가 스르르 다가오더니 아이구 눈에 찐득찐득 송진을 처발랐지 뭐냐. 누구? 아이구 엄마. 그게 아이처인 줄 알았던 거지. 엄마는 뭣도 모르고 아이구가 귀족 청년하고 결혼하는 단꿈을 꿨단다. 아침이 되니까 아이구가 난리를 치면서,

"엄마, 눈이 붙었어요. 눈을 뜰 수가 없어요."

엄마는 그게 아이처라고 생각하고서,

"여기 네 엄마는 없어. 엄마 있는 딸은 신부가 된걸."

"무슨 소리야? 내가 아이구예요. 아이구!"

소리를 바락바락 지르는데 그게 정말 아이구지 뭐야. 아이구. 그럼 사우니마라의 신부가 된 아가씨는 누구? 아이처. 두 사람은 결혼한 지 열 달 만에 예쁜 아기도 낳았단다.

시간이 흘러 어느덧 설이 다가올 즈음이야. 그 지역에도 설날이 큰 명절이거든. 그때 아이처에게 편지가 하나 도착했어. 친정에서 온 편지야. 보니까 아기를 꼭 한번 보고 싶다는 사연이 구구절절한 거라. 아이처는 아버지도 만날 겸 아기를 데리고 친정으로 향

했지. 아버지보다 서모하고 아이구가 더 반기면서 야단이야.

"내 조카 진짜 너무 귀엽다. 내가 네 이모야. 언니, 내가 애 업어 줄래."

그러고선 아기를 빼앗아 업더니 잘 돌봐 주는 척하다가 엉덩이를 콕! 아기가 아파서 으앙, 으앙!

"얘가 갑자기 왜 울지?"

"응, 언니 머리에 꽂은 장신구가 갖고 싶대."

그렇게 언니 장신구를 빼앗더니 조금 있다가 또 엉덩이를 콕! 아기가 으앙, 으앙!

"얘가 언니 꽃무늬 옷을 갖고 싶대."

언니 옷도 빼앗더니 깊은 동굴이 있는 데서 다시 엉덩이를 콕! 으앙, 으앙!

"얘가 동굴 속에 핀 꽃이 갖고 싶대."

아이처가 꽃을 꺾으려고 동굴로 다가가니까 아이구가 사정없이 등을 콱!

"아이구!"

아이처는 외마디 비명을 지르면서 동굴 속 가시덤불로 떨어졌어. 삼단 같은 머리카락이 가시에 엉키는 바람에 빠져나올 수 없었지. 아이처는 예쁜 새가 돼서 날아올랐단다.

집에 돌아온 아이구는 변신을 시작했어. 누구로? 아이처로! 모녀가 이런 데 재주가 있거든. 아이처랑 똑같이 화장을 하고 아이처 옷과 장신구로 꾸미니까 구별이 어려울 정도야. 다만 갑자기

머리카락을 기를 재주는 없었지. 사우니마라가 궁궐로 돌아온 아이구를 보더니,

"머리가 왜 이렇게 짧아졌어요?"

"가시덤불에 엉키는 바람에 잘라 버렸어요."

그러자 이 남자가 이상하다 싶으면서도 대충 넘어가는 거야. 아이구랑 함께 살면서 또 아이까지 낳았대. 아이처가 낳은 큰아이는 찬밥 신세가 됐지 뭐.

어느 날, 사우니마라는 길을 가다가 콰당 넘어졌어. 난데없이 나타난 돌부리에 발이 탁 걸린 거야. 사우니마라가 머리가 띵해서 고개를 흔드는데 예쁜 새가 날아오더니,

"찌르르 찌르르. 어째서 당신은 흰쌀 보리쌀 구별도 못 하나요?"

근데 들어 보니까 그게 무척 익숙한 목소리거든. 사우니마라가 새를 바라보면서,

"예쁜 새야. 아버지라면 머리 위로, 어머니라면 어깨 위로, 부인이라면 주머니 안으로."

그러자 새가 주머니 안으로 쏙. 그 일이 참 이상도 하지. 그럼 집에 있는 아내는 누구냐 말야. 그런데 이 사람이 어떤 생각인지 새를 데려다 놓고선 예전처럼 아이구랑 지냈다는 거야. 아이구. 상황이 어찌 되나 살피려고 한 건지도 모르지.

그때 그 예쁜 새가 큰아이를 정성껏 챙겨 주더래. 맛있는 것도 물어다 주고 옷이랑 머리도 정리해 주고. 그 꼴을 두고 볼 아이구

가 아니잖아? 새를 탁 잡아채 가지고 통째로 불에다 구웠지 뭐냐. 고기는 작은애한테 주고 뼈는 큰애한테 주고. 큰애는 입에 대지도 않지. 그러자 아이구가 새 뼈를 아궁이에 툭!

그때 이웃집 할멈이 재를 얻으러 온 거야. 실을 삶는 데 쓴다면서 말이지. 할멈이 아궁이 속의 재를 다 모아 가지고 집에 가서 탁 펼쳤는데 뭐가 나왔을까? 구슬? 아니! 열매? 아니! 가위가 하나 썩 나온 거야. 할멈은 가위를 농에다 넣어 뒀지.

근데 그 뒤로 이상한 일이 벌어지지 뭐냐. 그 할멈이 아들하고 만 살았거든. 결혼 안 한 총각이야. 근데 둘이 밖에서 일하고 돌아오면 청소가 깨끗이 돼 있고 밥상까지 차려져 있는 거라. 그런 일은 날마다 계속됐지. 그게 이웃집 사람의 배려라고 생각한 할멈이 이웃 사람을 찾아가서,

"고맙기도 해라. 우리를 위해서 밥까지 차려 주다니요."

"그게 무슨 말씀이에요? 우리 몰래 예쁜 며느리 들여놓고선."

이상하잖아? 할멈은 다음 날 일을 나가는 척 몰래 집 안을 살폈어. 보니까 장롱에서 가위가 툭 튀어나와서 바닥에 탁 떨어지는가 싶더니 예쁜 각시가 짜잔! 바로 그 각시가 청소고 밥이고 다 하는 거라. 할멈은 그다음 날 장롱 옆에 몸을 숨기고 있다가 가위가 튀어나와서 각시로 변하는 순간 꽉 붙들었어.

"내 며느리! 이젠 변하지 말고 우리랑 살아."

그래서 아이처는 그 집에서 살게 됐지 뭐. 총각의 아내 구실을 했는지는 나도 몰라. 하여튼 그렇게 살고 있는데, 어느 날 사우니

마라가 그 집에 들렀지 뭐냐. 보니까 자기 아내랑 닮은 여자가 있는데 할머니가 며느리라고 하니까 이상하지. 그날 사우니마라가 거기서 음식을 먹게 됐는데 머리카락이 하나 나온 거라. 보니까 길이가 아홉 자 아홉 마디 아홉 푼. 그런 머리카락을 가진 건 세상에 아이처밖에 없거든. 사우니마라는 각시를 말에 태우고 집으로 돌아왔어. 아이구가 아이처를 못 알아보고서,

"머리카락이 어쩜 그리 고와요? 비결이 뭐람?"

"이거요? 커다란 가마솥에 물을 팔팔 끓인 뒤 들보에 발을 묶고 매달려서 머리카락을 삶으면 돼요."

그러자 아이구가 안 할 수 없지. 그 말대로 들보에 거꾸로 매달려서 펄펄 끓는 물에 머리카락을 내리는데, 온몸이 뜨끈뜨끈. 아이구는 발버둥을 치다 발이 풀리는 바람에 가마솥에 쑥 빠졌대. 아이구! 아이구가 죽으니까 그제야 아이처가 제자리로 돌아왔지 뭐.

그때 서모가 그 집을 찾아온 거야. 딸이 바뀐 걸 모르고서,

"우리 딸, 많이 예뻐졌네."

아이처가 뜻 모를 웃음을 씨익. 서모가 돌아갈 때 아이처는 예전에 길을 가다 할머니에게 받은 조롱박과 할아버지에게 받은 소뿔을 선물로 줬어. 가다가 배고프면 열어 보라면서 말이지. 이 여자가 길을 가다 배가 고파서 조롱박 마개를 여니까 말벌들이 튀어나와서 온몸을 쏵. 소뿔에서 독사가 기어 나와서 배를 콱! 여자는 한마디를 커다랗게 외치고 죽어 버렸어. "아이구!" 끝.

> 이야기에 대한 이야기

연이    퉁이    엄지    세라    큐 아재    로테 이모    뭉이쌤    노고할망

**퉁이**    아이구, 뒤죽박죽 좀 정신없는 콩쥐 팥쥐 이야기네요.

**큐 아재**    좀 정신없었나? 재미있게 하려고 했는데. 하하.

**세라**    재미있었어요. 신기한 화소들이 많네요. 엄마가 소로 변했다가 새로 변했다가. 딸이 새로 변했다가 가위로 변했다가. 가위는 정말 생각도 못 했어요.

**연이**    그러게요. 왜 가위가 된 걸까요?

**뭉이쌤**    그전에는 사실 아이처가 좀 물렀잖아? 이제 가위만큼 날카로워졌다는 거 아닐까?

**연이**    네, 아이구한테 복수하는 거 좀 무서웠어요.

**로테 이모**    아이처가 할멈의 아들하고 부부관계를 하면서 살았을지 궁금해요.

**세라**    그럴 수도 있는 거 아닌가요? 남편인 사우니마라도 딴 여자랑 살았잖아요.

**큐 아재**    이왕이면 아이까지 하나 낳는 것도. 하하.

**로테 이모**    아이구. 그러면 자식들 관계가 너무 복잡해져서 안 돼요.

**엄지**    아이구가 낳은 아이가 어찌 됐을지 궁금해요. 불쌍…….

**노고할망**    아이처가 제 자식처럼 돌보지 않았겠니? 자기가 겪은 일도 있으니까 말이지.

**엄지**    그랬으면 좋겠어요.

| | |
|---|---|
| 퉁이 | 한 가족이 잘되려면 가장의 역할이 중요한 것 같아요. 이 집에선 문제의 원인이 아버지였잖아요. |
| 세라 | 모두의 역할이 다 중요하지. |
| 로테 이모 | 맞아요. 힘들다고 딸을 두고 떠난 엄마도 좀 그래요. 맞서 싸우면서 지켜야 하는 건데. |
| 세라 | 내가 제일 마음에 안 드는 사람은 사우니마라. 왕자님 자격 제로. |
| 뀨 아재 | 인정. 그가 중심을 잡았으면 후반부 사달이 없었겠죠. |
| 세라 | 유독 동양 쪽 이야기에 험한 뒷이야기가 있는 게 신기해요. 가족주의나 가부장제와 관련돼 있겠죠? |
| 뭉이쌤 | 네, 한번 잘 성찰해 볼 부분이에요. |
| 연이 | 가지각색 콩쥐 팥쥐 이야기를 들으면서 좋은 가족을 이루는 게 참 어렵고 중요하다고 생각했어요. |
| 퉁이 | 저도요. 아주 좋은 자기 성찰의 기회가 됐습니다. 물론 재미도 있었고요. |
| 뀨 아재 | 그럼 오늘의 이야기판은 이것으로 끝! |
| 퉁이 | 하나 빠졌어요. "그들은 오래오래 행복하게 잘 살았습니다." 끝! |

(일동 웃음)

## storytelling time
# 나도 이야기꾼

### 기본 스토리텔링

이번 스테이지에서 만난 이야기 중 가장 마음에 드는 것을 골라서 다음과 같은 단계로 스토리텔링 활동을 해 보자.

**step 1**: 책에 쓰인 그대로 이야기를 소리 내어 읽는다.
**step 2**: 책에 쓰인 그대로 이야기를 소리 내어 읽되, 가상의 청자에게 말해 주듯이 읽는다.
**step 3**: 청자에게 이야기를 전달하되, 틈틈이 책을 참고한다.
**step 4**: 청자에게 이야기를 전달하되, 책을 참고하지 않는다.
**step 5**: 청자에게 이야기를 전달하되, 표현과 내용을 조금씩 자신의 방식대로 바꿔 본다.
**step 6**: 완전히 내 것이 된 이야기를 구연 환경과 청자의 성향에 맞춰 내용과 표현을 자유자재로 조절하며 전달한다.

## 이야기별 재창작 스토리텔링

다음은 이번 스테이지에서 만난 이야기들에 대한 활동거리이다. 이 중 하나를 골라 스토리텔링 활동을 해 보자.

<신데렐라와 유리 구두>
① **화소의 의미 풀이하기**: 자정이 되면 신데렐라가 얻은 화려한 것들이 원래대로 돌아온다는 화소가 어떤 의미를 지니는지 풀이해 보자.

<아셴푸텔의 개암나무>
② **이야기를 현실적으로 풀어내기**: 아셴푸텔이 키운 개암나무에서 옷과 구두가 떨어지는 내용을 현실적 상황으로 설명해 보자.

<콩중이 팥중이>
③ **주인공 바꿔 재구성하기**: 콩중이가 아닌 팥중이를 주인공으로 삼아서 이야기를 재구성해 보자. 단, 팥중이가 계모의 친딸이라는 설정은 그대로 두도록 한다.

<의붓 자매 떰과 깜>
④ **이야기 장면 구성하기**: 떰이 유난히 힘들었을 어느 날 물고기 몽과 대화를 나누는 내용을 이야기 장면으로 구성해 보자.

⑤ **마음에 들지 않는 부분 고치기**: 이 이야기에서 마음에 들지 않는 부분을 하나 골라 마음에 들게끔 바꿔 보자.

<작은 연어와 황금 나막신>

⑥ **이야기 속 인물이 되어 덕담하기**: 왕자의 엄마가 아들과 결혼한 주인공에게 해 줬을 만한 덕담을 구어체로 정리해 보자.

<계모와 형제와 노파>

⑦ **인물의 정체 상상하기**: 형제를 찾아온 예쁜 여자아이의 정체는 무엇이었을지 상상해서 이야기해 보자.

⑧ **뒷이야기 상상하기**: 동생이 나중에 어떤 여자와 어떻게 결혼했을지 뒷이야기를 상상해 보자.

<아이처와 아이구>

⑨ **이야기 속 인물에게 말 걸기**: 이 이야기에 등장한 인물 중 한 명을 골라서 그에게 하고 싶은 말을 구어체로 정리해 보자. 마음에 드는 인물도 좋고, 마음에 들지 않는 인물도 좋다.

## 이야기 연계 스토리텔링

1. 이 스테이지에서 소개되지 않은 또 다른 나라의 〈신데렐라〉 또는 〈콩쥐 팥쥐〉형 설화를 찾아서 구연해 보자.

2. 〈신데렐라〉형이라고 할 만한 서양 나라들(프랑스, 독일)의 이야기들과 〈콩쥐 팥쥐〉형이라고 할 만한 동양 나라들(한국, 베트남, 중국 이족) 이야기를 비교해서 핵심적인 공통점과 차이점을 말해 보자. 원인에 대한 분석을 포함하면 더 좋다.

3. 이 스테이지에 있는 일곱 편의 이야기들에서 가장 마음에 드는 인물과 마음에 들지 않는 인물을 한 명씩 고르고 그 이유를 말해 보자.

4. 이 외에 이야기들을 흥미롭게 연계할 수 있는 여러 가지 방법을 찾아보고 이를 토대로 다양한 스토리텔링 활동을 해 보자.

집중 탐구! 이야기의 비밀 코드

# 가족 서사의 빌런 '계모' 심층 탐구

계모의 사전적 의미와 설화적 의미

설화 속 계모의 세 가지 유형

계모의 핍박이 도움이 되는 역설

계모의 대체자, 사회적 어머니

## 계모의 사전적 의미와 설화적 의미

인간과 동물의 가장 큰 차이는 뭘까요? 여러 항목이 있겠지만, '언어'를 빼놓을 수 없습니다. 언어라는 고도의 의사소통 수단을 사용하는 유일한 생명체가 인간이지요. 인간이 이룩한 문화와 문명은 언어 덕분이었다고 해도 과언이 아닙니다. 그래서 인간을 '호모 로퀜스(Homo Loquens)'라고 칭하기도 합니다. '언어적 인간'이라는 뜻이에요.

인간은 언어를 통해 넓고도 정밀한 의사소통을 합니다. 수많은 정보와 지식, 갖가지 생각과 감정까지 언어로 표현하지 못할 것은 거의 없지요. 언어의 놀라운 소통력은 '문법(grammar)'이라는 약속 체계에 의한 것입니다. 음운과 형태, 문장에 걸친 규칙을 준수하고 단어들을 익히면 그걸 응용해서 무엇이든 표현하고 소통할 수 있지요. 최소한의 규칙으로 최대한의 소통이 가능한 마법의 코드(code)가 바로 언어입니다.

설화의 기본 소통 수단도 언어입니다. 그러니 언어의 기본 문법을 지키지 않으면 어떤 이야기도 성립될 수 없지요. 중요한 것은 설화가 일반적인 언어와 다른 특별한 코드 체계를 지닌다는 사실입니다. 그 코드를 알아야 설화를 제대로 즐기고 이해할 수 있지요.

다음 두 문장을 한번 비교해 볼까요?

(1) 지난겨울에 한 계모가 어린 자식을 밤새 집 밖에 방치해서 죽음에 이르게 했다.
(2) 옛날에 한 계모가 어린 자식을 무서운 거인들이 사는 검은 숲에 내다 버렸다.

(1)은 신문 기사에서 볼 수 있는 일반적인 문장이고, (2)는 설화의 문장입니다. 둘 다 한국어 문장이고 구조도 비슷하지만, 둘 사이에는 질적인 차이가 있습니다. (1)은 사실에 입각한 정확성을 추구하지만, (2)는 문학적 상상의 재미를 추구하지요. 두 문장의 주어는 모두 '계모'이지만 둘은 의미 맥락이 서로 다릅니다. (1)과 같은 방식으로 (2)의 '계모'를 받아들이면 오해와 혼란이 생기게 되지요.

좀 자세히 볼까요? 일반적 문장인 (1)의 '계모'는 사전에서 뜻을 확인할 수 있습니다. 그 뜻은 '아버지가 재혼함으로써 생긴 어머니'예요. 친어머니가 아니라는 뜻입니다. 하지만 (2)의 '계모'는 이와 다릅니다. 설화에는 수많은 계모가 등장하는데, 그들이 자식을 괴롭히는 이유가 친어머니가 아니라서라고 생각하면 오산입니다. 여기서의 계모는 비유적이고 상징적인 맥락에서 봐야 해요. 대다수 학자는 설화 속의 계모가 사실은 친모라고 말합니다.

'나쁜 엄마', 또는 '자식을 괴롭히는 엄마'를 일컫는다는 것이지요.

좀 쉽게 설명해 볼게요. 아이들은 친구와 대화를 하면서 "우리 엄마 완전 계모야!" 같은 말을 종종 하지요. 이때 상대방이 "네 엄마 친엄마 아니었어?" 이렇게 대답하면 우스운 일이 됩니다. 이때의 '계모'는 비유적 표현이에요. '엄마가 괴롭혀서 힘들다'는 뜻이지요. 설화 속의 계모가 이와 같습니다. 친구가 이렇게 말할 때 어울리는 반응은 뭘까요? "우리 엄마는 마녀!"나 "우리 집은 아빠가 계모야." 등입니다. 이때의 '마녀'와 '계모'가 설화 표현임은 물론입니다. 실제로 설화에선 '계모'와 '마녀'가 비슷한 말로 통용되곤 하지요.

"우리 집은 아빠가 계모야."라는 표현, 재미있지 않나요? 실제로 엄마가 아닌 아빠나 할머니, 이모 등이 계모 노릇을 할 수 있습니다. 사회로 넓히면 학교 선생님이나 직장 상사 등이 계모처럼 행동할 수 있지요. 아빠 때문에 힘든 사람은 설화 속의 계모에서 아빠를 떠올리게 되고, 직장에서 괴롭힘을 겪는 사람은 직장 상사를 떠올리게 될 거예요. 이렇게 보면 설화 속 계모의 정의는 '나쁜 엄마'보다 '나쁜 윗사람'이나 '나쁜 보호자'가 더 어울린다고 할 만합니다.

이렇듯 설화의 언어는 그 의미가 열려 있습니다. 사람마다 자기 방식으로 느끼고 받아들이기 마련이지요. 뒤죽박죽 엉뚱해 보일지 모르지만, 그것이 설화의 매력입니다. 설화가 오랜 세월에 걸쳐 세계적으로 널리 전해 오면서 재미와 영감을 준 것은 우연이 아니에요. 의미로 충만한 상상적 언어, 살아 있는 문학적 언어가 바로 설화이지요. 설화라는 만국 공통어를 익히면 새로운 세계가 활짝 열린다는 사실을 잊지 마세요. 그걸 익히는 최고의 방법은 설화를 자주 말하고 듣는 일이라는 사실도요.

## 설화 속 계모의 세 가지 유형

설화에는 계모가 무척 많이 나옵니다. 실제로 현실에 나쁜 계모가 많기 때문이라서가 아닙니다. 세상에 널리 존재하는 '나쁜 엄마' 또는 '나쁜 보호자'를 설화에서 '계모'로 통칭하는 것이지요. 나쁜 보호자를 특별히 계모, 곧 '엄마'로 특정하는 것은 엄마가 누구보다 가깝고 영향력이 큰 존재이기 때문입니다.

신동흔 교수가 지도하고 우진옥 연구자가 쓴 계모 설화에 대한 논문이 있습니다. 이 논문에서는 한국 설화에 등장하는 계모의 유형을 세 가지로 나누어 설명합니다. 그 관점은 세계 여러 설화에 적용될 만한 보편성을 지니고 있어요.

첫 번째는 '편애와 차별' 유형입니다. 〈콩쥐 팥쥐〉나 〈신데렐라〉가 바로 떠오를 거예요. 이들 이야기 속의 엄마는 특정 자녀를 편애하면서 다른 자녀를 차별하고 미워합니다. 차별받는 자녀 입장에선 엄마가 '나쁜 엄마' 곧 '계모'가 되는 것이지요. 〈외톨이 필라만드레〉 같은 설화에서도 이런 엄마를 볼 수 있습니다. 계모 노릇을 하는 친엄마예요. 많은 설화에서 자녀 차별은 교묘한 형태로 이뤄집니다. 싫어하는 자녀에게는 나무 호미나 구멍 난 동이를 주고 좋아하는 자녀에게는 쇠 호미나 멀쩡한 동이를 주는 식이에요. 이런 교묘한 차별이 자녀를 더 힘들게 합니다. 엄마가 완전한 계모로 느껴지는 순간이지요.

두 번째는 '소유와 착취' 유형이에요. 〈연이와 버들도령〉 이야기 들어 봤나요? 이 이야기 속의 엄마는 딸에게 한겨울에도 나물을 뜯어 오게 시킵니다. 또 딸이 남자를 만난다는 걸 알게 되자 그 남자를 불태워서 죽여 버리지요. 즉 자녀를 소유물로 삼아서 자기 삶을 위해 봉사하게 하는 유형입니다. 최악이라 할 만해요. 〈신데렐라〉나 〈아셴푸텔의 개암나무〉 속 엄마를 보면 자식을 차별하는 동시에 갖가지 힘든 일을 시킵니다. 엄마가 어떻게 자식을 착취할까 싶겠지만, 이런 엄마들 현실에도 있답니다.

세 번째는 '분리와 축출' 유형입니다. 부모라면 자식을 챙기고 양육해야 하는데, 그게 귀찮고 싫어서 떼어 내려고 하는 유형이지요. 한국 설화 〈손 없는 각시〉에서 이런 엄마를 볼 수 있지요. 이 책에 실린 이야기들에도 그런 엄마들이 나옵니다. 〈헨젤과 그레텔〉의 엄마가 대표적이고, 〈아이처와 아이구〉에서도 딸이 없어지기를 바라는 계모가 나오지요. '세계설화를 읽다' 시리즈 2권의 〈백설공주〉나 6권의 〈노간주나무〉 같은 이야기에서 계모가 자식을 죽이는 것도 분리와 축출의 극단에 해당합니다.

잘 연구해 보면 이 외에 또 다른 유형을 설정할 수도 있을 거예요. 문득 자식을 분풀이 대상으로 삼는 부모가 떠오르네요. 여러분은 어떤 유형이 떠오르나요?

## 계모의 핍박이 도움이 되는 역설

가족에 대한 설화에서 계모는 빌런(악인) 구실을 합니다. 괴롭힘을 당하는 자녀 입장에서 계모는 정말 무섭고 싫은 존재지요. 차라리 없느니만 못하다고 여길 정도입니다. 실제로 많은 이야기에서 자녀가 계모를 피해 집을 나가는 내용이 나옵니다. 이 책의 〈사슴이 된 동생〉이나 〈아이처와 아이구〉에서 그런 모습을 볼 수 있지요. 다른 한편으로는 계모의 괴롭힘으로 인한 깊은 상처가 뒷날까지 오래도록 이어지는 모습을 보게 됩니다. 〈콩중이 팥중이〉나 〈의붓 자매 떰과 깜〉, 〈아이처와 아이구〉 등에서는 주인공이 결혼한 뒤에도 시달림에서 벗어나지 못하는 모습을 볼 수 있는데, 이는 트라우마의 발현으로 풀이할 수 있습니다.

하지만 설화에서 계모의 존재는 역설적으로 주인공의 성장과 독립, 나아가 큰 성공의 계기가 되기도 합니다. 세계의 수많은 민담에서 계모의 괴롭힘을 받던 주인공이 비극적 결말을 맞는 경우는 거의 없어요. 〈신데렐라〉나 〈콩쥐 팥쥐〉, 〈백설공주〉 등 수많은 설화는 핍박받던 자녀가 뒤에 멋진 이성과 결혼해서 행복하게 잘 살았다는 내용으로 마무리됩니다. 이런 전개는 허튼 소망을 반영한 비현실적인 공상으로 봐야 할까요?

〈아셴푸텔의 개암나무〉 이야기를 잘 보면 이 질문에 대한 답이 나올 것입니다. 아셴푸텔은 차별과 미움 속에 매일 힘든 일을 해

내야 했지요. 고통스러운 삶이었지만, 그런 삶의 과정에서 아셴푸텔은 '생활 능력자'가 됐다고 볼 만합니다. 스스로 개암나무를 키워서 옷과 구두를 얻는 일, 아름답지 않나요? 왕자가 아셴푸텔에 매력을 느낀 건 그 남다른 생활력과 생명력 때문이었다고 볼 수 있어요. 스스로 제 삶을 책임지는 사람, 멋지잖아요! 잘 살펴보면, 다른 주인공들도 크게 다르지 않습니다. 신데렐라와 콩중이, 떰, 아프리카 계모의 의붓아들, 아이처에게서도 미래를 향해 나아가는 생활 능력자의 모습을 볼 수 있지요.

   중요한 건 차별과 핍박, 고난의 상황에 주저앉지 않고 길을 찾아 나가는 일입니다. 그러면 그것이 성공의 동력이 될 수 있지요. 부모의 보호 속에 안주하는 게 오히려 큰 실패로 이어질 수 있습니다. 이야기 속에서 계모의 품 안에 있던 친자녀들이 어떻게 됐는지 보면 잘 알 수 있지요. 어쩌면 계모에게 제대로 당한 것은 그들이라고 할 만합니다. 설화가 말해 주는 인생의 특별한 역설이에요.

## 계모의 대체자, 사회적 어머니

계모 설화의 주인공들은 부모의 보호나 도움이 없는 상태에서 스스로 길을 찾아냅니다. 핍박과 고난 속에서 독립과 성장을 이루어 내지요. 그런데 그 과정은 순전히 혼자만의 힘이라고 말할 수는 없습니다. 대다수 설화는 주인공이 외롭고 힘든 상황에서 엄마나 부모에 해당하는 누군가와의 교감과 도움 속에서 문제를 해결해 가는 과정을 인상적으로 담아내고 있습니다.

〈콩쥐 팥쥐〉를 한번 볼까요? 콩쥐는 많은 조력자를 만납니다. 대표적인 존재가 암소(또는 검은 소)이며, 참새들과 두꺼비도 콩쥐를 돕습니다. 〈의붓 자매 땜과 깜〉에서 땜은 물고기와 깊은 교감을 하며, 뭇할아버지의 도움을 받지요. 신데렐라 옆에는 아줌마 요정이 있었고, 아셴푸텔에게는 하얀 새를 비롯한 새들이 있었습니다. 〈사슴이 된 동생〉과 〈세 남매와 신비한 초록새〉에서는 수도승이 조력자 역할을 해요. 〈형제와 노파와 꿀벌새〉, 〈계모와 형제와 노파〉 등에는 늙은 할머니가 그 역할을 하고요. 〈아이처와 아이구〉의 경우는 할아버지와 할머니, 물소, 까마귀 등등 수많은 조력자가 연이어서 나옵니다.

이런 조력자들은 이야기에서 주인공에게 제2, 3의 부모 역할을 합니다. 그들은 주인공이 찾아낸 새로운 부모라고 할 수 있어요. 바깥세상에서 찾은 부모이니 '사회적 어머니'에 해당합니다. '사회적 모성'이나 '자연적 모성'이라는 표현도 잘 어울리지요. 또는 융 심리학에서 말하는 '위대한 어머니(great mother)'로 볼 수도 있어요. 이들과의 만남은 주인공이 원래 부모로부터 독립해서 성장을 이루는 중요한 요건이 됩니다. 이는 단지 설화 주인공들만의 일이 아닙니다. 좁은 세계에 머무르지 않고 넓은 세상 속의 큰 모성과 접속해서 성장과 확장을 성취하는 것은 우리 모두에게 있어 존재적 자기실현과 진정한 성공을 이뤄 내기 위한 요건이 됩니다.

얼핏 보면 이야기 속 주인공들은 조력자들의 도움으로 쉽게 성공하는 것처럼 보일지도 모릅니다. 하지만 조력자가 저절로 나타난 거라고는 말하기 어려워요. 주인공이 간절히 원하면서 찾았기 때문에 나타났다고 보는 것이 어울립니다. 힘든 처지에 있는 약자에게 조력자 구실을 할 수 있다는 건 뜻깊은 일이지요. 우리 스스로도 사회적 어머니가 되어 누군가의 손을 따뜻하게 잡아 줄 필요가 있습니다. 두꺼비나 참새, 연어 같은 작은 존재가 주인공에게 큰 힘이 되었다는 사실을 마음에 새겨 둘 만합니다.

## 참고한 책들

**(자료에 있는 내용을 참고하되 내용과 표현을 새롭게 재서술했음을 밝힙니다.)**

할머니 방에 햇살: Jens Christian Bay et al., *Danish Folk Tales*, New York and London: Harper & Brothers Publishers, 1899.

굴뚝새와 곰: 그림 형제 지음, 김경연 옮김, 《그림 형제 민담집》, 현암사, 2012. ㅣ Brüder Grimm(Autor), Heinz Rölleke(Herausgeber), *Kinder- und Hausmärchen*, 1-3, Stuttgart: Philipp Reclam jun. GmbH & Co., 1980.

염소 가족과 늑대: 신동흔 외, 《유럽·중동·중남미 설화》, 다문화 구비문학대계 16, 북코리아, 2022.

우리 엄마는 검은 소: Alice Elizabeth Dracott, *Simla Village Tales, or, Folk Tales from the Himalayas*, London: John Murry, Albemarle Street, W., 1906.

라소알라바볼로: 김기국 외 편역, 《마다가스카르의 민담 (Ⅰ)》, 아딘크라, 2022.

둘도 없는 나의 형 쁘라꼬: 신동흔 외, 《캄보디아 설화 (Ⅰ)》, 다문화 구비문학대계 1, 북코리아, 2022.

호랑이가 가족 된 이야기: 《한국구비문학대계》에 수록된 여러 자료들.

밤에 혼자 빨래하는 사람: 김덕희 엮음, 《세계민담전집 08 프랑스 편》, 황금가지, 2003.

엄마의 심장: 신동흔 외, 《몽골 설화》, 다문화 구비문학대계 10, 북코리아, 2022.

고집쟁이 아이 죽이기: 그림 형제 지음, 김경연 옮김, 《그림 형제 민담집》, 현암사, 2012. ㅣ Brüder Grimm(Autor), Heinz Rölleke(Herausgeber), *Kinder- und Hausmärchen*, 1-3, Stuttgart: Philipp Reclam jun. GmbH & Co., 1980.

외톨이 필라만드레: Diane Wolfskin, *The Magic Orange Tree, and other Haitian Folktales*, New York: Schocken Books, 1997.

무화과나무에서 얻은 아이들: 김기국 외 편역, 《아프리카의 민담: 동부 아프리카 편》, 아딘크라, 2018. ㅣ 조안나 코울 편, 서미석 옮김, 《세상에서 가장 사랑받는 200가지 이야기 4 아프리카·아메리카 편》, 현대지성사, 1999.

가죽더미 줄리에다: 안젤라 카터 편, 서미석 옮김, 《여자는 힘이 세다》, 민음사, 1999.

엄마의 사랑둥이: Jens Christian Bay et al., *Danish Folk Tales*, New York and London: Harper & Brothers Publishers, 1899.

지붕에 소 올리기: 《한국구비문학대계》에 수록된 여러 자료들.

헨젤과 그레텔: 그림 형제 지음, 김경연 옮김, 《그림 형제 민담집》, 현암사, 2012. ㅣ Brüder Grimm(Autor), Heinz Rölleke(Herausgeber), *Kinder- und Hausmärchen*, 1-3, Stuttgart: Philipp Reclam jun.

GmbH & Co., 1980.

사슴이 된 동생: 김영연 엮음, 《세계민담전집 16 이란 편》, 황금가지, 2008.

세 남매와 신비한 초록새: 이기철 엮음, 《세계민담전집 06 이탈리아 편》, 황금가지, 2003. I Italo Calvino, *Italian Folktales*, Penguin Books, 2002.

갈단의 길과 바이르의 길: 김은희 역, 《북아시아 설화집 1 부랴트족》, 이담BOOKS, 2015.

형제와 노파와 꿀벌새: 장용규 엮음, 《세계민담전집 04 남아프리카 편》, 황금가지, 2003.

쌍둥이 형제의 모험: 요르고스 A 메가스 엮음, 유재원·마은영 옮김, 《그리스 민담》, 예담, 2015.

거북이와 남생이의 황금빛 동행: 손진태, 《조선신가유편》, 향토연구사, 1930. I 신동흔, 《살아 있는 한국신화》, 한겨레출판, 2014.

신데렐라와 유리 구두: 샤를 페로 외 지음, 원유경·설태수 옮김, 《고전동화집》, 현대문학, 2011.

아셴푸텔의 개암나무: 그림 형제 지음, 김경연 옮김, 《그림 형제 민담집》, 현암사, 2012. I Brüder Grimm(Autor), Heinz Rölleke(Herausgeber), *Kinder- und Hausmärchen*, 1-3, Stuttgart: Philipp Reclam jun. GmbH & Co., 1980.

콩중이 팥중이: 《한국구비문학대계》에 수록된 여러 자료들. I 임석재 전집 1, 《한국구전설화 평안북도편 I》, 평민사, 1987.

의붓 자매 떰과 깜: 신동흔 외, 《베트남 설화 (II)》, 다문화 구비문학대계 5, 북코리아, 2022.

작은 연어와 황금 나막신: 안젤라 카터 편, 서미석 옮김, 《여자는 힘이 세다》, 민음사, 1999.

계모와 형제와 노파: 홍명희 편역, 《아프리카의 민담: 중부 아프리카 편》, 아딘크라, 2018.

아이처와 아이구: 이영구 엮음, 《세계민담전집 18 중국 소수민족 편》, 황금가지, 2009.

세계설화를 읽다 8

# 잃어버린 엄마와 진실의 초록새

**1판 1쇄 발행일** 2025년 11월 17일

**글** 신동훈
**그림** 민은정

**발행인** 김학원
**발행처** (주)휴머니스트출판그룹
**출판등록** 제313-2007-000007호(2007년 1월 5일)
**주소** (03991) 서울시 마포구 동교로23길 76(연남동)
**전화** 02-335-4422  **팩스** 02-334-3427
**저자·독자 서비스** humanist@humanistbooks.com
**홈페이지** www.humanistbooks.com
**유튜브** youtube.com/user/humanistma
**페이스북** facebook.com/hmcv2001
**인스타그램** @humanist_insta

**편집책임** 문성환  **편집** 윤무재  **디자인** 기하늘
**용지** 화인페이퍼  **인쇄** 청아디앤피  **제본** 민성사

ⓒ 신동훈·민은정, 2025

ISBN 979-11-7087-398-3 44800
      979-11-7087-109-5 (세트)

• 이 책은 저작권법에 따라 보호받는 저작물이므로 무단 전재와 무단 복제를 금합니다.
• 이 책의 전부 또는 일부를 이용하려면 반드시 저자와 (주)휴머니스트출판그룹의 동의를 받아야 합니다.